JN330036

越境する漱石文学

坂元昌樹・西槇偉・福澤清編

思文閣出版

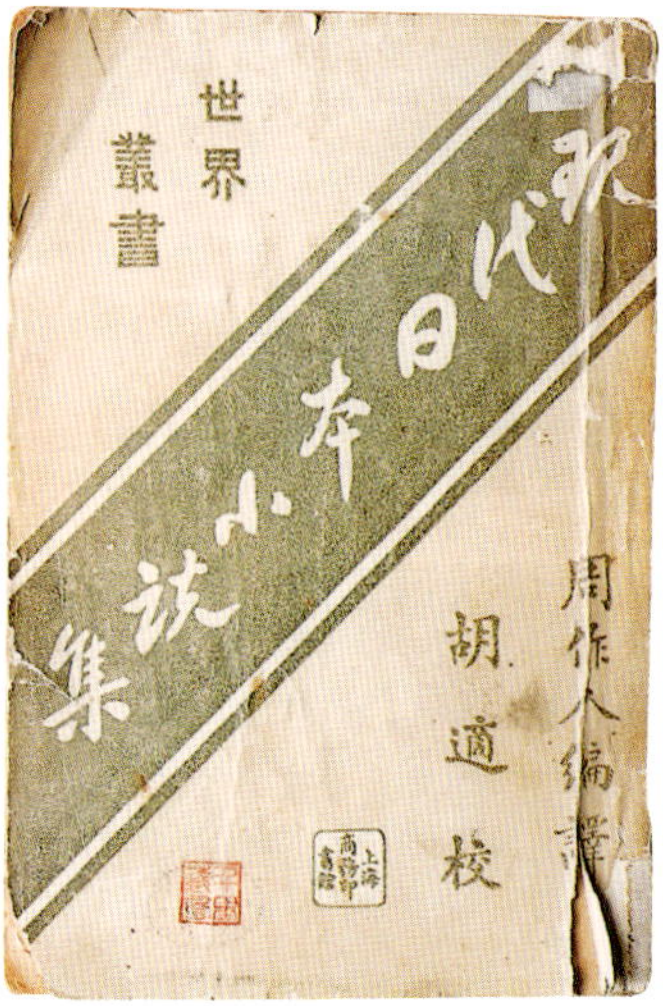

上：句碑（「家を出て師走の雨に合羽哉」）がたつ漱石「草枕」遊歩道（熊本市）
下左：豊子愷訳『草枕』を収録した『夏目漱石選集』第二巻（北京・人民文学出版社、1958年、本文32頁参照）
下右：魯迅訳「懸物」「クレイグ先生」を収めた『現代日本小説集』（周作人編、上海・商務印書館、1923年、同上頁参照）

序

漱石の魅力はその「越境性」にあるのではないだろうか。

明治初年に生まれて、変革の時代を生き、漢学を修めては英文学に進路を変更し、大学院を出てから松山・熊本を経てロンドンに留学、帰国後しばらく教職に就くもわずか数年で官僚組織を脱して、作家として世に立ち生涯を終えた。このようにその人生をごく簡略にたどっても、たびたびの「越境」が認められるだろう。

なかでも、青年期から壮年期にかけ、東京を離れて四国の松山・九州の熊本・イギリスのロンドンで計八年間「漂泊」をしたことは、漱石にとって「越境」の実践ではなかったか。とりわけ、ロンドン留学は「尤も不愉快の二年なり」（『文学論』序、一九〇六）と述懐されるにもかかわらず、最大の越境行為として注目に値する。それは、西洋文芸の摂取という時代の要請に応えたものにちがいない。と同時に、漱石にとっては、少年期に修めた漢学から越境した英文学との必死の格闘でもあった。そこから、独自の理論をめざした『文学論』が生まれ、そして「自己本位」を指針としてつかんだことはよく知られている。越境しても主体性を失わないその姿勢は今日なお私たちに示唆を与え続けている。

ロンドン滞在ほどのインパクトはなかったにせよ、松山と熊本も漱石を考えるさい重要な視点となるであろう。『坊っちゃん』『草枕』といった近代日本文学の傑作が漱石の「地方」体験から生まれたことは非常に興味深い。当時、「地方」と「東京」の差異はもっと大きかったはずで、漱石の滞在は一種の「越境」と考えることができるのではないだろうか。

とくに四年三か月ほど滞在した熊本は、漱石の人生と文学にさまざまな刻印を残している。「熊本」から漱石を考えることは、同地で漱石を共同研究の対象とする私たちに共通の関心であった。よって、『漱石と世界文学』『漱石文学の水脈』につぐ、漱石論集第三弾となる本書で「漱石と熊本」特集を組むことにした。

本書は二部構成で、前半の第一部「〈世界〉からみた「漱石」」において、巻頭の柴田論文は漱石における「地方性」と「普遍性」の問題を俎上に載せ、明治時代の「個人」と「国家」のあり方を論じる。漱石の「越境」の本質を考えるためのヒントとなるだろう。

第一部ではそのほかに三論文を収め、これまでの方向性——漱石と世界文学のかかわりの検証——を継承した。西槇論文と蕭論文は漱石作品を中国語圏文学と比較検討し、東アジア近代の文学・文化史的背景の類似性を浮かび上がらせている。佐々木論文は漱石における「神経衰弱」「狂気」の表現をチェーホフと中村古峡の作品と照らし合わせ、テキストの隠れた襞に照明をあてる。

後半の第二部「〈世界〉をまなざす「漱石」」はいわば「漱石と熊本」特集である。福澤論文は主に『草枕』とメレディスの関連をとりあげ、漱石の熊本時代の評論や交友関係にも言及する。西川論文は漱石が熊本で書いた三篇の評論を読み解き、そこに作者がのちに創作者となる兆しや後年の『文学論』の萌芽を見出す。坂元論文は、第五高等学校の『龍南会雑誌』に掲載された漱石のエッセイ「人生」の解読を試みたものである。同誌には、熊本滞在時の漱石の活動をうかがい知る貴重な資料が散見される。

さらに、論文のほか学術随筆を三篇、研究コラムとして収録した。第一部にはフランスで放送されたラジオ番組で「漱石」がいかに語られたかを報告する濱田コラム、第二部には漱石の俳句創作と子規の関係性や俳句から小説に転じたことに思索をめぐらした岩岡コラム、そして熊本の文化地理に関する相馬コラム、いずれも本書に厚みと広がりをもたらすものである。

ささやかな本書で、漱石の「越境性」を充分議論できたとはもとより思わない。また、「熊本」の視点からの研究も今後、深化・進展の可能性を大いに秘めている。よって、ここで提起した問題は、宿題として私たちに課せられることになるわけだが、本書が読者諸賢にとって漱石文学の魅力にふれ、「越境」「世界性」「地方性」といった今日的な問題を考えるきっかけとなれば幸いである。また、先学諸氏からご叱正いただければ、ありがたい。

二〇一一年三月一一日

西槇　偉

越境する漱石文学※目次

I

〈世界〉からみた「漱石」

〈地方〉と〈世界〉の間で――漱石の「グローカリズム」と「明治の精神」――

柴田勝二

「趣味」による判断

本格的に英文学を研究する道を選び取ろうとしていた夏目漱石が第一に直面したのは、イギリス人によって書かれた作品が、日本人である自己に対して突きつけてくる他者性をいかに乗り越えるかという問題であった。周知のように『文学論』（一九〇七）「序」で、漱石は大学で英文学を学んだものの「卒業せる余の脳裏には何となく英文学に欺かれたるが如き不安の念あり」と述べ、少年期に親しんだ漢文学との異質さを痛感するところから、「漢文学に所謂文学と英文学に所謂文学とは到底同定義の下に一括し得べからざる異種類のものたらざる可からず」という結論に達したことを語っている。あるいは講演「私の個人主義」（一九一四）でも、同様の行き詰まりの感覚について、「何の為に書物を読むのか自分でも其意味が解らなくなつて来ました」と語り、「嚢の中に詰められて出る事の出来ない人のやうな気持」としてイメージ化している。

そして漱石がこの「嚢の中」から出る手立てとして見出したものが、「此時私は始めて文学とは何《ど》んなものであるか、その疑念を根本的に自力で作り上げるより外に、私を救ふ途はないのだと悟つた」と語られる、日本人としての自身の感受性への信奉であった。イギリス人が書いた作品であろうと、その価値や内容を日本人である自分の内的な基準に照らして判断してもよく、それに頼らなければ判断の尺度そのものが失われるという確信に漱石は達したのだった。

> たとへば西洋人が是は立派な詩だとか、口調が大変好いとか云つても、それは其西洋人の見る所で、私の参考にならん事はないにしても、私にさう思へなければ、到底受売をすべき筈のものではないのです。私が独立した一個の日本人であつて、決して英国人の奴婢でない以上はこれ位の見識は国民の一員として具へてゐなければならない上に、世界に共通な正直といふ徳義を重んずる点から見ても、私は私の意見を曲げてはならないのです。
>
> （「私の個人主義」）

この講演の表題をなす、漱石の標榜する「個人主義」とは、こうした文学作品をはじめとする外界の事象に対して抱く私的な価値判断を、「私の意見」として貫こうとする姿勢を意味している。そしてこうした姿勢によって具体的な英文学の作品の論評に取り組んだ思索がまとめられたものが『文学評論』（一九〇九）であった。スウィフト、ポープ、デフォーといった作家たちを中心として一八世紀英文学を論じたこの著作の「序言」で、漱石はこの問題を重点的に論じている。そこで漱石は「英国の文学を評するのは英国人の云ふ方が間違ひないと云ふ者」から、「外国文学を評する標準は彼にあつて我にはない。だから外国人の説に従はねばならぬ。外国人の説に従ふとなると自分が其説を尤もと思はざる事に就てのみならず、無理と思ふ事迄も先方の説に従ふ様になる」傾向が生じがちになると述べた上で、それが決して妥当な姿勢ではないことを強調している。すなわちこうした外国文学に対する判断の主体性を放棄する態度は、「趣味の普遍と云ふ提案を全部に応用した者」にすぎないとされる。生活の場面における人びとの反応が時代や民族によって異なるように、物事の善悪や美醜に関わる判断は相対的であり、それを一義化するような趣味の普遍性は存在しないからである。

　その上で漱石は、日本人が西洋文学の作品を対象とする際においても自身の趣味を基準とすべきことを主張している。

　然らば吾人が批評的鑑賞の態度を以て外国文学に向ふ時は如何にしたらよからう。余はこれに二法あると思ふ。一は言語の障害と云ふ事に頓着せず、明瞭も不明瞭も容赦なく、西洋人の意見に合ふが合ふまいが、顧慮する所なく、何でも自分がある作品に対して感じた通りを遠慮なく分析してかゝるのである。是れは頗る大胆にして臆面のない遣り口であると同時に自然にして正直な、詐りのない批評ができる。而《しか》して此批評が時とすると外国人の批評と正反対になることがある。然し西洋人と反対になると云ふ事が、強《あなが》ちに自己の浅薄と云ふ事の証明にはならない。之を浅薄と考ふるのは今の世の外国文学を研究する者の一般の弊であつて、吾人は深く省みて或程度迄此弊を矯正しなくてはならん。

（『文学評論』）

このように述べて、漱石は日本人が西洋文学を研究、批評しうる可能性を肯定している。この考え方に立てば、あるイギリス文学の作品に対する評価が、イギリス人の学者と自分の間で相違していたとしても、日本人である自身の評価の正当性を主張しうることになる。漱石は文学作品に対して、「趣味を以て判断すべき以上は、自己の趣味の標準を捨てゝ人の説に服従すると云ふ法はない。服従と同時に自己の趣味はなくなるのである」ところから、自己の批評行為の基底としての趣味をもたない人間は母国語で書かれた作品さえも対象化しえないと断じている。それはいいかえれば幼少期から一体化してきた自国の文化が、個人の趣味の母胎をなすということであり、今の引用につづけて漱石は「趣味と云ふ者は一部分は普遍的であるにもせよ、全体から云ふと、地方的なものである」と述べている。この批評行為の基底をなす趣味が、個人的であると同時に「地方的」であり、しかもそれに基づく作品の評価・判断が、外国人のそれとも競わせることのできる普遍性をもちうると考えるところに、漱石の英文学者としての立場が見られるとともに、明治という時代を生きる日本人としての矜持が現れているといえよう。「私の個人主義」の後半では、個人主義と国家主義が比較考量されているが、そこで「事実私共は国家主義でもあり、世界主義でもあり、同時に個人主義でもあるのでありま す」と明言されているように、漱石のなかにおいては両者は対立し合うものではなく、本来同調しうる関係をなしている。引用した箇所でも「私が一個の独立した日本人であつて、決して英国人の奴婢でない以上」という条件が付されているように、個人が「私の意見」として下す判断に、すでに民族の歴史性、社会性が浸透しており、それを捨象すれば個的な判断自体をなしえず、それに則ることでその判断が同時に「世界主義」的な普遍性を帯びることにもなるという確信が漱石に抱かれていたことが察せられるのである。

〈地方性〉から〈普遍性〉へ

こうした漱石の個人主義の基底をなす美的判断に対する考え方は、フッサール的な現象学的還元への親近性を示すとともに、それをあらためて問い直させる問題性をはらんでいるといえるだろう。フッサールが主張する現象学的還元は「実在として否認される超越者一般の排除を意味するのであり、真の意味での明証的所与性、純粋直感の絶対的所与性でないものをすべて排除する」（立松弘孝訳、以下同）のであり、その内実として自己の意識が関わる対象を「比較し、区別し、関係づけ、部分にわかち、あるいはまた諸要素を分離する」行為が「すべて純粋直感によって行なわれる」とされる。[1]漱石が苦闘の末に辿り着いた地点も、作者と同じイギリス人の読み手がどのように判断するかといったことを顧慮しないという「超越者一般の排除」を前提として、作品に対する自身の「純粋直感」に則ろうとしている点で、基本的に現象学的還元と重ねられる方法である。またそこへの言及はないものの、作品への判断の基底として「趣味」を挙げるのは、当然カントの『判断力批判』の議論を想起させる。カントも美に対する判断が、何らの概念も介さずになされる個人の「趣味判断」であることを主張しているが、にもかかわらず我々が美的な表象に対する議論をたたかわせることができるのは、この趣味判断が人びとが分有しうる「共通感」を前提としてなされるからであった。すなわち「趣味判断における表象の仕方には、主観的な意味において、すべての人が普遍的に関与し得る」（篠田英雄訳）のである。(2)

いいかえれば、それは美的表象に対する趣味判断が、完全に孤立した個人の主観として表出されるのではなく、民族的、文化的な地平を共有する主体同士の連携のなかでおこなわれるということにほかならない。こうした考え方はフッサールが現象学的還元の前提として強調する、個人の「純粋直感」が果たして純粋に個人の意識作用に帰着するのかということに疑念を抱かせる。すなわち、個人の意識作用には民族の文化的記憶がすでに浸透しており、主体はそれを無意識のうちに文脈として援用しつつ、対象を趣味の地平に位置づけると考えられるからである。それについて漱石が影響を受けたベルクソンは、人間の現在時の判断が、あくまでも過去の経験の堆積に支えられたものであることを主張している。ベルクソンは『意識と生命』で「その人の現在のうちに含まれている過去の部分が大きければ大きいほど、生起しかけている偶発的なできごとに対処するために、その人が未来へと推し進める一群もまたどっしりとしたものとなります」（池辺義教訳）と語っている[3]が、人間の過去の経験が社会、共同体における他者との交わりによって織りなされるものである以上、個人の意識作用のなかに集合的な他者の存在が入り込んでいるということは否定しえない前提であるといえよう。

もっとも人間がこうした自国の文化的連続性を無意識のうちに内在させていたとしても、個別の作品や表現に相対した時には、いちいちそれを参照しつつ判断がおこなわれるわけではない。具体的に現れるのは、自己が関わっている個的な対象が喚起する表現の善し悪しや、感動の有無に対する判断であり、自身が内在させている文化的文脈は、事後的な形でしか意識されることはない。漱石は『文学論』の前提としてロンドンで積み重ねた考察の集積である『文学論ノート』の「Art is National or Individual」の項で、こうした美的判断の個別性とその文化的背景との関わりに論及している。ここでは「ウチノ御婆サンガ日本ノ歌ヲ歌ツテキカシテ呉レロト云フ．若シ歌ツテキカシタラ（極メテ下品ナ）彼ハ如何ナル感ジヲ起スカ」という問いに対して「彼ガ之ヲ評スル standard ノ中ニ自国ノ音楽ヨリ得タル taste ヲ含ムナリ彼ノ一言ニテモ我歌ヲ評シ得ルハ多少自国ノ音楽ヲ知ルガ故ナリ．余ハAト云フ歌ヲ謡フ日本人ハA′ト云フ standard ニテ評シ西洋人ハA″ト申ス尺度ニテ忖度スルニ過ギズ」という考えを記している。その際に問題となるのが、結局A′とA″がどのように競い合う関係にあるのかということだが、それについて漱石は判断の基底となる「taste ノ standard」が「time relation ニテ決スル」ものであり、それが「collateral ニ幾条モアラバ同ジカラザルガ故ニ甲ヲ貶シ乙ヲ褒スベキニアラズ」という相対性に帰着すると結論づけている。

こうした思考は、『文学論』「序」に述べられる「漢文に所謂文学を英語に所謂文学」の落差という、漱石が青年期に突き当たった難問に解答を与える方向性を示唆することになっただろう。そして文学の〈地方性〉を越えてその生成の原理を指し示す式として提示されたものが、観念的焦点と情感的要素の結合を示す「F＋f」という有名な式である。この式は対象を言語によって表現する際に、自身の感覚的把握によって色づけしつつ、その観念的な内容を読み手の一般的な了解の地平において提示するという、文学が普遍的にもつ二面性を表している。『文学論』に含まれる、数少ない漱石自身の翻訳による作品の表現を用いれば、山中で出会った牧童に恵まれた一椀の乳について、その「冷やかなる事、氷にもまされり。全山の香を収めたらん如き此乳を味ふ間に、余は単に「心地よし」の一語を以て云ひ尽し得ぬ幾多の感覚総身にしみ渡るを覚えぬ」という感慨を記したギュイヨーの叙述は、その端的な一例である。ここでは「一椀の乳」という観念的内容（F）に対して、「氷」にもまさる冷ややかさと、「全山の香」を集めたかのような香味という情感的形容（f）が付加され、全体としては詩的な表現として成立している。

その点で確かに「F＋f」が文学表現の基本的図式であることを物語っているが、『文学論』において見逃せないのは、この式を構成するFやfの記号に盛られた含意が、必ずしも一定ではないことである。たとえば冒頭からの流れを受けて展開される第一編第一章「文学的内容の形式」においては、Fは「攘夷、佐幕、勤王」といった時代的関心として用いられたり、「一瞬の意識に於けるF」といった、本来個人のfに相当するはずの対象について用いられたりするのである。この箇所に見られるように、『文学論』の叙述においては、Fとfは必ずしも拮抗する関係で論じられておらず、Fをめぐる考察の方がはるかに大きな比重を占めている。fは実質的にはFの一単位をなす性格をもつために、Fによって代替されていることも少なくないのである。

日本人としての評価

こうした概念的な揺れは、『文学論』がもともと文化・文明論的な考究として始められた『文学論ノート』を英文学論として書き直すことによって成ったために、当初の性格をかなり残存させることによってもたらされた性格である。『文学論ノート』においては、その「大要」に「(1)世界ヲ如何ニ観ルベキ」「(2)人生ト世界ノ関係如何．人生ハ世界ト関係ナキカ．関係アリカ．関係アラバ其関係如何」「(3)世界ト人世トノ見解ヨリ人生ノ目的ヲ論ズ」といった項目が列挙されるように、考察の内容は世界のなかで日本の歴史や社会・文化がどのように位置づけられるのかといった文明論的な性格を帯び、具体的な文学作品への論及は限られている。その意味で『文学論』「序」に述べられる、「文学書を行李の底に収め」た上で、心理学・社会学的な言説を取り込みつつなされたと記される探求の成果は、直接的には「大要」の方針に則った『文学論ノート』の内容として具体化されている。ここではFは主として社会を流通する関心として用いられており、fはそれを分有する個人の関心として意味づけられていることが多い。現に『文学論ノート』には「F＝n・f」という等式も見られ、fがFの入れ子的な単位として考えられていたことをうかがわせている。一方東京帝大での英文学講義を、受講生であった中川芳太郎の手を通してまとめられた産物である『文学論』は、当然おびただしい文学作品からの引用を含み、それらの書を伏せた形では書きえない性格を帯びているのである。

『文学論ノート』に現れる「F＝n・f」と『文学論』冒頭に掲げられた「F＋f」の式をつき合わせれば、漱石の文学に対する姿勢があらためて明瞭になるといえよう。つまりfに仮託される個人は、社会の関心を構成する一要素であると同時に感覚的営為の主体であり、それはいいかえれば文学作品に対してなされる感覚的判断が、その主体が生きる社会、共同体の趣味の地平の一端を担うということでもある。こうした理念に基づき、英文学という異質な趣味の領域に対してなされた研究の集成が『文学論』ないし『文学評論』であったわけだが、前者は作家や作品を単位とするのではなく、あくまでも文学的な言語表現の機構を英文学の領域において探求することが軸とされているために、批評的な記述はほとんどなされていない。それに対して後者においては文学の社会的背景と作品の表現との連関を、一八世紀のイギリスに限定して考察しつつ、個々の作品に対する総体的な評価がかなり前面に押し出されている。

この著作の前半では、一八世紀イギリスにおける「珈琲店、酒肆および倶楽部」や芝居、賭博といった空間の様相を描出しつつ、人びとの生活や娯楽の特質を浮び上がらせた上で、「読書界」が未だ成立しておらず、書物の流通も微々たるものであったために、文学者という職業が専業の形では成立しえなかった状況が述べられている。こうした総論的な叙述につづいて、スウィフトやポープなどの個別の作家が論じられていく。たとえば『ガリヴァー旅行記』や『樽物語』が風刺や風喩（寓意）の見地から論評された後に、スウィフトについて次のように結論づけられている。

此人は欠点もあるには相違ないが、大家である。『ガリヴー旅行記』は名著の一つである。彼は最《もつとも》強大なる諷刺家の一人である。彼は理非の弁別に敏く、世の中の腐敗を鋭敏に感ずる人である。病的に人間を嫌忌したといふ名を博したに係らず、親切な人である。正義の人である、見識を持つた人である。見識が無ければ諷刺は書けない。妄《みだ》りに悪口を吐いたり、皮肉な雑言を弄することは誰にでも出来るが、真に諷刺と云ふべきものは、正しき道理の存する所に陣取つて、一隻《せき》の批評眼を具して世間を見渡す人でなければ出来ないことである。

この現代の読者にもおおむね納得しうる論評のなかの、どの部分に漱石が内在させている日本人としての趣味の〈地方性〉が現れているのかは分明ではない。作品を読み進めていく段階においても、漱石は作品からもたらされる印象や解釈を、とくに〈日本的〉であると思いつつ批評をおこなっていったのではないに違いない。重要なのは、むしろ漱石がそうした〈地方性〉の地平を意識せずに、一人の読者として作者や作品に対する判断をおこなうことに躊躇してはならないという立場を得たことである。そこに〈地方性〉の偏差を肯定することで、それを突き抜けた〈普遍性〉の地平に立つという逆説が漱石のなかに成り立っている様相を見ることができる。それと比べれば、漱石が外国人による文学研究の例としてあげているアストンの『日本文学史』の論評では、『源氏物語』について「日本の批評家は、源語を評して、支那の諸文学にも勝り、又肩を欧州の諸傑作にも並ぶべきものと為す。然れども、非常なる日本贔屓（此の類の人無にしもあらず）に有らざれば、紫式部を以て、Fielding, Thackery, Hugo, Duma, Cervantes と同地位には置かざるべし」（芝野六助訳）といった評価に見られるように、西欧文学の伝統を正統とする立場から日本文学が位置づけられている(4)。

日本文学の〈地方性〉を自覚するところから出発している漱石は、こうした立場は当然取りえなかった。しかし文学作品が結局時間的・空間的な限定性のなかにもたらされる所産であり、それを評価する読み手も趣味の相対性のなかでそれを受容しているとすれば、その地平において日本文学を鏡として英文学を眺めることも可能となる。『文学評論』には日本の文学的伝統を意識しつつ論評された箇所も見られ、「理窟ぽい」性格をもつとされるポープの詩については、「人世観とか世界観とか」

を盛り込むことを好まない日本の詩歌との差違を明確化しつつ、「実際的効用」を重んじる「俗人」的な読者には受け容れられやすいという把握を示している。ポープの詩を特徴づける「智的要素」を評価する際には、芭蕉の「道端の木槿《むくげ》は馬に喰はれけり」という句が挙げられ、それが「大変珍重されて居るのも単に其中に一種の倫理的判断があつて諷刺に成つて居るからである」という評価からの忖度を含む形で、ポープの詩句が「今に至るまで人々に暗誦されて居る理由」も納得しうると述べている。ここではポープの詩を受容してきた「俗人」はもちろんイギリス人を指し、「へぼ理窟」を含むことが多いとされる日本の俳句受容からの類推を手助けとして、イギリス文学の作品への判断がなされている。俳句への言及はおそらく事後的に浮上してきたものであり、「理窟ぽい」性格によって特徴づけられるというポープの詩への把握は、読書時における直感として漱石にもたらされたものであったただろう。

個人と国家の連続性

柄谷行人は『文学論』を論じた「文学について」という論考のなかで、漱石が漢文学と英文学の間の落差を把握したのは、それらを媒介する「同一性をつかんだあと」であり、「序」に提示されている姿勢が「「日本回帰」というような退行的居直りではない。漱石にとって日本に独自なものなどありはしない。彼のいう「自己本位」とは、自分をどこにも所属させない、いいかえれば、いかなるアイデンティティーをも拒絶するようなアイデンティティーなのである」と述べている。[5] ここで見てきたように、確かに漱石にとって日本人としての自己が内在させている文化的な趣味の〈地方性〉は、それを盾にとって他国の文学を相対化するための装置ではなく、一人の人間としての自己を支える基底にほかならなかった。柄谷も言及するように、漱石が〈日本文学と英文学〉という対比ではなく〈漢文学と英文学〉という対比のなかで文学の地理的な落差を想定しているのは重要である。この対比の図式が含意しているのは、ともに〈地方的〉な趣味の所産としての文学の二つの領域がはらむ距離の大きさであるとともに、自身が生きる文化的地平としての日本文学の相対化である。そこでは漱石が内在させているはずの、日本文学をはじめとする日本文化の〈地方性〉はいわば空集合化されている。

柄谷のいう「いかなるアイデンティティーをも拒絶するようなアイデンティティー」は、この空集合化された文化的基底とほぼ等価であるといえるが、我々が無視することができないのは、にもかかわらず、その次元において日本文化の〈地方性〉が漱石の内に取り込まれ、判断の基底として機能しているということである。その意味で漱石の「アイデンティティー」は決して抽象的な個人としての自己ではなく、自国文化との連続性をあらためて召喚する文脈をなしている。ある意味では、漱石はロンドンで「個人主義」の立場を摑むことによって、国家の一員としての自覚を浮上させることになった。『文学論ノート』に含まれる「F＝n・f」の等式はそこから派生したものであるとも考えられる。また講演「私の個人主義」では、まさに国家主義との照応のなかで、この漱石的個人主義のあり方が位置づけられている。先にも引用したように、ここで漱石は「私が独立した一個の独立した日本人であつて、決して英国人の奴婢でない以上」といふ前提の下で、「世界に共通な正直といふ徳義を重んずる点から見ても、私は私の意見を曲げてはならんのです」と語っていた。そこから「私共は国家主義でもあり、世界主義でもあり、同時に又個人主義でもあるのであります」という並存の可能性が主張されるのだったが、それは主体が自国を他国と同時に対象化しうる立場として見なされる。現に『文学論ノート』ではおびただしい文明論的考察が連ねられているが、興味深いのはそこでの対立が日本対西洋というよりも東洋対西洋という形を取ることが多いことで、たとえば次のような比較がなされている。

日本支那ハ　(1)顧後．　(2)黄金時代ヲ過去ニ置ク．　(3)人ノ perfectibility ヲ信ズ．　(4)尊心錦 satisfaction

西洋ハ　(1)顧前．　(2)黄金時代ヲ未来ニ置ク．　(3) original sin ヲ信ズ．　(4)尊心身　両方 material dissatisfaction

（「東西ノ開化」）

この思考においては構図的に東洋と西洋が対称的に配されているとともに、「日本」は「支那」と一括りにされることによってその個別性が相対化されている。日本の古典文学よりも漢文学に深く親しみ、その趣味の地平に合一化していた漱石にとって、文化・文明論的な観点から日本の特質を考える際に、それを「支那」から差別化することが困難であったことが察せられるが、『文学論ノート』に繰り返し現れるこの図式を踏まえれば、『文学論』「序」で英文学と対比されている「漢文学」とは、〈自分に親しい文学〉という意味であり、そこには日本文学も視野に収められていたことも考えられる。そしてこうした着想自体が、自国に対する批判としての意味を帯びている。また明治三四年（一九〇一）一月二五日の日記に「西洋人ハ日本ノ進歩ニ驚ク驚クハ今迄軽蔑シテ居ツタ者ガ生意気ナコトヲシタリ云タリスルノデ驚クナリ大部分ノ者ハ驚キモセネバ知リモセヌナリ」と記されるように、ロンドンで日々を送る漱石は日本という国の存在が著しく小さいものでしかないことを実感しており、その現況そのものが批判の矛先を向けねばならない対象であった。同じ年の「断片」には後年の講演にも姿を現す、次のような辛辣な批判も書き付けられている。

日本人は創造力を欠ける国民なり維新前の日本人は只管《ひたすら》支那を模倣して喜びたり維新後の日本人は又専一に西洋を模擬せんとするなり憐れなる日本人は専一に西洋人を模擬せんとして経済の上に於て便利の上に於て又発作後に起る過去を慕ふの念に於て悉く西洋化する能はざるを知りぬ

けれどもこうした批判は、逆にいえば漱石がそれだけ自国の現況を強く慮っていたことの現れでもあり、同じ年の日記（三月一六日）には、同様の視点から日本が「只西洋カラ吸収スルニ急ニシテ消化スルニ暇ナキナリ、文学モ政治モ何事モ然ラン日本ハ真ニ目ガ醒メネバダメダ」という戒めを、おそらく半ばは自身に向けつつ書きつけていた。その点で、ロンドンでの思索の末に辿り着いた漱石の個人主義の立場は、理念的には自国の文化と他国の文化を趣味の地平において等価的に眺める起点でありながら、むしろそれゆえに日本の文化や社会を批判的に相対化する眼差しとして機能してしまう主体性のあり方にほかならなかった。

日本への愛着と批判

見逃しえないのは、こうした国家・社会との連続性のなかで自己を捉えつつ、自国に対する批判意識を明確化していく主体のあり方が、明治期の日本においては珍しくなかったことである。当然漱石自身もそうした趨勢のなかに生きており、それが国家との連続性のなかで個人を意識する個人主義の方向性を後押ししていた。こうした趨勢の代表的な担い手として挙げられるのがやはり福沢諭吉である。福沢は漱石よりも二まわり上の世代に属し、江戸末期と明治前期の「二生」を閲したが、それはとりもなおさず、西洋列強の侵攻のなかで自国の独立性を確保することを憂慮しなければならない時代を生き抜いたということであった。福沢はこうした危うさに満ちた時代を切り拓いていく理念を「一身独立して一国独立す」という言葉に収斂させる言説を展開することになる。

この命題においてはまさに個人が一国を構成する要素であることが明確化されているが、「一国独立」の前提をなす「一身独立」を成就する手立てとして提示されたものが、経済学、地理学、物理学といった「実学」であった。それが重んじられるのは、それによって培われる人間の「気力」が集合することが、他国の脅威に浸食されることのない国としての独立性を実現する条件となるからである。「外国に対して我国を守らんには自由独立の気風を全国に充満せしめ、国中の人々貴賤上下の別なく、其国を自分の身の上に引き受け、智者も愚者も目くらも目あきも、各《おのおの》其国人たるの分を尽くさゞるべからず」と福沢は力説している（『学問のすゝめ』一八七二～七六）[6]。もっとも論理的にいえば、経済学や物理学といった「実学」は、その普遍性によってむしろ国境を越えてしまう性質をもっており、なぜそれを身につけることが、「国を守る」気概として表出されるのかという論理は明確ではない。福沢が描いているのは、おそらく「実学」がもつ「実」の側面によって、それを吸収することが現実世界に対峙しうる力に転化するという可能性であろう。それらが西洋由来の学問であることを念頭に置けば、いわば相手方の論理に従うことによってそれを凌ごうとする、〈負けるが勝ち〉的な精神の主張でもあった。

　福沢の語る「一国」と「一身」の関係は、漱石が『文学論ノート』に記した「F＝n・f」の等式とほとんど同一であり、国家と個人を地続きに捉える着想において共通している。こうした思考は当然福沢と漱石に限らず、同じ明治という時代を生きた多くの文学者・思想家に認められる。漱石より三歳年長の二葉亭四迷は、知られるように国家的関心と合一することを第一義に考え、その筆名に託されるように、文学に携わる活動をそこからの脱落として受け取る疎外感のなかで生を送ってしまった人間であった。文学者となった後も、日露外交を担うという青年時からの夢を断ち切り難く、東京外国語学校のロシア語教授の職を擲って大陸に渡っていったりしている。北京に滞在していた際に坪内逍遙に宛てた書簡には、日露戦争の引き金になった、ロシア軍の満州駐留に対する日本政府の態度と、その背後にある日本人の国民性について、「こんな事では到底駄目ニ候　もう位取りて露国に数歩を譲りゐるものといふものニ候　政府も駄目なら国民も駄目、支那に続いで亡びるものは必す日本なりと、情の激する時にはタイナマイト《ママ》でもぶツけてやりたいやうに成り候へ」という慨嘆を記していた。(7)

この二葉亭の気質の基底にあるものが、「予が半生の懺悔」(一九〇八)で語られる、「維新の志士肌」にほかならない。このエッセイで二葉亭は「私がずつと子供の時分からもつてゐた思想の傾向――維新の志士肌といふべき傾向が、頭を擡げ出して来て、即ち、慷慨憂国といふやうな輿論と、私のそんな思想とがぶつかり合つて、其の結果、将来日本の深憂大患となるのはロシアに極まつてる」という認識を持つに至ったことを語っている。こうした「慷慨憂国」的な意識のなかで、同時に二葉亭の文学者としての個的な意識も明確になっていったが、漱石と強い共通性を示すのが、その文学観である。すなわち漱石は「創作家の態度」で「創作家」の基本的な課題が、「如何なる立場からどんな風に世の中を見るかと云ふ事に帰着する」ことにあるという前提から、自己の心的・感覚的体制である「我」

によって捉えられた外部世界に相当する「非我」の本質を描き出すことがその職務となると語っている。また「文学の哲学的基礎」では「現代文芸の理想が美にもあらず、善にもあらず又荘厳にもあらざる以上は、其理念は真の一字にあるに相違ない」と語られ、文学者の使命が現実世界の「真」を摑み取ることにあると主張されている。一方、二葉亭四迷は「文学総論」(一八八六)のなかで、小説が「実相界」の「形(フホーム)」を描きつつそこにはらまれた「虚相」としての「意(イデア)」を顕在化させることを重んじていた。

重要なのは両者がともにそれを描き出すことを文学の使命として想定する「真」ないし「意」が、人間の内面というよりも外部の現実世界に帰属するものとして設定されていることで、その前提をなしているのが、「世の中」の構成単位としての自己の眼差しによって、外部世界の本質を把握しようとするメタレベルの意識であった。もっとも実作においては二葉亭は代表作の『浮雲』(一八八七)において、西洋志向の優柔不断な知識人青年として主人公内海文三の内面の動きを写し出している。しかし文三は作者二葉亭の似姿である以上に、この時代に生まれてきた人間像の一類型であり、彼から婚約者を奪い取ろうとする本田昇は、臆面もない功利主義者、出世主義者として、やはり近代におけるもう一つの類型であった。そして西洋志向と功利主義という、漱石的にいえば対照的な二つの「時代的F」を突き合わせる構図は、やはり自己の関心と社会の集合的関心を連続させる姿勢の下に生まれていたのである。

今挙げた福沢諭吉と二葉亭四迷は、多分に国権的な着想の持ち主であり、この二人を例にとって自己と国家を入れ子的に連続させる思考が明治時代において普遍的であったというのは、いささか偏頗な見方かもしれない。けれども教育勅語に敬意を表さなかったために一高の教職を追われ、また日露戦争開戦前には非戦論の論陣を張った内村鑑三のようなキリスト教思想家においても、こうした思考が貫流していることは見逃せない。内村が厳格なプロテスタンティズムの実践者であると同時に、それによって自国に貢献することを重んじる「二つのJ」(Jesus と Japan)を標榜していたことはよく知られている。自伝の『余は如何にして基督教徒となりし乎』(一八九五)においても、内村は「まず人となること、さらに愛国者となること、これが私の外国行きの目的だった」(鈴木俊郎訳)と記している。[8]

こうした「目的」をもってアメリカに渡りながら、人種差別の横行する現実に直面することによって内村はキリスト教国への疑念に捉えられるようになるが、その教義の真実性への信奉を失うことはなかった。そして帰国後はキリスト者としての立場から日本の現況を批判する言説を展開したが、そこでもその批判は愛国の心性と背中合わせであった。「余の従事しつゝある社会改良事案」というエッセイでは、「余は今日日本を嫌ふ者である。然し余は日本国を憎む者ではない、否な、余は良夫が其最愛の妻を愛する愛を以て日本国を愛する者である」と内村は述べている。[9] それを具体化するように『代表的日本人』では西郷隆盛や上杉鷹山、二宮金次郎といった人びとが取り上げられ、キリスト教に帰依しなかったものの、自己よりも他者に愛を向けようとするキリスト教的精神の実践者として論じられている。

「明治の精神」の姿

今眺めてきた一連の思想家・文学者が、日本への強い愛着を抱きつつ、それゆえに辛辣な批判の矢を日本に向けつづけた基底にあるものが、国家・社会との連続性のなかで自己の思考や表現をおこなおうとする姿勢であった。そしてそれこそが、『こゝろ』下巻の終盤で姿を現す「明治の精神」の内実にほかならなかった。ここで明治天皇の崩御を知った「先生」は、「私は明治の精神が天皇に始まつて天皇に終わつたやうな気がしました。最も強く明治の影響を受けた私どもが、その後に生き残つてゐるのは必竟時勢遅れだといふ感じが烈しく私の胸を打ちました」という感慨を覚えている。これまでこのやや唐突に口にされる「明治の精神」の内実に相当するものとして言及されることが多かったのが、「上」十四で、先生が若い「私」に対して口にする「自由と独立と己れ」という言葉である。先生は自分に接近してこようとする「私」に警告を発するように、「私は未来の侮辱を受けないために、その尊敬を斥ぞけたいと思ふのです。私は今より一層淋しい未来の私を我慢する代りに、淋しい今の私を我慢したいのです。自由と独立と己れとに充ちた現代に生まれた我々は、其犠牲としてみんな此淋しみを味はわなくてはならないでせう」と語っていた。

この「自由と独立と己れ」をすなわち「明治の精神」と等価に捉える見方も珍しくなく、唐木順三は先生について「「明治の精神」である「自由と独立と己れ」の犠牲になって倒れた」人間であるとし、[10] 瀬沼茂樹は「「自由と独立と己れ」の外化である明治の精神の終焉」といういい方によって、両者を同一視していた。[11] それに対して山崎正和や三好行雄は「自由と独立と己れ」を「明治の精神」の中核的な要素として想定しながらも、それに固執することによって自己の内面に空虚をもたらしてしまうアイロニーに着目し、むしろその反転性にこそこの時代を特徴づける「精神」のあり方を見ている。山崎は明治時代の知識人がその自主独立の思想を追求しようとするあまり、他者から働きかけられる受動性を潔癖に斥けようとすることで、「癒しがたい奇妙な「淋しさ」」を抱えて込んでしまうという見方を示している。[12] また三好は「〈自由と独立と己れに充ちた現代〉を肯定しながら、というより、それを運命としてひきうけながら、なおそのかなたに人間の耐えねばならぬ孤独と寂寞を知ってしまった精神」として「明治の精神」を把握している。[13]

一方この言葉とは切り離して、明治天皇の死によって遡及的に喚起された精神として「明治の精神」を考えるならば、それは明治天皇が「大帝」として国を率いた時代の精神であることになり、逆に国家への同一化が前面に押し出されてくることになる。江藤淳は、先生は「去り行く明治の精神のため」に死んだのであり、それによってその自殺は「人間の条件からの逃避にとどまらず、何ものともつながらぬ、形式を喪失した自我の暴威に対する自己処罰の意味を持ち得る」のだと語っている。[14] また桶谷秀昭は漱石が明治天皇の死に際して、日記に「改元の詔書」や「朝見式詔勅」あるいはもろもろの奉誓文を日記に写していたことに関連づけて、こうした記載の背後に「おそらく「其時私は明治の精神が天皇に始まつて天皇に終つたやうな気がしました」という『こゝろ』の先生の感懐が脈打っていた」と推察している。[15] あるいは漱石を念頭に置きつつも『こゝろ』に直接の言及をおこなわない形で書かれた「明治の精神」という論考で、保田與重郎は「明治の精神は云はば日清日露の二役を国民独立戦争と考へた精神である」と断じ、その「明治の精神を崇高に象徴した御一人者は、明治天皇であつた」と述べていた。[16]

保田與重郎の評論が書かれたのは、戦時下の体制のなかでいわゆる日本主義が勃興しつつあった昭和一〇年代であったが、戦後においても江藤や桶谷のような把握があり、比較的近年においても須田千里が「「個」を乗り超えた「公の精神」」と見なし、[17] 大澤真幸が「自己の選択が本源的に他者に媒介されている」ことにその特質を見出しているように、[18]「明治の精神」を公的な地平に定位させようとする論は、むしろ個人の自主独立をその中核に置こうとする見方よりも優位を占めているようにも見える。ここで追ってきた漱石の思考の形を踏まえるならば、「明治の精神」に対するこうした両面的な把握は、自然にもたらされるものであったといえよう。すなわち個人の「自由と独立と己れ」の尊重も、明治天皇に象徴される「公」への信奉も、どちらも「明治の精神」を形成する二つの地平として連続しているからである。福沢諭吉の唱えた「一身独立して一国独立す」は、まさにそれらを媒介する「明治の精神」の象徴的な理念であったが、漱石のなかにも国家・社会の関心（F）を個人（f）が分有するという同様の着想があったのであり、そこから「自由と独立と己れ」という言葉をあらためて眺めれば、それが個人と国家の両方に適用されるものであることが分かる。すなわちそれは、個人が自主独立の精神を身につけることであるとともに、国同士のせめぎ合いのなかで自国の独立性と主体性を確保することを意味する言葉だったのである。

拙著『漱石のなかの〈帝国〉――「国民作家」と近代日本』（翰林書房、二〇〇六）で述べたように、漱石の主人公たちはほとんどが同時代の近代日本の写し絵であり、とりわけ日本と欧米諸国あるいは近隣アジア諸国との国際関係の動向が、個人としての彼らの行動の上に写し出されていた。『こゝろ』においても、先生とはすなわち明治日本のことであり、大岡昇平が「作者に無理矢理自殺させられた」と語る[19]ような、自然とはいい難い先生の自殺にしても、明治の帰趨と先生の生を重ね合わせる着想から、〈論理的〉にもたらされた展開であった。またこの作品を含め『それから』『門』などで、主人公が女性をめぐって友人・知人と対立関係に入り込み、彼らを押しのけるようにしてその女性を奪い取ってしまう構図は、明治四三年（一九一〇）の韓国併合を中心とする日露戦争後の日本の帝国主義的拡張と照らし合っていた。先生や『門』の宗助が、事後的にその行為に対する罪障感を覚えるのは、こうした日本の進展に対する漱石の批判意識の表象にほかならない。この着想は講演や評論にも滲出しており、「私の個人主義」で語られる、「自己の個性の発展を仕遂げやうと思ふならば、同時に他人の個性も尊重しなければならない」という主張は、小森陽一も指摘する[20]ように帝国主義批判として読み替えられるのである。

明治時代とは結局、こうした〈地方的〉であることが〈世界的〉であることの必然的な条件とならざるをえない時代であった。フランシス・フクヤマが『歴史の終り』で描くような、リベラルな民主主義とグローバルな資本主義によって世界の国境が越えられていく時代が到来するのは、それから四分の三世紀も後のことである。もちろんその「歴史」の終わった現代においても、〈地方的〉ナショナリズムは世界の各地で吹き荒れている。まして国際連合も国際連盟もまだ存在していない二〇世紀初めにあって、自国を守ることと国際化することは背中合わせの命題として、公的領域に生きる人びとにつきつけられていた。「東洋」という中間領域を視野に入れつつ生み出された、夏目漱石の作品と言説は、まさにそれを連続させる「グローカリズム」の一つの典型を示しているのである。

(1) E・フッサール『現象学の理念』(立松弘孝訳、みすず書房、一九八二、原著は一九五〇)。なお原講演自体は一九〇九年におこなわれている。

(2) I・カント『判断力批判』(上下、篠田英雄訳、岩波文庫、一九六四、原著は一七九〇)。漱石はカントについては、「文芸の哲学的基礎」で空間形式を認識する機能が「直感」にあることを提起した哲学者として言及し、また『文学形式論』(一九二四、原講義は一九〇三、於・東京帝大)では「智力的要求を満足さする形式」の項で、「審美的形式は対象物をわれわれの認識機能に適合させることである」という言葉が引用されているが、「趣味判断」の妥当性への論及は見当たらない。なお柄谷行人は『漱石全集』第一六巻（岩波書店、一九九五）の月報で、「漱石は文学芸術の根拠を、道徳や科学的真理に対立するものとしてでなく、それらを意識的に括弧に入れる能力——これは「習慣」である——に見いだしている」点で、カント的な思考法を取っていたと述べている。対象を意識への所与として「括弧に入れる」のはもちろん現象学的方法で、柄谷の観点は小論のそれと重なっているが、ここではその基底にある文化・社会的文脈を問題にしようとしている。

（3）H・ベルクソン『意識と生命』（池辺義教訳、中公バックス世界の名著64『ベルクソン』、一九七九、原講演は一九一一）。

（4）W・G・アストン『日本文学史』（芝野六助訳、大日本図書、一九〇八）。

（5）柄谷行人「文学について」（『國文学』一九七八・五→『漱石論集』、第三文明社、一九九二）。柄谷は漱石が英文学に対比させたものが「中国文学」ではなく「漢文学」であることに着目している。柄谷によれば、漱石にとって「漢文学」は第一に漢字表記のもつ非音声的側面を意味し、「大河」という表記が「いつでも、タイガとオオカワのとりかえを許す」ような可変性・両義性が、明治二〇年代以降の言文一致の流れのなかで消去されていった。そして言文一致を含む近代化の進展のなかで漱石は英文学に専攻を変えるが、そのため「自らの選択に対する疑いと悔いをもちつづけていた」と述べられている。柄谷が蕪村の句を例にとって「大河」の非音声性を論じ、また小論でも指摘しているように、「漢文学」の範疇におそらく日本の古典文学も包摂されているであろうことは見逃せない側面であろう。

（6）福沢諭吉の引用は『福澤諭吉全集』第三巻（岩波書店、一九五九）による。

（7）二葉亭四迷の引用は『二葉亭四迷全集』第四巻（筑摩書房、一九八五）による。

（8）引用は岩波文庫版『余は如何にして基督教徒となりし乎』（鈴木俊郎訳、一九五八）による。
（9）引用は『内村鑑三全集』第九巻（岩波書店、一九八一）による。原エッセイは一九〇一年一二月の『万朝報』に掲載されている。
（10）唐木順三「漱石概観」（『現代日本文学序説』所収、春陽堂、一九三二）。
（11）瀬沼茂樹『夏目漱石』（東京大学出版会、一九七〇）。
（12）山崎正和「淋しい人間」（『ユリイカ』一九七七・一一→『淋しい人間』、河出書房新社、一九七八年）。
（13）三好行雄「『こゝろ』鑑賞」（鑑賞現代日本文学5『夏目漱石』所収、角川書店、一九八四）。
（14）江藤淳「明治の一知識人」（『決定版夏目漱石』所収、新潮社、一九七四）。
（15）桶谷秀昭『夏目漱石論』（河出書房新社、一九七二）。
（16）保田與重郎「明治の精神」（『文藝』一九三七・二、三→保田與重郎文庫3『戴冠詩人の御一人者』、新学社、二〇〇〇）。
（17）須田千里「「明治の精神」とは何か——『心』における先生の死をめぐって」（『明治文学の雅と俗』所収、岩波書店、二〇〇一）。
（18）大澤真幸「明治の精神と心の自律性」（『日本近代文学』62集、二〇〇〇・五）。
（19）大岡昇平『小説家夏目漱石』（筑摩書房、一九八八）。
（20）小森陽一『漱石を読みなおす』（ちくま新書、一九九五）。小森は「「個人主義」の倫理を、国家間の倫理にしたとき、そこには明らかに帝国主義批判の論点が屹立するのです」と述べている。
※漱石作品からの引用はすべて『漱石全集』（岩波書店、一九九三〜九九）による。

異文化の対話――豊子愷「縁」と夏目漱石「ケーベル先生」――

西槇　偉

はじめに

二〇世紀中国文芸界のマルチタレント豊子愷《ほうしがい》（一八九八～一九七五）は、西洋美術と音楽の紹介者として、また画家、随筆家、翻訳家として活躍した。随筆家としての彼は夏目漱石（一八六七～一九一六）の『草枕』（一九〇六）や小品文を偏愛し、そこからみずからの創作に資するものを多く得た[(1)]。しかし、『草枕』以外の漱石の小説には、比較的冷淡だったように思われる。小品文作家ゆえの漱石受容といえようが、中国における漱石文学の受容史のなかで見た場合、それはいかなる位置を占めるのだろうか。

漱石をもっとも早く中国に紹介したのは、魯迅・周作人兄弟であった。一九一八年七月、周作人は「日本近三十年小説之発達」（『新青年』第五巻第一号）を発表し、漱石を「非自然主義の文学」の筆頭にあげた。その後、周作人編集の『現代日本小説集』（一九二三年六月）に魯迅訳「掛幅（懸物）」「克萊喀先生（クレイグ先生）」が収められ、漱石作品がはじめて中国語に翻訳されたのである。つまり、周作人が最初の紹介者となり、魯迅がはじめての翻訳者となったわけだ。このことは、それ以降の漱石受容に重大な影響を及ぼしたにちがいない。周氏兄弟は中国の新文学を牽引する役割を果たしたからである。

また、魯迅が翻訳したのは小品文だったことも看過しえない事実といえよう。翻訳選集に中長編小説が選ばれないのは当然だとしても、『永日小品』から二編選ばれたという結果は重く見るべきではないか。というのは、魯迅自身、漱石の小品文に影響を蒙ったと思われるだけでなく(2)、引き続いて翻訳された漱石作品も数編の小品文であり(3)、豊子愷の場合も漱石の小品文に刺激を受け、創作を試みていたのである。これらはいずれも一九二〇年代半ばから後半にかけて、ほぼ同時期の出来事であった。

その後、『草枕』が一九二九年に翻訳、刊行された。訳者は崔萬秋《さいばんしゅう》（一九〇三〜八二）である。翌年、海賊版があらわれるほど同書は読書界に迎えられたことが、中国における漱石受容のもうひとつの特色といえる(4)。人民共和国成立後、一九五六年に翻訳することになる豊子愷も、やはり一九二〇年代後半に『草枕』にふれ、それに魅せられたのだ。一九二六年から翌年にかけてまとめられ、一九三〇年一月に発表された「中国美術在現代芸術上的勝利（現代芸術における中国美術の勝利）」（『東方雑誌』第二七巻一期）には「非人情」が美学用語として用いられ、一九二九年の随筆「秋」には『草枕』からの引用が見受けられる。さらに一九三〇年代に入って、豊子愷は『草枕』を意識した、船によるスケッチ旅行を題材とする連作随筆をものしている。[5] 最晩年、失意のなかふたたび訳すほど、『草枕』は豊子愷にとって生涯最愛の書といってよい。

　漱石の長編小説のなかで最も早く中国で翻訳されたことを思えば、豊子愷が『草枕』を愛好したことは決して特異なことではなかったと思われる。豊子愷と漱石とのかかわりは、中国における漱石受容の流れに合致するのである。

　漱石の小品に範をとった豊子愷の作品はかなりの数にのぼる。ここでは「縁」を例に、漱石「ケーベル先生」と突き合わせて読むことによって、影響の有無を検討しながら、両作品の特色をもあぶり出し、ひいてはテキストの文化史的な背景をも浮き彫りにしていきたい。

残照のなかの師の肖像

「縁」は謝頌羔《しゃしょうこう》著『理想中人』再版の序文として、豊子愷が一九二九年メーデーに創作した小品で、翌月一〇日発行の『小説月報』に掲載された。[6] 脱稿後まもなく文学月刊誌に発表され、のちに著者初の小品文集『縁縁堂随筆《えんえんどうずいひつ》』（一九三一）にも収録されたことから、本篇は作者がかなり自信をもっていた作品と考えられる。

　序すべき書物の内容にふれず、その著者をも脇役に配するところに、序文として書かれた「縁」のユニークさがある。「縁」は中国新文化運動の先駆者李叔同《りしゅくどう》（一八八〇～一九四二、一九一八に出家し法名は弘一）を中心に、彼と豊子愷の師弟関係や『理想中人』の作者謝頌羔（一八九五～一九七四）をも交えた交遊を描いている。初出誌ではわずか二ページの「縁」は弘一法師こと李叔同が豊子愷の家に滞在したおりの、いくつかの場面をスケッチする。

一方、「ケーベル先生」は漱石が旧師ラファエル・フォン・ケーベル（一八四八～一九二三）を訪ねた訪問記である。[7] 安倍能成《あべよししげ》（一八八三～一九六六）をひきつれ、明治四四年（一九一一）七月一〇日の夕刻、漱石はケーベルの家を訪れ、そこで歓談をした様子が記されている。

ここで「縁」と「ケーベル先生」の構成を摑んでおくことにしよう。まず、「縁」の内容をその段落構成にしたがって、以下のように分けることができる。

①豊子愷（語り手）は弘一法師を駅に出迎え、彼を自宅二階書斎に泊める（一段落）。②弘一の滞在中、夕暮れ時二階で師弟二人がよく対話をした。その情景（一段落）。③二階での対話の一例。『理想中人』とその著者についての会話（一段落、このうちに改行された会話文が六箇所含まれる）。④その後、弘一は筆をとり、謝頌羔のために「慈良清直《じりょうせいちょく》」の四字を書く（一段落）。⑤豊子愷が謝頌羔を訪ねて、弘一の書を手渡し、彼に引き合わせるため謝を招く（一段落）。⑥隣人陶載良《とうさいりょう》の家で、一同が精進料理の会食をする情景と語り手の感想（一段落）。⑦謝頌羔から序文を依頼されたことがきっかけとなり、一同に会したことが思い出され、それを記したという執筆の経緯（一段落）。

文中「　」でくくられた会話文は字下げ、改行されているものの、それらはほとんど一文のみの短いフレーズで、前後のつながりを考慮し、ここでは独立した段落とはしなかった。そのためか、「縁」の構成はいたってすっきりしたように見える。

つぎに、「ケーベル先生」を見てみよう。

①漱石（語り手）が安倍とともにケーベル宅に到着。二階の窓からケーベル先生の頭が見えたことと先生宅の印象（二段落）。②二階にあがり、書斎で席に着いて会話をしながら先生の顔を熟視する（一段落）。③先生の書斎には、あまり書籍は見当たらず、一階食堂の調度品は質素である（二段落）。④先生の生き方をとらえた一段を挟み、先生との談話が間接話法で述べられる（六段落）。⑤敬愛のこもったケーベル先生評（二段落）。⑥今回訪問したきっかけ、今後の先生の帰趨への思い（一段落）。

このように対比させると、構成上の類似点は見出されやすい。まず、行文の流れはほぼ一致する。弘一法師が長期滞在したにもかかわらず（「縁」によれば一ヶ月）、豊子愷がその間の出来事として抽出したのは、「夕暮れ時の書斎での師弟対話の情景」「弘一法師を囲む会食」などわずかな場面で、最後に「縁の不思議さ、大切さ」という趣旨を説く。これにたいして、夏の夕方の訪問を、漱石は「書斎での対面」「食堂での歓談、食事」に力点を置き、一編の眼目ともいうべきケーベル先生の人物評を末尾近くに配置した。

構成が近似するのみでなく、「書斎」というモチーフが共通するなど、この二編を細部にわたって照らし合わせる必要があろう。「縁」は次のように始まる。

一昨年秋のことである。弘一法師が旅の途次上海に立ち寄り、いかなる縁に引き寄せられてか、彼は江湾《こうわん》にあるわたしの寓居にしばらく滞在したいという。彼を北駅に迎え、杖と天秤棒を受け取ると、わたしたちは一緒に車に乗り、江湾の縁縁堂《えんえんどう》に帰った。彼は二階に泊まり、子ども二人とわたしは一階で寝起きした。(8)　　（傍線は西槇、以下同）

「一昨年」とは一九二七年のことである。その前年の春、豊子愷は杭州招賢寺《しょうけんじ》へ弘一法師を訪ねており、それは二人の六年ぶりの再会であった。豊子愷は浙江第一師範学校で李叔同に西洋美術と音楽の手ほどきを受け、このときに二人は師弟関係をきずいた。その後、李は一九一八年に出家し、弘一法師となるが、豊子愷もしばらく身辺が落ち着かず、二人はやや疎遠になっていた。しかし、一九二六年春の再会を機に師弟二人の再接近が急速にはかられた。同年夏、弘一法師が上海の豊子愷宅に立ち寄り、秋に豊子愷は師との六年ぶりの再会と師の身の上を素材に小説「法味」を創作し、雑誌『一般』（同年一〇月号）に発表した。そこでの弘一法師の生涯に関する詳細な記述は虚構なく、師の生き方をありのままに受け入れようとする弟子の姿勢がうかがえる。(9)よって、一九二七年秋の師の来訪は天津への旅の中止という事情によるものとはいえ、結果的に「法味」などにこめられた弟子のメッセージに応えたものといえる。

滞在中、豊子愷は弘一法師に帰依する儀式を行い、彼の在家の弟子となった。二人の間の師弟関係はいよいよ強固に結ばれたのである。そして前年、弘一法師は豊子愷の居室に「縁縁堂」と名づけ、それが豊子愷に生涯結びつくものとなった。よって、小品文タイトルの「縁」は「縁縁堂」の「縁」でもあり、師弟二人の絆を示す文字であった。

「縁」冒頭部分を改めて眺めると、師については「杖と天秤棒」という所持品のみがふれられ、それがかえって一所不在の旅の僧の質朴なイメージを簡潔に映し出す。そんな弘一法師を二階に泊め、仰ぎ見る位置に師を置いたことは注意しておきたい。

平行して読み比べるために、「ケーベル先生」の書き出しも引かなくてはならない。

> 木の葉の間から高い窓が見えて、其窓の隅からケーベル先生の頭が見えた。傍《わき》から濃い藍色《あゐいろ》の烟《けむり》が立つた。先生は烟草《たばこ》を呑んでゐるなと余は安倍君に云つた。
> 此前《このまへ》此所《こゝ》を通つたのは何時だか忘れて仕舞つたが、今日見ると僅かの間《ま》にもう大分様子が違つてゐる。甲武線の崖上は角並《かどなみ》新らしい立派な家に建て易へられて、何《いづ》れも現代的日本の産み出した富《とみ》の威力と切り放す事の出来ない門構《もんがまへ》許《ばかり》である。其中《そのなか》に先生の住居《すまひ》だけが過去の記念《かたみ》の如くたつた一軒古ぼけたなりで残つてゐる。先生は此燻《くす》ぶり返つた家の書斎に這入つたなり滅多に外

へ出た事がない。其書斎は取《とり》も直《なほ》さず先生の頭が見えた木の葉の間の高い所であつた。(10)

最初の短い段落により、鮮明で重要なイメージが読者に与えられた。高い窓に見えるケーベル先生の頭は、盛夏の木の葉の色とたばこの煙の「濃い藍色」が添えられ、ごく荒いタッチで描かれた。それは第三段落で行われる細緻な肖像描写の伏線ともなる。しかし、このイメージで重要なのは「高い窓」が示す位置かと思われる。それは二階書斎の窓だが、物理的な位置関係により心理的な上下関係があらわされる手法である。師は仰ぎ見るべき存在なのだ。劈頭の一文に加え、第二・第三段落でもくりかえし「木の葉の間の高い所」にある書斎が言及された。豊子愷は「縁」でこの表現方法を踏襲し、冒頭段落の末尾で二階に師が宿泊するのだと述べては、その直後で二階に上る自分の姿を描いた。さらに師の生のありようを「杖と天秤棒」に託して示すのは、「ケーベル先生」における「家」の描き方に近い。「杖」は歩行をたすけ、「天秤棒」は行李をかつぐのに用いる。これらの道具は、人に頼らず独立独行する弘一法師の生き方をよく伝える。一方、時代錯誤ともみえる「古ぼけた」家により、世に迎合しない、隠者然とした孤高の主人が容易に想像されよう。(11)こうしてみると、弘一法師とケーベル先生の人間像にも共通点が認められる。それは両作者がひとしく心惹かれる、陶淵明などに見られる東洋的な隠者のイメージであろう。そのようなイメージを作中のケーベル先生に見出したゆえに、豊子愷は敬慕する弘一法師をそれに重ねて造形したにちがいない。

二作品の続きを見ることにしよう。「縁」の第二段落と、「ケーベル先生」の第三段落を並べて引用する。

毎日日が暮れようとする頃、わたしは決まって二階に上がり、彼と話をした。彼は昼を過ぎれば食事を一切とらず、わたしは夕飯がかなり遅いほうである。したがって、みなが夕飯を食べる時間に、わたしたちは話していたことになる。彼はいつも早く就寝し、太陽の光とほぼ同時というふうで、電灯など照明は使わない。それで、わたしたちの会話は蒼茫《そうぼう》とした暮色《ぼしょく》の中で交わされた。彼は窓に近い籐《とう》のベッドに腰掛け、わたしは奥のほうの椅子に座った。外の灰色の空を背景に彼の漆黒の胸像が浮かび上がる頃、わたしはようやく下に降り、彼は床に就く。このような生活は一ヶ月も続いた。今となっては、枯れることのない思い出の源泉となった(12)。

余と安倍君とは先生に導びかれて、敷物も何も足に触れない素裸《すはだか》の儘の高い楷子段《はしごだん》を薄暗がりにがたがた云はせながら上つて、階上の右手にある書斎に入つた。さうして先生の今迄腰を卸して窓から頭丈を出してゐた一番光に近い椅子に余は坐つた。そこで外面《そと》から射す夕暮に近い明りを受けて始めて先生の顔を熟視した。先生の顔は昔と左迄〔さまで〕違つて居なかつた。(中略)先生の髪も髯《ひげ》も英語で云ふとオーバーンとか形容すべき、ごく薄い麻の様な色をしてゐる上に、普通の西洋人の通り非常に細くつて柔《やはら》かいから、少しの白髪が生えても丸で目立たないのだらう。夫《それ》にしても血色が元の通りである。十八年を日本で住み古した人とは思へない。(13)

「ケーベル先生」が新聞紙上にあらわれたのは一九一一年七月一六日だから、原稿の執筆は訪問(七月一〇日)後まもないことになる。そのためか、描かれたイメージは鮮明で、豊かなディテールは魅力的である。また、訪問当日の日記には詳細なメモがあり、たとえば作品冒頭部は「……高い二階の窓から先生の頭が出てゐる。烟草の烟りが見える」という日記記述にもとづく。(14)それにくらべて、豊子愷の文はずいぶん簡素である。しかし、そうした描写の疎密を別にすれば、並列した二つの段落の行文の流れ、描かれた内容、用いられたモチーフに類似性があることはたやすく見てとれよう。

この二段の内容はいずれも「二階の書斎での師弟対話」といえるが、両作者はともに二階に上るシーンから描き始めている。つづいて、豊子愷は李叔同の生活習慣を紹介し、二人の対話がつねに夕方に行われた理由を説明した。滞在中、師弟二人は書斎に限らず多くの場面で会話を交わしたであろう。にもかかわらず、書斎での会話に焦点をしぼるために、その必然性を述べる必要があるのだ。漱石の場合は客として書斎に迎えられたから、彼には書斎の場面を選ぶという意識はない。先生の座る椅子に座るということばには先生の歓迎ぶりが暗に示され、また「一番光に近い椅子」という表現は「先生」を「光」に結び付け、象徴的な意味合いが生じる。李叔同の生活を「太陽の光とほぼ同時というふうで」と記す豊子愷も、同様の効果を狙おうとしたにちがいない。また、漱石は同フレーズにより、自分とケーベル先生の座る位置をも示した。漱石は窓辺の椅子に腰をおろし、ケーベル先生のほうは窓に顔を向けて座ったために外光を受け、その顔が漱石にははっきりと見えたわけだ。光の効果を計算した絵画的な描写法といってよいだろう。これにたいして、画家豊子愷も師と自分の座る位置を明らかにしてから、師の肖像を描いた。漱石とは逆に、彼は師を窓辺に座らせ、自分自身光から離れたところに座る。そうして、ちょうど逆光で、師の顔はあまり見えず、師の上半身が自然と「漆黒の胸像」になる。

久闊を叙しながら、漱石は師の顔を熟視する。ここで「オーバーン（auburn）」という赤褐色、「薄い麻のような色」、「白髪」の白、血色のよい肌色などが使われ、描かれた師の肖像はあたかも一枚の水彩画のようである。一方の弘一法師は略筆で描かれていながら、もはや平面的な絵画ではなく、ずしりと重量感のある立体的な「胸像」なのだ。さながらブロンズ像のように重々しく、この重さは心理的なものであることはいうまでもない。

漱石は書斎での師との対話を間接話法で記しながら、師の表情をとらえた。そして、会話文と肖像描写がうまく溶け合い、間然するところはない。それから、漱石は書斎そのものに視線を向けるのだが、豊子愷も書斎を描いて、そこで師弟対話を展開する。

書物の否定

両作品における「書斎」の様子を見比べることにしよう。

先生の容貌が永久にみづ〳〵してゐる様に見えるのに引き易へて、先生の書斎は耄《ぼ》け切つた色で包まれてゐた。洋書といふものは唐本《とうほん》や和書よりも装飾的な背皮《せがは》に学問と芸術の派出やかさを偲ばせるのが常であるのに、此部屋は余の眼を射る何物をも蔵《ぞう》してゐなかつた。たゞ大きな机があつた。色の褪《さ》めた椅子が四脚あつた。マッチと埃及《エジプト》烟草と灰皿があつた。（中略）余は遂に先生の書斎にどんな書物がどんなに並んでゐたかを知らずに過ぎた。(15)

そうしてある日、わたしが二階に上がって、彼に会いに行った。彼はいかにも嬉しそうな表情で、わたしの本棚から本を一冊抜き出し、表紙の文字を指差しながら、

「謝頌羔居士をご存知かね」と言った。

彼が手にする本は、謝頌羔君が書いた『理想中人』であった。かなり前に著者にもらったその本を、わたしは書棚の下の層に横にして置いていた。ところが、家の子どもが機関車遊びをするのが好きで、わたしが横にして重ねていた本を数日前引っ張り出し、それを床に敷き、線路を

作った。遊び終わって、わたしの長女が片づけをしてくれた。その時、彼女はそれらの本を本棚の真ん中の層の外側に立てた。一番手に取りやすいそこから、弘一法師が取り出されたのだ。

「謝頌羔は友人で、クリスチャンです」とわたしが答えた。

「この本はなかなかいい。ためになる本だ。謝さんは上海に住んでおられるのかい」

「彼は北四川路《しせんろ》奥の広学会《こうがつかい》で編集者として働いています。ぼくは時々彼に会います」

彼は広学会を知っていたようで、話題がそちらのほうにそれていった。（中略）そこには熱心で真摯な宗教者が大勢集まり、仏教に関心を寄せ、『大乗起信論』を翻訳したこともある外国人宣教師ティモシー・リチャードもいたそうだ。話はまた『理想中人』とその著者に戻り、こんな有益な本はなかなかない、著者は立派な方に違いないなどと彼は口々にほめた。また、わたしの書棚にどんな本があるか今まで見ようともしなかったが、今日たまたま取りやすいところにあるこの本を手にしたという。読んでみて、非常に感激したので、この類の蔵書がきっと豊富にあるだろうと探してみたら、ほかはみな絵画や音楽に関する日本語の本であった。(16)

まず、漱石の表現は遠まわしではあるが、彼はケーベル先生の書斎には書籍は見当たらなかったとした。当日の日記に、漱石は「先生の書斎は大きなテーブルがあつて本があつて古い椅子が二三脚ある。頗る古びてゐる。少しも雅な所も華奢な所もない。たゞ荒涼の感がある」(17)と書きとめたように、書斎に書物がなかったわけではない。文中にも、ケーベル先生が「其外にはたゞ書物を読んでゐる」という表現がある。[18] しかし、なぜ漱石が書物を否定するケーベル先生を読者に印象付けようとするのだろうか。

「縁」で、弘一法師もまた書物を否定する傾向を見せるのだ。両作品を対比させてみよう。漱石はあるはずの書物をないものとし、かなり作為的なように、豊子愷の文章にもやや無理がある。「書棚にどんな本があるか今まで見ようともしなかった」弘一法師が、『理想中人』を引き出して読むこと自体矛盾といわなければならない。そのためか、子どもがそれを取りやすいところに置いたのだと、豊子愷は理由をつけてそれを解消しようとした。この本と弘一法師との出会いを例外的で、偶然だとする作者の設定は作為的といえる。

それはともあれ、両作者はなぜ書物を否定するのか。「たゞ荒涼の感がある」と日記に記した印象は「書斎は耄け切つた色で包まれてゐた」という表現にもあらわれているが、書物の否定はこの印象を強める。一方、文芸界で相当の地位にのぼりつつあった豊子愷の書斎は、『理想中人』のほかは「みな絵画や音楽に関する日本語の本であった」と作者みずからが吐露するように、まさに漱石のいう「学問と芸術の派手やかさ」を思わせる書物で溢れていたであろう。彼は日本語を通して、西洋の美術や音楽を紹介する著作を精力的に行っていたのだ。ところが、そんな豊子愷に西洋美術や音楽の手ほどきをしたのは弘一法師その人であったことを思えば、弟子の書棚に眼を向けようとしないのは不自然ではないだろうか。しかし、この背景には李叔同の転向があり、それで一応説明はつく。彼は出家して弘一法師となり、仏教の途を歩んでいたのである。

弘一法師は書物を全否定しなかったのも事実で、『理想中人』を手に取ったことからもそれがわかる。彼が見ようとしなかったのは、弟子が所有する美術や音楽に関する書物の方だ。したがって、両作品における書物否定のニュアンスはやや異なる。

さらに、「縁」に登場する、書物を遊戯の道具にする子どもの存在も意義深い。彼も書物を否定しているといえよう。彼は父親が低い段に置いた本を引き出し、弘一法師がその本を手にするきっかけを作る。このことを「縁」として、のちに作者が評価するが、この評語よりも「子ども」が弘一法師同様、書物を否定する点が重要であろう。子どもが弘一法師の「精神的類縁者」なのだ。その正体は老子が「嬰児に復帰す」というところの「嬰児」であり、彼こそもっとも自然に近い存在であり、人間本来の理想的な姿にほかならない。弘一法師の場合も自然に帰ろうとする意志が、書棚を見ようとしないという表現によってあらわされているのではないだろうか。

ここで老子から、「縁」と「ケーベル先生」を逆照射してみよう。その知識否定は『老子』徳経下「忘知第四八」によって知られるが、ここでは道経上「反朴第二八」を引く。

知其雄、守其雌、為天下谿。為天下谿、常徳不離、復帰於嬰児。知其白、守其黒、為天下式。為天下式、常徳不忒、復帰於無極。知其栄、守其辱、為天下谷。為天下谷、常徳乃足、復帰於朴。朴散則為器。聖人用之、則為官長。故大制不割。

其の雄《ゆう》を知りて、其の雌《し》を守れば、天下の谿《たに》と為る。天下の谿と為れば、常徳離れずして、嬰児に復帰す。其の白きを知りて、其の黒きを守れば、天下の式と為る。天下の式と為れば、常徳忒《あらた》まらずして、無極に復帰す。其の栄を知りて、其の辱を守れば、天下の谷と為る。天下の谷と為れば、常徳乃ち足りて、朴に復帰す。朴散ずれば則ち器と為る。聖人之を用ふれば、則ち官長と為る。故に大制は割かざるなり。[19]

柔弱（雌、嬰児）、謙下（辱）、素朴（朴）の徳を述べるこのくだりをみれば、質素な生活に甘んじるケーベル先生を描く漱石の意図は明らかであろう。ケーベル先生の書斎で書物を見ずに、一階の食堂に降りた漱石は、「先生の食卓には常の欧洲人が必要品とまで認めてゐる白布が懸つてゐなかつた。其代りにくすんだ更紗形を置いた布《きれ》が一杯に被さつてゐた」とし、さらにたいへん質素な調度品にも驚く。そして、先の肖像描写に続いて、漱石は「襟も襟飾も着けてはゐない。千筋の縮《ちぢみ》の襯衣《しやつ》を着た上に、玉子色の薄い脊広を一枚無造作に引掛けた丈」という服装をとらえる。こうして、ケーベル先生の座像が仕上げられたのだ。そのうえ、「白い襯衣と白い襟と紺の着物を着てゐた」自分の「正装」と対比させ、先生の「素朴」さ、形式にとらわれない自由不羈な性格を強調した。

ここで「白」という色彩表現にも留意したい。先に引いた、ケーベル先生の肖像描写に「少しの白髪が生えても丸で目立たない」とあり、「白」がぼかされたかたちで用いられてはいるが、たばこの「濃い藍色の烟」、「燻ぶり返つた家」、「毳け切つた色で包まれてゐた」書斎、「くすんだ更紗形」、「烏」など、ケーベル先生に関連するそのほかのものには「黒」に近い色彩が多用されている。それは「白」と対照をなし、まさに「其の白きを知りて、其の黒きを守」る境地に至った師をあらわしていよう。さらに、ケーベル先生宅を辞して、「大きな暗い夜《よ》の中に出た」という印象的な語句が文末近くに配置され、夕刻からの訪問ということもあるが、「黒」という色彩は全篇を覆う。

白と黒の対比など色彩表現を重視する漱石にたいして、豊子愷のほうはどうか。「縁」には、色彩表現は弘一法師をとらえた「漆黒の胸像（全黒的胸像）」のほか、「蒼茫とした暮色（蒼茫的暮色）」や「灰色の空（灰色的天空）」がみえる。後者はいずれも「漆黒の胸像」の背景をなす色彩で、やはり「黒」に近いといえる。師に「黒」を用いた点で「ケーベル先生」に通じており、黒系統以外の色彩を排除したという用法も意図的といえるのではないだろうか。

つづいて、「ケーベル先生」では食堂での会話が間接話法でつづられていく。その間に挟まれた一段で作者は「先生の生活はそつと煤烟の巷に棄てられた希臘の彫刻に血が通ひ出した様なもの」「先生は紀元前の半島の人の如く」といった比喩を用いた。これらの比喩はいずれも古代を指向しており、それで浮かび上がるのは時代を超越した人間像といえる。古風で素朴な生き方を貫くケーベル先生と、大人の価値観にとらわれずに遊戯に興じる「子ども」は、老子哲学からすれば、じつに近しい存在であり、理想的でもある。弘一法師も彼らと血脈が通じる人物なのだ。

このように、両作品の表層にみえる類似点や相違は、じつはともに老子の哲学に裏打ちされている。もちろん、それは両作者の思想の相似によるもので、漱石が大学時代に批判的な論文を執筆したとはいえ熱中した老子の哲学は、児童崇拝者豊子愷を背後から支えるものでもあった。[20] それゆえ、漱石のテキストに共鳴し、豊子愷がそれを踏まえて創作したのだと思われる。

異文化の対話

「ケーベル先生」が師弟関係をテーマとすることは、タイトルから容易に見当つく。しかも、文中漱石は「余が先生の美学の講義を聴きに出たのは……」と、ケーベル先生との師弟の間柄を記している。同行の安倍能成、文末で言及される深田康算《ふかだやすかず》（一八七八～一九二八）もケーベルの学生であり、作品の骨格は師一人と複数の弟子（文中「四人《よつたり》」と表現し、弟子久保勉《くぼまさる》（一八八三～一九七二）も同席）との交遊である。「縁」はといえば、前半に豊子愷と弘一法師二人の師弟対話、後半に謝頌羔・陶載良も加わり、やはり一人の師と数人の弟子との交流を描く。つまり、両作品の題材は一致する。

ここで、この二人の「師」の文化史的な役割を確認しておこう。ケーベル先生はロシア生まれのドイツ人で、モスクワ音楽学校を卒業してからドイツに行き、ショーペンハウアー研究で学位を取得し、明治二六年（一八九三）に来日した。大正三年（一九一四）まで、東京帝国大学で美学や哲学を講じ、東京音楽学校で音楽も教えた。彼は明治期西学東漸の潮流の中で、異文化を媒介する立場にあった。漱石は文中で「洋書といふものは唐本や和書よりも装飾的な背皮に学問と芸術の派出やかさを偲ばせるのが常である」と記したのは、まさにそうした時代の趨勢をあらわしている。

西洋と日本という異文化の接点に位置した師ケーベルとの対話は、おのずと異文化間の対話となるわけで、漱石はそれを充分意識したように思われる。たとえば、ケーベル先生の肖像を描く辺りで、髪の毛が「普通の西洋人の通り非常に細くつて柔かいから」と表現し、またケーベル先生にたいして「西洋へ帰りたくはありませんか」と問いを発し、さらに「希臘」「以太利」といった地名もケーベル先生の文化的帰属を示すものといえよう。そのほか、「レモン」や「珈琲」といった西洋の香りが漂うモチーフも用いられた。つまり、テキストはケーベル先生に託して、日本人がいかに西洋文化と対面をしたかを描いたものという側面をもつ。

「縁」における弘一法師はどうだろうか。彼は豊子愷の師であるのみでなく、清末から民国期にかけて、西洋美術と音楽を中国に移入する先駆けであり、近代演劇の草分けでもあった。李叔同は一九〇五年秋に来日し、同年末独力で『音楽小雑誌』を創刊した。西洋音楽について啓蒙的な役割を果たすこの刊行物は、中国における初の音楽雑誌となった。翌一九〇六年、東京美術学校に入学した彼は油絵を専攻し、在学中、白馬会の展覧会に出品したことがあり、黒田清輝の指導を受けたといわれる。

日本滞在中、留学生による新劇の結社「春柳社《しゅんりゅうしゃ》」の発足にも携わり、東京で「椿姫」を上演したこともある。このように、彼は西洋音楽、美術、演劇などを広く渉猟し、帰国後は教育に従事したことにより、西洋美術や音楽を中国にもたらす媒介者となった。すなわち、弘一法師李叔同もまた西学東漸の流れに身を投じて活躍した人物である。

そのような弘一法師の過去について、豊子愷は小説「法味」（一九二六）で詳しく記すが、小品「縁」ではほとんどふれない。「縁」で姿をあらわすのは出家して弘一法師となった李叔同である。彼は豊子愷の紹介で『理想中人』の著者と対面をする。小品の後半、二人の出会いがつぎのようにとらえられる。

> その日、隣人陶載良君が精進料理を用意し、弘一法師を昼食に呼んだ。謝君とわたしも呼ばれていった。席上、一人の敬虔な仏教徒と一人の敬虔なクリスチャンが向かい合い、にこやかに話しているところを目の当たりにし、わたしは彼らの談話に耳を傾けるよりも、目の前の光景に世間の「縁」の不思議さに感じ入った。（中略）人間万事みなさまざまな「縁」によって結ばれており、どれが欠けてもいけないのだ。縁はまことに異なものといえよう。――これは一昨年秋のことである。(21)

弘一法師と謝頌羔を引き合わせた作者は、二人の対面を「一人の敬虔な仏教徒と一人の敬虔なクリスチャン」の出会いだととらえる。そして、二人の対話は仏教とキリスト教の対話となるのだ。顧みれば、作者はこの点を際立たせるために、伏線を用意していたことに気づかされる。先に引用したところで、豊子愷と弘一法師の会話の中で、謝頌羔が編集者をつとめる広学会やイギリス人宣教師ティモシー・リチャード（一八四五〜一九一九）が言及された。洋学を中国に広めることを宗旨とする広学会に所属する宣教師が仏典を翻訳したということが、すなわち異なる宗教との対話ではないだろうか。

このように、「縁」と「ケーベル先生」は多々の類似点をもつが、作品の締め括りの部分はどうだろうか。「縁」は最後に執筆のきっかけを述べ、その直前の段落は一篇の眼目ともいえるもので、そこで人と人を結びつける「縁」の不思議さ、すべては「縁」によって結ばれているという哲理が述べられている。先に引いた、弘一法師と謝頌羔の対面に始まる段落である。

漱石の場合は、「ケーベル先生」の末尾直前の段落で、ケーベル先生の高潔な人格と、学生との間の師弟愛を強調し、師への敬意を表明する。豊子愷は師を敬う気持ちを文面にあからさまにせず、師弟のつながりよりも普遍的な人間のかかわりあい――「縁」の大切さを説く。それで表題が「縁」とつけられたのだろう。こうして、この二作品にたいして、読者はかなり異なる印象を抱く。

しかし、この結末部の違いは、執筆動機の相違に由来するものとも考えられる。「ケーベル先生」は作家漱石の旧師訪問記で、表敬的な性格が強いが、豊子愷の「縁」は謝頌羔に頼まれた著書再版の序文ゆえ弘一法師にのみ焦点をあてるわけにはいかなかったにちがいない。

「ケーベル先生」の後半に、「先生の顔が花やかな演奏会に見えなくなつてから、もう余程になる」という文で始まる一段がある。そこで、音楽を教え、演奏会でたびたびピアノを弾いたケーベル先生の「花やか」な経歴を漱石はほのめかすが、李叔同が留学中油絵とともにピアノも習っていたことを思えば、つぎのような推測が許されよう。ケーベル先生が音楽会で演奏をしていた時期と、李叔同の留学が重なる期間があり、李がケーベル先生の演奏を聴きに行ったとしても不思議はない。(22) それだけ、日中近代の文化史は接近していたということでもある。

(1) 豊子愷はしばしば漱石に言及したため、その文学と漱石とのかかわりは早くから注目された。先行研究については、拙論「響き合うテキスト(四) 幼時体験の光と影」(国際日本文化研究センター紀要『日本研究』第三九集、二〇〇九年三月、八二頁の注1を参照)。

(2) 魯迅「藤野先生」が漱石「クレイグ先生」に感化を受けたことについて、林叢「中国における漱石文学の受容――魯迅訳『克莱喀先生』をめぐって」(『比較文学研究』第四八号、東大比較文学会、一九八五年一〇月)や平川祐弘『夏目漱石――非西洋の苦闘』(講談社学術文庫、一九九一年一一月)の第一部「クレイグ先生と藤野先生――漱石と魯迅、その外国体験の明暗」などがある。

(3) 夏目漱石『夢十夜』「第七夜」が陳箸訳で『小説月報』第一六巻二号(一九二五年二月)、「猫の墓」「火鉢」は謝六逸訳で『小説月報』第一九巻一号(一九二八年一月)に掲載された。

（4）一九三〇年、「郭沫若訳」と称し、上海華麗書店と美麗書店から『草枕』が刊行されたが、それらは崔萬秋訳の海賊版であった（王向遠「八十多年来中国対夏目漱石的翻訳、評論和研究」を参照、『日語学習与研究』二〇〇一年第四期、総第一〇七期）。

（5）詳しくは拙論「桃源の理髪店——豊子愷と『草枕』」（熊本大学文学部紀要『文学部論叢』第九八号、二〇〇八年三月）を参照。

（6）豊子愷の末娘豊一吟氏によれば、謝頌羔は豊子愷とかなり親しくしていたという。謝頌羔にはキリスト教関連の編著・翻訳が多く、「縁」が書かれた一九二九年に編著『基督教思想進歩小史』（上海広学会刊）がある。「縁」を序文とする『理想中人』は未見だが、謝頌羔『理想中人全集』（上海広学会出版、一九三三年一二月初版、一九三九年七月再版）所収「理想中人」は、主人公「王八徳」がさまざまな苦難をのりこえ、アメリカ留学を果たし、幸せな結婚をする成長の物語である。同書には続編も収録され、その扉絵を豊子愷が描いている。

（7）一九一一年の漱石は、前年末から春先までに病中所感として「思ひ出す事など」（連作小品）を『朝日新聞』に連載後、しばらく長編の連載はなく、七月同紙「文芸欄」に「ケーベル先生」（一六・一七日付）のほか、「子規の画」「変な音」などの小品を掲載した。

（8）豊子愷「縁」（『小説月報』第二〇巻六号、一九二九年六月、「随筆」欄、九九二頁）。原文は中文、和訳は筆者による（以下同）。

（9）仏寺を訪ねて旧師と再会し、僧侶との交流により仏教の感化を受ける主人公の心理を描いた「法味」は、漱石「初秋の一日」および『門』の宗助参禅のくだりを踏まえたものと思われる。詳しくは拙論「門前の彷徨――豊子愷「法味」と漱石「初秋の一日」および『門』」、（坂元昌樹ほか編『漱石と世界文学』、思文閣出版、二〇〇九年三月）を参照。

（10）夏目漱石「ケーベル先生」（『朝日新聞』一九一一年七月一六日付「文芸欄」、ここでは『漱石全集』第一二巻、岩波書店、一九九四年一二月、四六一頁）。引用のさい、適宜ルビを省いた。

（11）井上哲次郎「小泉八雲氏（ラフカディオ・ハーン）と旧日本」で、ハーンの同僚ケーベルを、「氏は仙人のやうな脱俗の風を有しながら、あれでなかなかの皮肉屋であつた」とし、また給料など金銭面において淡白なケーベルがハーンよりも「東洋精神」を理解していたと評した（井上『懐旧録』、春秋社松柏館、一九四三年、ここでは平川祐弘・牧野陽子編『講座　小泉八雲Ⅰ　ハーンの人と周辺』、新曜社、二〇〇九年八月による）。

（12）前掲『小説月報』九九二頁。

（13）前掲『漱石全集』第一二巻、四六一～六二頁。

（14）漱石日記「明治四四年七月一〇日」（『漱石全集』第二〇巻、岩波書店、一九九六年七月、三二八～二九頁）。

（15）前掲『漱石全集』第一二巻、四六二頁。

（16）前掲『小説月報』九九二～九三頁。

（17）前掲『漱石全集』第二〇巻、三二九頁。

（18）ケーベルの蔵書はその死後、長年彼と起居を共にした久保勉などに受け継がれ、のちに東北大学附属図書館に「ケーベル文庫」として収められた。その数は一九九九冊にのぼる。

(19)　阿部吉雄ほか『老子・荘子』(新釈漢文大系第七巻、明治書院、一九六六年一一月初版、一九八〇年三月二八版、五七頁)。引用のさい、字体を常用漢字に改めた。

(20)　豊子愷と老荘思想とのかかわりについて、朱暁江『有情世界——豊子愷芸術思想解読』(北岳文芸出版社、二〇〇六年八月)に詳しい。また、漱石と老子については、江藤淳「漱石と中国思想——「心」「道草」と荀子、老子」(『新潮』第七五巻四号、一九七八年四月)や、清水孝純「漱石と老子——「老子の哲学」をめぐって」(『文学論輯』第三三号、九州大学教養部文学研究会、一九八七年一二月)、同じく清水孝純「漱石と老子(その二)——「愚見数則」から『坊っちゃん』へ」(『文学論輯』第三四号、一九八八年一二月)などがある。

(21)　前掲『小説月報』九九三頁。

(22)　来日翌年の明治二七年(一八九四)以降、ケーベル先生は慈善音楽会を中心にピアニストとして大いにその手腕を発揮し、記録されているだけでも六〇数回の演奏会に出演した。また、明治三一年(一八九八)五月より東京音楽学校でピアノと音楽史を教え、同四二年(一九〇九)に退職。角倉一朗・関根和江「ケーベル先生年譜」(『東京芸術大学音楽学部紀要』第二三集、平成九年(一九九七)度、平成一〇年(一九九八)三月発行)には、一九〇九年までのケーベル先生の演奏記録がみえる。一方、李叔同の日本滞在は明治三八年(一九〇五)秋から同四四年(一九一一)春までである。よって、李叔同はケーベル先生を知っていたろうし、その演奏を聴いた可能性もある。

[付記①]　本稿は日本比較文学会第七二回全国大会(二〇一〇年六月二〇日、於東京工業大学)、および第三

回弘一大師研究国際学術会議（同年一〇月一二日、於杭州玉皇山荘）で行った口頭発表にもとづく。中文の発表稿は、同会議論文集『如月清涼（*In the Cool of Moonlight*）』（杭州師範大学弘一大師・豊子愷研究中心編、中国広播電視出版社、二〇一〇年一〇月）に収められた。本稿はそれに修正を加えたものである。

［付記②］　この場を借り、拙論「「時」の力にあらがう「文学」――豊子愷『縁縁堂続筆』と夏目漱石『硝子戸の中』」（坂元昌樹ほか編『漱石文学の水脈』、思文閣出版、二〇一〇年）の訂正をさせていただく。拙論の一四六頁末尾より次頁冒頭にかけ、文字の欠落があった。正しくは、「作者によって『縁縁堂続筆』と改題されたかたちで……」（傍線部が欠落）である。

〈知〉の覇権へのまなざし
——漱石『虞美人草』と張文環『芸妲の家』を中心に——

蕭　幸　君

「同じ時を生きる」ことは私とあなたが「関係」においてあることであるが、だからといってそこから、両者が対等な立場にあることが直ちに帰結するわけではない。支配—従属関係や魅惑された者と魅惑する者といった権力的な間柄は、一旦は、同時性において形成されなければならない。したがって同時性は、しばしば、暴力を伴う。

近代は、多くの異なった地域や産業や政体から来た人々が、地理的な遠さや社会階層の違いを乗り越えてお互いに出会い同じ時を生きる場所以外のところでは、抱懐されることもない。

——酒井直樹「[総説]近代と世界の構想」(1)

はじめに

漱石文学にあらわれる文明批判や近代化への抵抗の痕跡は取り立ててここで新たに強調するに及ば

ないほど、これまで多く論究されてきたことであり、そこに思想性を読みとらないことの方がむしろ困難なくらい、そのテクストに充ち満ちた示唆は豊饒すぎる。だが、その豊饒さゆえ、ときおりそこに重ね合わせられた言の葉を丁寧にめくり、立ち位置を変え仔細に眺めないとなにか見落とすことが出て来るやも知れぬと思わせるのも、漱石である。しかし、しかめ面で神経質に重箱の隅をつついてもなにも出てこないのを放心した状態で、たとえば『虞美人草』を『愚美人抄』と見まがう時に、笑止千万と思う瞬間に拈華微笑の妙を得ないとも限らない、それも漱石である。そうしたさまざまな側面を持つ漱石文学からなにを読みとるかは、挑戦する甲斐のあることである。

二〇〇六年に台湾に戻ってきてからの数年間は、日本近代文学と台湾植民地時代の日本語文学との関連性を考えることが私の重要な関心事になっている。それは、植民地時代はもはやただの「過去」の歴史的な出来事ではないことがとりもなおさず、ありありと私の日常にさまざまなかたちで実感させるからである。いまでも、私はなぜ帝国の亡霊が相も変わらず現在の台湾を彷徨い、台湾の人々に、時にはノスタルジックな哀愁を喚び起こし、時にはなにか希望めいたものに追随するかのような激情を触発するかを説明できない。そこで考えるきっかけを与えてくれたのは漱石文学である。ともに近代化の浪に翻弄される知識人として、そこに共通する葛藤はなにか、それがどのように表象されたかが、なによりも私を惹き付けた。今回ここでとりあげて比較してみたいのは、漱石の『虞美人草』と台湾植民地時代の作家、張文環の『芸妲の家』である。なぜこの二作なのか。

近代文学のなかで、漱石の『虞美人草』は「近代」がもたらした矛盾、そして「同じ時を生きる」人々の関係を描いた典型的な作品のひとつである。明治四〇年（一九〇七）に発表され、『朝日新聞』の連載小説として書かれた『虞美人草』には三つの家族、六人の男女の恋愛、あるいは結婚を中心とした話が書かれており、これらの関係性を通して、近代化が急激に進んでいる当時の知的状況と知をめぐる覇権がはっきり読みとれるだけではなく、知識人たちに向けられた作者の目線は非常に冷徹なものである。一般的にこの作品に関しては批判的な評が多かった。女性を描けなかったことや、人物像が類型的に分けられた描き方が不評だった。たとえば、正宗白鳥が「夏目漱石論」のなかで、このように評している。

（略）女性に対する聡明な観察はある。人生に対する作者の考察も膚浅ではない。しかし、この一篇には、生き生きした人間は決して活躍していないのである。思慮の浅い虚栄に富んだ近代ぶりの女性藤尾の描写は、作者の最も苦心したところであろうが、要するに説明に留まっている。

（『新編　作家論』[2] 九四〜九五頁）

『虞美人草』に「生き生きした人間」の活躍を望んだ白鳥が失望の念を表したわけだが、しかし、『虞美人草』は果たして女性[3]、あるいは「生き生きした人間」を描写することに力点が置かれているのだろうか。少し視点を変えれば、当時の家族、そして恋愛から結婚へと発展するのが当然の道[4]として考えられる若い男女を類型的に分けて描き、しかも知識人ばかりを中心人物に据えたこの作品を、近代化によって持ち込まれてきた新しい知によってもたらされた力構造の変化を考察することで、また違った見取り図で眺めることができるはずである。そればかりではなく、当時の知識人たちを取り巻く近代化の風潮がいかに一人一人の身近なところまでその影響を及ぼしていたのか、また、それをみつめる漱石はどのようなまなざしをそこに向けていたのか、その時代を生き抜くために決して冷徹な視線をそらさない一知識人の姿を確認することで、なにかが見えてくるのかもしれない。同じく近代化の洗礼を受け、多少時代を前後して知識人の一人となった台湾の張文環の作品にも、このように新しい知が入ってきた台湾社会の力構造の変化が描かれている。

張文環は、『虞美人草』が発表された二年後の一九〇九年に台湾の嘉義に生まれた。一九二七年に日本に渡り、岡山中学で学ぶ。一九三一年に東洋大学文学部に進学し、翌年に「文化サークル」を、さらにその翌年には「台湾芸術研究会」を組織し、機関誌『フォルモサ』を創刊、一九三五年に早くも小説『父の顔』で『中央公論』懸賞小説第四席に入選[5]するほど、文芸にかなり積極的に関わっている。女性を主人公にした作品が数多く発表され、『芸妲の家』はそのなかの一つである。当時台湾の社会問題となっていた養女の問題をとりあげて、女主人公の非運を描くことで社会の関心を喚起するのが目的だった[6]という。当時の台湾の多くの知識人は漱石・芥川などをはじめ、文芸雑誌をもむさぼって読む[7]ほどであったが、張文環と漱石との接点は、彼が日本に留学しているあいだ東京の本郷に下宿していた時期にあったといわれ、とくに平林彪吾との交友関係[8]を通して、より緊密なものになったと思われる。また、漱石文学からの影響に関して、張文環の作品における場面設定と漱石文学のそれとの類似性については、作品別に割り出された論考もある。[9]『虞美人草』における女性描写と比較するのであれば、張文環の作品にも複数の女性を類型別に分け描いた長編小説『山茶花』がある。しかし、今回は女性描写そのものをではなく、作品のなかの女性・恋愛・結婚の描写を通して表出された思想性、〈知〉の覇権へ向けた作者のまなざしを比較の主眼として置くため、『芸妲の家』を選んだ。

この作品は一九四一年に『台湾文学』の創刊号に発表され、薄倖な生涯をたどる一台湾女性の内面を描いた張文環の代表作である。主人公の采雲は貧困な家に生まれ、家計を助けるため養女として出され、最初のうちは養父母に可愛いがられ、公学校まで卒業できた。だが、その美貌が災いとなって、隣人の讒言で養母が彼女の身売りに心を動かされた。そのことが采雲の一生を狂わせ、平凡な結婚を望めず、また養母の金銭欲を止めることもできず、ついに自ら命を絶つところまでに追い込まれる。このように、あらすじから見れば、『芸妲の家』は貧困だったために養女に出された女性が、台湾社会の底辺まで堕ちる運命に抗えないという、救いようのない悲しい物語を持つ作品であるには違いない。だが、ここで注目したいのは、主人公の采雲は教育を受けた女性であり、自由恋愛に憧れ、かつその求婚者はことごとく知識人であると設定された点で、そこに描き出された関係性に見られる力関係の様相が『虞美人草』と非常に近似していることである。以下、両作品に描かれた恋愛・結婚、そして〈知〉的状況によって決定される力関係を比較し、作者が当時の知識人の状況をどのように表象しているかを考察したい。

思想表出としての恋愛・結婚

考察に入る前に、まず『虞美人草』の登場人物を世代別に列挙し、彼らが恋愛・結婚について、どのように考えているのか、全体の輪廓を把握するため、略表を作成してみた（次頁参照）。同表に示されたように、藤尾を除いて、ほかの登場人物は結婚についてある程度の考えを示しているのに対して、恋愛に関しては明らかな姿勢をとっていないことがわかる。藤尾のそれはちょうどほかの登場人物と逆である。藤尾の恋愛は結婚そのものと結びつけるものであることは他の登場人物と変わらないが、しかし、彼女が結婚そのものよりも恋愛の方に情熱を注いでいるのは、ほかの登場人物にはみられない、かなり特徴的なことである。

親の世代で言えば、恋愛に関してはさほどの考えを示していないが、結婚にはそれぞれはっきりとした態度がとられている。たとえば、「その二」に初めて登場した藤尾の母だが、藤尾と小野とのあいだに気持ちのやり取りがあったのをまるで意に介さず藤尾をしきりに自分の方へ呼び寄せる。若い二人が自分たちの世界に浸っていることを把握していないばかりか、藤尾が返事しないのにしつこく藤

世代	男女	登場人物	恋愛	結婚
親	女	藤尾の母	?（藤尾の考えに従う）	娘の将来、世間体、自分の老後、経済力、打算的
親	男	井上孤堂	?（小夜子を従順な娘に育てたが、しかし、小野と会話ができなかったことを知ると、小夜子を叱る）	娘の将来を第一に考える
親	男	宗近老人	?（柔軟にアドバイスを子女に与えている）	?
子	女	甲野藤尾	自ら相手を選んで積極的に動く	恋愛の相手＝結婚相手と考えている
子	女	井上小夜子	控えめである	?
子	女	宗近糸子	与えられたアドバイスを素直に受け取る	金銭や社会地位を気にしない
子	男	甲野欽吾	?（可憐な女性を好む）	結婚を考えない
子	男	小野清三	ハイカラの女性を好む	金銭や社会地位、打算的
子	男	宗近　一	家庭的な女性も、ハイカラの女性も受け入れられる	外交官の職を得れば、妻はハイカラの女性がよいと考えている

尾の名を呼び、二人の世界に無理に割り込むような無頓着ぶりをみせる。ところが、結婚の話になると、このように愚痴をこぼし始める。

「御前も今年で二十四じゃないか。二十四になって片付かないものが滅多にあるものかね。――それを、嫁に遣ろうかと相談すれば、お廃しなさい、お母さんの世話は藤尾にさせたいからと云うし、そんなら独立するだけの仕事でもするかと思えば、毎日部屋のなかへ閉じ籠って寐転んでるしさ。――そうして他人には財産を藤尾にやって自分は流浪する積だなんて云うんだよ。さも此方が邪魔にして追い出しにでもかかっている様で見っともないじゃないか」

（「その八」一一五～一一六頁）

娘の藤尾に対して吐いた本音と取っていいこの発言からは、婚期の遅れた娘を持つ女親の気持ちが読み取れる。娘の結婚相手の条件としては、同じく「その八」に出て来た藤尾と宗近一についてのやり取りではっきりする。外交官試験に落第した一のことを「あんな見込みのない人は、私も好かない」と相槌を打ったところをみれば、一を「趣味のない人」だという理由でいやがる藤尾の意見とはあきらかに異なる。娘の結婚相手は趣味のある人かどうかという藤尾の関心点などは問題ではなく、「見込み」のある人であるかないか、つまり、経済的に自分たちの生活を支えていけるかどうかが母親の心配どころである。さらに、欽吾から一を婿としてすすめられる件に、「宗近の方が小野よりお母さんを大事に」すると言われると(10)、のちに欽吾が藤尾に一のところに嫁ぐ意思を確認するときに、母親の方もそれを理由に婿の人選として「一の方がよかろう」と欽吾の言葉を借りて、藤尾に言うのである。ここで母親の気持ちがすこし一の方へ傾いたのは、一が自分の世話を小野よりよくしてもらえるという欽吾の推察に動かされたからである。また、一が外交官の試験に及第すれば、母親の方は一を娘の婿として迎える気持ちがあったと思われる。このように、恋愛から結婚という愛情を重視した結婚を考えるより、母親はあくまでも結婚後の生活を維持できる人を優先に考えるようである。

藤尾の母親と同様、結婚の適齢期を迎える娘を持つ孤堂先生もやはり娘の結婚が悩みの種である。そのため、かつて世話をした教え子、小野に娘の将来を託すべくわざわざ住み慣れた京都を離れ、隠居生活には不向きな騒がしい東京に引っ越してきたのである。ところが、頼みの綱である小野は藤尾との結婚を画策し、博士論文を口実に友人の浅井に自分の代わりに結婚の話を断るよう依頼した。それに逆上した孤堂先生は「如何な貧乏人の娘でも活物だよ。私から云えば大事な娘だ。人一人殺してでも博士になる気かと小野に聞いてくれ。それから、そう云って呉れ。井上孤堂は法律上の契約よりも徳義上の契約を重んずる人間だって(11)」と啖呵を切る。自分の老後のことはともかく、あくまでも娘の将来を慮る。この孤堂先生の場合でも愛ある結婚というより、安定した家庭生活を先行させているようである。藤尾の母や孤堂先生と比べ、親の世代のひとりとして登場した宗近老人は、同じく娘を持つ親ではあるが、悠々と構える姿が印象的である。結婚に関して言えば、藤尾の母や孤堂先生と似た立場を取っているようであるが、しかし藤尾の母がしきりに気にしている世間体の問題や娘の将来、あるいは自分の老後の生活などをさほど煩慮していないが、やはり恋愛のことは念頭に置いていていない。

ところが、若い女性たちの考えは相当違っているようである。まず藤尾だが、彼女自身の口から漏らした相手の条件は、「趣味のある人」「愛を解する人」であることは、他の登場人物との会話でわかる。ほかはすべて語り手か、他の登場人物の目を通してみられた藤尾の恋愛観しか出てこない。たとえば、糸子が藤尾は「学問がよく出来て、信用のある方が好き(12)」だと言っている。糸子からみれば、藤尾が小野を選んだ理由は彼が出世の道にいく人だからと思っているようである。その糸子の考えと違って、語り手の方は別の理由を挙げている。「我の強い藤尾は恋をする為めに我のない小野さんを択んだ(13)」とあり、加えて、「宗近君を捕るは容易である。宗近君を馴らすは藤尾と雖、困難である」と、藤尾が一のことをいやがる理由として、一を我が意のままにできない人だからという。だが、藤尾自身は小野のことを「高尚な詩人」「趣味の解した人」「愛を解した人」「温厚な君子(14)」だと、欽吾に向かっても自分の母親に向かっても同じようなことを言っている。つまり、藤尾が恋の相手の条件として求めているものは一貫しているけれども、結婚の条件に関しては実はなにひとつ口にしていないのである。

このように、藤尾はあきらかに「恋に生きる女」として描かれているのがわかる。一般的に「新しい女」として見られる藤尾であるが、彼女は詩人であり、英語も学び、自由恋愛をし、女王のように振る舞う。語り手のことばを借りれば、「男を弄ぶ」が男に弄ばれることを許さないプライドの高い女性で、我を通すためにどこまでもものごとをはっきり言う。このような性質を持つ女性はすでに二葉亭四迷の『浮雲』のお勢にみられる。とすれば、藤尾という人物の「新しさ」はどこにあるのか。明治二〇年（一八八七）に書かれた『浮雲』から二〇年が経ち、藤尾とお勢との違いは果たしてどれほどあったろうか。もし藤尾という女性キャラクターに特に目新しいものが期待されていないのなら、この作品における藤尾というキャラクターの主眼はどこにあるか。お勢との違いをあえて挙げるとすれば、藤尾は悪女としての定評が高いことである。テクストを読んでいくと、藤尾の悪評は語り手の描写のほか、他の登場人物の目を通して語られた場合にも目立つ。さらに漱石の後日談[15]に支えられ、藤尾が悪女であるという言説が長い間定着し、その汚名からは一向に脱却できない。

　これに対して、もっとも慎み深い女性として描かれた小夜子、そして可愛いらしい糸子は恋愛や結婚についてどのように考えているのか。小夜子は琴を弾く女性として表象されているように、古風な女性の代表として登場する。心を許した相手である小野さんに会っても口がきけないほど内気で、考えを聞かれても涙で応えるのが精いっぱいである。小野への彼女の気持ちは、父親である孤堂先生が教え子を見込んで、彼女を託そうとする意思を受け入れたためなのか、彼女自身が小野のことを好いたのか、テクストには一向表明されていない。糸子は読書の趣味を持ち、気になる相手の欽吾に会ったときは大らかに会話を交わすこともできるが、しかし、欽吾に女は「恋をすると変わ」る、「嫁に行くと変わ」[16]るといわれると、素直にそれを信じ、一に結婚をすすめられたときは「御嫁には行かない」[17]とかたくなになって拒否する。つまり、小夜子も糸子も家柄やその教育の影響で、一方では控えめな生き方をし、一方では恋愛小説などの読み物を読んでもいっこう恋愛とはなにかを解せず、兄の一やその友人で気になる男性である欽吾の考えをそのまま受け入れているようである。言い換えれば、恋愛や結婚について自分の考えなど持てずにいたと考えられる。この点は、藤尾の我の強さとはかなり対照的に描かれている。しかし、ここには思わぬ落とし穴がある。藤尾の「悪女」ぶりは教育係の小野が読ませた作品の影響ではなかったか。作品の冒頭に描出されたクレオパトラの話にも示されたように、あのプライドの高さ、嫉妬深さ、恋の相手に対する強い支配欲は小説に描かれたクレオパトラの受け売りとは言えないのか。我の強い女性だとしつこく語り手によって説かれてきたが、藤尾の我は、西洋の「薫陶」によって形成された「我」であると言える。要するに、「悪女」藤尾の誕生は造り出されたものである。

　では男性の登場人物は恋や結婚をどのように考えているのか。作品の冒頭に、主要な登場人物である欽吾と一が山に入りながら、女の論議をはじめた。京都でみかけた女性を他愛なく雑談するにとどまっているが、それが京の宿についてからも女の話が続く。そこで小夜子と出会った。二人の妹である藤尾と糸子と比べ、容貌を品評した(18)のである。どうやら欽吾は小夜子の可憐な姿に、糸子の純真さに惹かれるのである。一は藤尾の美しさにもちろん惹かれるが、妹の糸子の家庭的なところも好きなようである。ただ、外交官の妻として人選を考えたとき、一はハイカラの藤尾を選ぶ。というように、ここの男性陣にとって、女は恋の対象というより、妻、つまり結婚相手として考えているようである。

これに関して、語り手はすでに作品がはじまってまもないところで「二十世紀に斬った張ったが無暗に出て来るものではない[19]」と言っている。二〇世紀の男は容姿に話が集中しているのは結婚という制度に女を置くためであり、『源氏物語』の雨夜の品定めのようには到底いかず、女の内面を語る役割は語り手にのみ負わせているようである。女も、同じである。この作品のなかで、恋愛の擬似場面が三つ設定されている。ひとつは、藤尾と小野、ひとりは文学者、ひとりは詩を解する女である。もうひとつ、糸子と欽吾、ひとりは女は恋愛すると変わる、結婚すると変わると説き、ひとりは素直にそれを全面的に信頼し、受け入れる。さらにひとつ、小夜子と小野、ひとりは心あるが口に出せないでいる、ひとりは気持ちもないばかりか、逃げ出す一心である。この小夜子と小野の場合に似て、一と藤尾は親の代に口約束で結婚の約束があるが、藤尾にはその気持ちがなく、一は外交官の妻として藤尾を迎える算段である。いずれにしても、この作品にははっきりとした恋愛の場面があるとすれば、辛うじて藤尾と小野のところにしかない。ほかにあるのは結婚をめぐる話である。『虞美人草』は女や男、そして愛や恋の小説ではなく、結婚の小説であり、制度を描く小説である。

考えてみれば、この『虞美人草』は一歩解釈が違えば、継母とその娘をいじめる話になりはしないのか。作品の最後に継母が最愛の娘を失い、そこですべて自分が悪かったと懺悔する件は、この作品に「勧善懲悪」の評をもたらした。とすれば、当然ここで懺悔した継母の方が「悪玉」であるわけだ。しかし、夫に死なれ、跡継ぎである欽吾にもしも見放されてしまったら、娘とともに路頭に迷う生活が強いられる可能性もなくはない。この継母が賭けたのはむしろ生き残りの戦いである。作品のなかで絶えず「謎」の女として呼ばれるということは、もっとも理解されないのは藤尾ではなく、この継母にほかならない。加えて、主人公の友人である一という人物が最後のところで、二対の男女の運命を決定的なものにして捌いていく手際良さには瞠目させられる。善玉としてずっと振る舞ってきたこの人物はまるで恐ろしい復讐劇でもしているかのように、美しい女主人公である藤尾を死にまで追いやる。欽吾はまた欽吾で、父親から受け継いだ財産をすべて藤尾に譲ると言いながらも、自活する手はずをなにひとつ打たなかった。家を出ると言っても具体的になんら行動も採らなかった。いくら自分の哲学に忠実な生き方を選択したからと言って、欽吾の行為はまさに継母とその娘である藤尾を生殺しの状態にして弄んだとしか言いようがない。ここまでくると、「善玉」は意地の悪い人たちになり下がり、自分たちの価値観によって築き上げた「世間」を逆にこの母娘に押し付けているようにもみえる。そこでは相互理解という意思疎通が不履行のまま置き去りにされ、互いが互いに自己の欲望をむき出しにしているにすぎない。

欽吾と一はまるで人質交換をするかのように、お互いの妹を結婚相手として選ぶことで、双方の困りの種、つまり妹の将来がなんとか保証できるものにしようとしたのだが、それが欽吾の不婚願望ですべてが台無しとなる。そこで藤尾の悲劇が始まったと言っても過言ではない。あるいは、逆に言えば、もし藤尾が「新しい女」ではなく、小夜子のように律義に暗黙の約束でも守って、気の向くままに自由恋愛をしない女性であれば、あるいは悲劇を回避できたのかもしれない。つまり、新しい時代の洗礼を受けた欽吾であれ、藤尾であれ、一方は旧社会の束縛から逃れようとして反抗する者、一方は時代の新思潮を鵜呑みにして自由の味を堪能しようとする者。いずれにせよ、藤尾の悲劇はこの双方の新しい時代への呼応によってもたらされたものである。ここでむしろ注目しておきたいのは、そうした時代の波の変化のなかで、男も女も、老いも若きも「知的」環境が変化しているということである。その「知的」環境の変化がもたらした意思疎通不能の状況が『虞美人草』の「悲劇」を生じさせたとさえ言える。とすれば、『虞美人草』のなかで描かれているのは「女」でもなく、「男」でもない。そこに入り交じった「知」の世界の交差にあぶり出された思想の表出にほかならないのである。

張文環の『芸妲の家』はどうだろうか。

『芸妲の家』に登場する女主人公は釆雲という女性である。恋愛・結婚をめぐって三人の男性、楊秋成・廖清泉・陳得秀それぞれが異なる態度で釆雲に接する様子が描かれている。比較のため、『虞美人草』と同じように略表をみたうえで、詳細な分析に入ることにする（次頁参照）。

『虞美人草』と比べ、『芸妲の家』の人物構成はかなり単純で、親の世代では、生みの父、養父とも健在だが、わずかの描写しかなく、かなり影の薄い存在である。養父の方は「女性的な男性」で、月給をもらってきては養母にすべてをわたし、家の切り盛りを養母に任せ切りで、ほかは一切不問のようである。生母も養母もそれぞれ家計を維持するために働いており、専業主婦ではなかった。釆雲が

世代	男女	登場人物	恋愛	結婚
親	女	養母	恋をお金儲けの邪魔とみなし、養女の恋をよく思っていない。	お金を重視するため、養女の結婚を望まない。
子	女	采雲	一人の男をずっと愛していたい。献身的で、金銭のことを重要視しない。	恋愛の相手＝結婚相手と考えている
		秀英	理論と実践が一致しなければならない	？
	男	楊秋成	女性の貞操を重んじる一方、愛があれば、女性の過去にこだわるべきではないとも考える。	恋愛の相手＝結婚相手と考えている。結婚する女性の性格を重視する。
		廖清泉	女性の貞操、礼儀、倫理を重んじる。	恋愛の相手＝結婚相手と考えている
		陳得秀	女性の貞操を重んじる	？

養女として買われていくときも母方の考え方しか書かれていなかったことからみれば、『虞美人草』の方が父権の存在がはるかにつよい。恋愛や結婚に関して、養母の実際の考え方は書かれておらず、ただ、養女が恋愛や結婚をしてしまうと、お金が稼げなくなるのをおそれ、養女の恋愛や結婚に反対する様子[20]が語られ、金銭に非常に執着しているようである。

では、女主人公の采雲は恋愛・結婚についてどのように考えているのか。藤尾と違って、采雲は美しい女性ではあるけれども、内気で慎み深く、金銭欲もなく、愛に一途な可憐な女性として描かれている。采雲と対照的に、彼女の公学校のときから仲のよかった友人、秀英は「資本家だとか、搾取だとか」「戀愛至上主義」などといったことばを口にする女性である。恋の話になると、「理論と実践が一致しなければならないのよ」と主張するところからみれば、当時の世風にかなり影響されているようである。

（略）女店員になつてゐる友達の秀英は、自分よりも頭がひらけてゐるやうな氣がしてならなかつた。資本家だとか、搾取だとか、また戀愛至上主義などの言葉も飛び出したりするのである。彼女は時々新聞を讀んでゐるやうであつた。意味は彼女もよく説明することは出來ないやうだが、それだけでも采雲には茶選りの仕事よりか文化的であることがわかつた。昭和六年と云へば臺灣の凡ゆる文化運動の下火になつてゐるときである。さう云ふ影響をうけてゐるのか、秀英には話題が多く、殊に戀愛問題に就いては随分に造詣深くかんじられた。二人はまるで新女性の先覺者のやうに、胸には一杯春風を吸ひ込んで、梔子の花畠を通つて行く。（「四」一二六頁）

新聞で目にした意味も解さないことばをそのまま口にする秀英、そして彼女の影響を受ける采雲。二人とも恋愛というものの意味を知らずに、恋愛にあこがれ、新しい女性になるのにあこがれ、それをなにか「文化的」なものとして受け取ったようである。男女の恋愛観の話になると、

「男つてあてにならないわね、女のやうに確固たる戀愛觀があるのか知ら。」と秀英は孔子廟の屋根を眺め乍らませたやうな口をきくのである。（略）「さうね、小説にあると書いてるから、やつぱり教養とその人の性格に依るでせう。」
教養と性格、二人はまたしどろもどろになつて店の人達のうはさをはじめる。

（傍点は原文ママ、「四」一二九頁）

と、小説に書かれてあることに頼って、自分たちの空想をつくりあげる。実際、ここで語り手が秀英の口の利き方を「ませた」と表現しているのは、まだ一〇代そこそこの年頃の秀英が恋愛観うんぬんの話をするのはいかにも空論に思えたからである。秀英の「指南役」となっている新聞や小説は「理論」を伝授してくれるが、「実践」に関してはなにひとつみえてこないのである。ましてや「実践」するにも相手がいない秀英にとって、その話は続きようがなかったと思われる。こうなってくると、女主人公の采雲の「愛」も実に疑わしくなるのである。なぜかというと、采雲の恋や愛はこの秀英の受け売りであり、恋や愛とはなにか、それについてはなにひとつ理解していないようにみえる。たとえば、廖清泉から縁談が持ちかけられたとき、采雲は「毎日の生活はも早花嫁になつたやうな思ひで緊張したつゝましやかな生活をはじめてゐた。自分はある人を愛してるのだと思はず心の中でつぶやいたとき、はつとして魂までかき消えてしまひたいやうな喜びと不安がごつちやになつて、腦裡で廻轉するのだった[21]」という描写がある。つまり、結婚が恋に先行するかたちで釆雲が愛について「実感」めいた気持ちを持つようになっていったのである。言説によって支配された愛。この状況は『虞美人草』のなかの女性とまったく一致している。藤尾のクレオパトラ、糸子の恋愛小説。ここに描かれた昭和六年（一九三一）の台湾女性は、新聞や小説で説かれた知や恋の夢を見る。

これに対して、『芸妲の家』の男たちはどのような夢をみていたのか。

釆雲の初恋の相手、廖清泉。芸者時代に知り合った楊秋成。そして中学時代に釆雲にひそかに思いを寄せる陳得秀。三人とも教育を受けており、恋愛や結婚の相手に貞操を求める。だが、この三人の男性が求めている貞操とは、単純に身体的なものではなかったようである。釆雲と一度も話すことなく、片思いで終わった陳得秀の場合は、結婚をどのように考えているかは描かれていないが、しかし、釆雲が自分の叔父にお金で買われたことを知った彼は、数年後に釆雲に結婚を申し込んだ同級生の廖に、「金でほだされる女の氣持ちを輕蔑する他はない。男にも責任がある。しかしさう云ふ女は大した代物ではない[22]」と忠告したのである。廖清泉の場合は、最初からまず結婚を考え、それから相手に恋愛感情を求める。これは釆雲と同じである。楊の方は恋愛の相手をやがて自分の結婚相手として迎えるという、つまり結婚は恋愛のうえになされることとして考えているようである。

以上のように、『芸妲の家』に登場した三人の男性が持っている恋愛・結婚観は、大正期に日本に導入された一連の恋愛・結婚の思想、そしてそこで引き起こされた貞操論争[23]と軌を一にしている。作中の人物はあたかもきれいに敷かれたレールに乗ったかのように恋愛し、やがて結婚、そして家庭を築くというコースを夢見る。作中の若い男女はそれに疑問をもつこともなく、歩む。そうしたかたちで謳い上げられた自由恋愛は、新しい知が「結婚」という制度のために仕組んだ媚薬である。しかし、『芸妲の家』の男たちは新しい知の薫陶で、恋という甘い夢をみるが、恋の相手の容貌の美しさも性格の良さも相手の愛情も結局、彼らが求める処女性に匹敵するものではなかった。いかに釆雲が梔子の花のように可憐な女性であっても、彼らは自分たちが処女性を要求する欲望には打ち勝てなかったようだ。性的関係が捨象された『虞美人草』では、こうした欲望がかなり隠微なかたちで表象されている。たとえば、糸子に向かって、女が恋をすると変わる、結婚すると人間が悪くなると説いた欽吾だが、そこにはやはりある意味で女性に純粋性を求める欲望が隠されているのではないだろうか。

「亡国の菓子」は恋をも滅ぼす

「書生の癖に西洋菓子なんぞ食うのはのらくらものだ」。西洋菓子嫌いの宗近老人のこのことばを、息子の一は「書生が西洋菓子なんぞを食う様じゃ日本も駄目だ」[24]と受け取る。そのやり取りがあってから、西洋菓子は亡国の菓子だと一は冗談まじりで言うようになったのである。宗近親子はこの作品のなかではもっとも衝突がなく、大抵は宗近老人の言うことを子女である一や糸子が受け入れる。ここは唯一、子である一が親に誡められる様子が読みとれる場面である。しかし、「のらくら」と「亡国」とはあまりにも開きが大きすぎる。宗近老人はこのことばで西洋菓子嫌い、あるいは息子が呑気でいる姿を嫌がる気持ちを表しているのかもしれないが、一の方では書生の身分を弁えず西洋菓子を食べる自分の行為が父親の眼には「亡国」の行為として映ると解釈してしまう。この「亡国の菓子」はまるで『虞美人草』の登場人物たちが自由意思でできる恋愛や結婚に接して、その甘い誘惑ゆえに苦汁も嘗めていることを象徴しているようでもあり、同時にそれがある種の越え難き壁として世代間に立ちはだかり、意思疎通がはかられずにしまう状況を作るようにもみえる。亡国の菓子の由縁が語られた「その十一」の冒頭に記された、明治という時代に介入してきた新たな知的空間――博覧会において、登場人物たちの距離が開いていくこともまさに、西洋の知がもたらした影響を物語る。面白いことに、『虞美人草』の登場人物たちの関係性をこのような知的状況の違いでそれぞれの類型にそってみていくと、これらの登場人物を動かしているのはまさに〈知〉の力だということがわかる。

意思疎通不能の状況。観念が新旧転換するのにしたがい、〈知〉の覇権も世代交代する。『虞美人草』には多くの意思疎通不能の状況が描かれている。多くの場合、それが恋愛・結婚をめぐって反映される。こうした意思疎通不能の状況は宗近家を除いて、『虞美人草』には親子（藤尾と甲野母、小夜子と孤堂、欽吾と甲野母）、男女（藤尾と小野、小夜子と小野、糸子と欽吾）の両グループに分けられ、さらに教育者の存在を示す組み合わせ（小野と藤尾、孤堂と小野、孤堂と小夜子、欽吾と糸子、宗近老人と一・糸子、そして宗近老人と欽吾）など、実に多くみられる。たとえば藤尾とその母だが、恋愛や結婚について意見の衝突はみられないものの、この親子にはお互いの考えがわからない。もっとも、作品のなかでは、一方的に母親の方が娘の藤尾の考えを理解できない描写が圧倒的に多い。

「鉄砲玉だよ」

意味は分からない。只思い切った評である。藤尾は滑らかな頬に波を打たして、にやりと笑った。藤尾は詩を解する女である。（略）そうして母は飽くまでも真面目である。母には娘の笑った意味が分からない。（略）

娘の笑は、端なくも母の疑問を起す。子を知るは親に若かずと云う。それは違っている。御互いに喰い違っておらぬ世界の事は親と雖ども唐、天竺である。

（略）

母は鋭どき眉の下から、娘を屹と見た。意味は藤尾にちゃんと分かっている。相手を知るものは騒がず。藤尾はわざと落ち付き払って母の切って出るのを待つ。掛引は親子の間にもある。

（「その八」一一七〜一一八頁）

この後、一のところに嫁ぐ気はあるかと念を押され、藤尾は「あんな趣味のない人」ときっぱり言ったのを受け、母親の方は「あんな見込みのない人は、私も好かない」と相槌を打った。語り手はすかさずここで「趣味のないのと見込みのないのとは別物である」と評を入れたのである。この場面には、母親が藤尾の考えていることを理解できずにいることが如実に表れている。引用にあるように、親子のかけひきにおいては、「相手を知るものは騒がず」の藤尾がこの場の勝者である。逆に、小夜子と孤堂先生の場合にも似た相互不理解な場面が設定されているが、状況はまるで違う。

「（略）いくら女だって、少しは口を利かなくっちゃいけない」
口を利けぬ様に育てて置いて何故口を利かぬと云う。小夜子は凡ての非を負わねばならぬ。眼の中が熱くなる。
（「その九」一四四頁）

父親がしつけた通りの、慎ましい女性として育った小夜子は、小野と口がきけない。自分でももどかしいと思っているのに、それをさらに父親が叱るのである。その小夜子の心中で思っていることが、ここでは語り手の代弁によって行われている。受け身の女はあくまでも声を出さずに、結果としての感情表出のみが心中を表す。娘のこころのなかではすでに一巡り思案したのをつゆ知らず、小夜子の悲しい表情を見て、孤堂先生は自分が叱ったからだと思い込んでいる。こうして父親の思惑通りに振る舞ってきた小夜子親子の関係からいえば、食い違いという気持ちがもっとも生じにくいと思われるが、しかし、ここは教育を施した者へのささやかな反逆をよみとることもでき、父親が教えた世界しか知らない小夜子にとって、親の言うことはすべてであるともみえる。だが、孤堂先生とかつての教え子小野とは明らかに逆転がみられる。出世コースに上り詰めていく一方の小野は、新しい知的領域に置かれ、それに比べ、孤堂先生は「過去」の人として位置づけられている。そこで小夜子との結婚話を持ち出そうとした孤堂先生と小野とのやり取りのなかで、家庭の基盤を保証する経済力の確認、つまり小野の月給が家庭を維持していけるかどうかの話が出てきた場面だが、そこに「そりゃ馬鹿気ている。一人で六十円使うのは勿体ない。家を持っても楽に暮せる」[25]という孤堂先生のことばに対して、小野は過去と今の状況を比較することのできない先生の無知を考える。将来に向かって歩んでいく小野、そして過去に置かれた孤堂先生の対照的な位置づけが作中に設けられた以上、この場面はもはや単純にお互いの関心点が異なり、それによる食い違いが起きたとは解釈できない。ここは新しい知に近い小野の方が意識的に高姿勢でいることは明白である。

世代間の関係性が左右されるように、この知的状況が『虞美人草』のなかの恋をも左右する。小野が藤尾に惹かれる理由は、もちろんその美貌ゆえであるが、藤尾が持つ知的な魅力も決して無視できる点ではない。藤尾が小野に与えられた書物を読み、それに反応し、作中の女主人公に共感する。また、書物の内容について対話することができ、詩を解し、しかも女王として振る舞うことができるという点において、藤尾は小野にとって、新たな恋の関係性を築くことのできる相手である。つまりこれまで男性優位だった日本社会に、女性優位の可能性を示唆する役割を藤尾が背負っているということである。しかもそれが小野の与えた書物による影響、つまり小野の教育で藤尾の持つ傲慢な性格を発展させたものとあれば、その我が手によって育て上げた女性のいいなりになる歓びもまたひとしおであろう。これは谷崎の『痴人の愛』のように極端ではないが、少なくとも小野が藤尾の教育係であること、つまり〈知〉を授ける存在であることは見落としてはならないだろう。知的に共鳴できる相手、それが小野の恋の相手の条件である。であれば、小野と小夜子の場合はまったく意思疎通できないのも頷ける。「未来」へ向かおうとする小野、「過去」にとどまる小夜子とのあいだに、越え難い新しい知が阻んでいる。これを上野千鶴子の文章「〈女〉から〈他者〉へ」[26]と前田愛の『近代読者の成立』[27]『近代文学の女たち』と一緒に読み合わせると非常に面白い。上野はそのなかで柄谷行人のことばを引きながら、このように結論づけている。

そう考えれば、近代の男性作家がくりかえし描いてきたのは「独我論的[28]」な「自己対話（モノローグ）」、「女」という記号に語らせた自分自身の欲望にほかならなかったことが、はっきりする。

（略）

（略）〈男というディスコース〉のなかでは、端的には、女は沈黙しているか、あっても男に似た女、つまり男が考えるようにふるまう女が「独我論的」に描かれるか、さもなければ理解することもする必要もない「謎」として「異類」のうちに放逐されるか……のいずれかだからである。

（略）

わたしたちにわかるのは、男性文学のなかで、女が確実に変貌したことである。女が「違うコード」を持つかもしれない〈他者〉として「発見」された、といってもいい。そして、この「女」という「〈他者〉の発見」は、フェミニズムとともに、二〇世紀最大の思想的な事件と言っていい。言い換えれば、それは〈女という記号〉が男性作家の身勝手な〈夢〉の媒体にはなりえなくなることを意味する。〈女という夢〉をみた近代の男仕立ての性愛のコードが時代遅れになりつつあるとき、〈男というディスコース〉は、新たな課題の前に立っている。

（四九五～四九七頁）

上野がここで指摘しているのは、男性作家の手によって書かれた女性の登場人物は、男仕立ての女性か、どこか「謎」めいて、「異類」扱いされる女性である。その多くは男性の欲望の投射によって造形された女性なのだということであるが、この点においていえば、漱石の『虞美人草』にも通じると思われる。ただ、ここで言っておかなければならないことは、漱石はこのことを非常に意識して書いている。なぜなら、この作品に登場する女性たちは、藤尾に関してはさきほど触れた通り、小野の教育の影響、そしてほかの二人の女性、小夜子における父親孤堂、糸子における父親と兄、そして欽吾の価値観の受け売りがはっきりと作品のなかで書かれている。つまり、類型別に登場人物を創造していながら、すべての若い女性の登場人物に同じような状況を与えるということが、漱石がこのことをかなり意識して書いている証左であるとは言えないだろうか。「女」を書けていないとよく批判される『虞美人草』だが、しかし、もう一度強調しておこう。『虞美人草』を、男や女そのものを描く作品ではなく、新しい知が支配する状況を描くものとして読むであれば、実につじつまがあう。

もうひとつ。作品のなかで詩を解する人は二人。小野と藤尾である。ひとりは文学者、ひとりはその学者から知識を譲り渡されるかたちで、自分の知的領域を広げていく女性である。この二人の間にのみ、恋らしいやり取りが描かれている。女性の読書とその意識形態の変化を考える場合、明治から大正にかけて教育の普及と女性読者の増加により、読者階級に大きな変質が起こり、女性読者をターゲットとした女性誌が立て続けに発刊されるのにつれ、女性の読み物の選択の幅がこれまで以上に広がり、また読書から知識を摂取することにより、その意識形態もいっそう変化をみせるようになってきたことを考慮に入れる必要がある。

この状況は前田愛が『近代文学の女たち』のなかで言及した働く女性の社会調査と引き合わせて比較すると、そこに表れた結婚と向き合う当時の女性の姿勢[29]が『虞美人草』の藤尾と非常に似通っていることがわかる。この調査は大正一三年（一九二四）のもので、漱石が描く『虞美人草』の時期とは一〇数年のずれがある。しかし、メディアの力を利用した女性教育が、「伝統」と「文明」のせめぎ合いのなかで始められたものの、「新しい女」の誕生を阻止し難い勢いに導いたことは否めない事実である。平田由美の考察[30]に拠ると、それまではただの読者であった女性が自ら書き手となって作品を発表する明治期においては、女性が小説、文学を読むこと自体を危険視する言論[31]が多くあったという。そのほとんどが、女性が小説に影響され、離婚が増えたこと、あるいは自分の夫を小説のなかの登場人物と比較し、現実の夫に不満を持つようになったことなどが理由として挙げられている。つまり、小説という媒体が女性の考え方を左右する力を持っているということであるが、これが『虞美人草』の「その二」に出てきた藤尾がクレオパトラに感情移入している描写[32]と一致する。藤尾が文学を読み、「詩を解する」女として設定されたのはこのためだろうか。藤尾が小野に恋をしたのは一見、自由意志によるものではあるけれども、しかし小説によって触発された「自由意志」であることは見逃してはならない。この点において、糸子にも共通したことがいえる。彼女が恋愛小説を隠し読みしていることは、そうした小説のなかで描かれている恋愛に興味を示したことであり、堂々と読んでは具合が悪いことを意味する。また、藤尾のようになりたいと吐露したところからみれば、一方的に兄・父親や欽吾の価値観を受け入れるようになっている糸子にとって、恋愛小説は現実に実現できない願望を味わう場所でもある。新しい知がもたらすものを希求しながらも、なにかの「変化」を畏れて実行できないでいる。

これに対して、新しい知に情熱を燃やした藤尾は果敢である。彼女が畏れているのは、自分が無知な女としてみられることに限る。博覧会で欽吾に「驚くうちは楽が有るもんだ。女は楽が多くて仕合せだね」[33]と嘲りを受け、その後は何度もそのことばを思い返しては気になり、夜は夢までみるほど、彼女にとって無知な女とみられるのが気がかりなことである。だが、なによりも象徴的だったのは、作品の終盤に突如やってきた藤尾の死である。意中の小野との結婚が一の画策で夢と破れたときに、藤尾は婚約の象徴である時計を自らの手で壊すことで意思表明をし、その直後に頓死した。この藤尾の死は、我の強い女の誇りが傷つけられたためだとされることが多い。しかし、ここでやはり藤尾が命がけでも表明したいことはなにかを、もう一度検討する必要がある。新しい知に魅了された藤尾が金時計にそれほど固執したのは、それを富の象徴としてみるより、西洋の知を凝縮したもの、なにか光明な将来を意味するものとしてみていたからではないだろうか。目にみえない時の流れを小刻みにできる西洋技術を代表する一品である時計、また、まるで時そのものを懐中に納めることのできる時計は、藤尾にとって詩的なほどの存在ではなかったろうか。藤尾がその時計を壊し、命まで投げ出すのは、自由意志を導いてくれた新しい知への殉死であり、自分の意思で決定できる領域が侵犯されたことへの精一杯の抵抗ではなかったか。いずれにせよ、藤尾の生き方、恋愛に対する価値観は新しい知によって左右されたことは確かである。しかし藤尾が死ななければならないのは、彼女が我の強い女で、嫉妬深い性悪の女だからではない。藤尾が死ななければならないのは、彼女が新しい知の盲目なまでの崇拝者であり、「亡国」を押し広げる手先となる者だからである。欽吾が「藤尾の様な女が今の世に有過ぎて困るんですよ。気を付けないと危ない」「藤尾が一人出ると昨夕の様な女を五人殺します」と糸子に向かって言ったのもこのためである。藤尾はもはや藤尾というひとりの特定な女性のことではなく、小夜子も小夜子という一人の女性ではない、なにか象徴的なものであることが、この欽吾の発言で明らかになる。

以上のように、幾つかの登場人物の関係性(藤尾とその母親、小野と藤尾、小野と孤堂先生、欽吾と糸子、小野と小夜子)をみてきたように、それぞれの置かれた知的状況が隔たりを生じさせ、意思疎通を困難なものにしていくだけでなく、近代化によってもたらされた新しい知との距離の取り方で、優位な立場に立たされる者もいれば、新しい知を獲得したことで優越感を持つ者もいる。そうした知的状況によって、登場人物の運命が決定されていることがわかる。

では、『芸妲の家』はどうだろうか。

『芸妲の家』には『虞美人草』と同じく、知的状況を意識したかたちで書かれていると思われる箇所がいくつかある。たとえば、最初から知識人ではないことを自覚し、それを説得の理由にし、采雲の養母を巧みな話術で惑わせ、最終的にまだ一四歳の采雲を六〇歳のお金持ちの「名士」に三日間身売りさせてしまった阿春婆だが、采雲の養母に次のように話しをした。

「(略)あんたはほんたうに、喜んで貧乏をする人だと感心してるよ。若し私なら、拾つた金と思つて取つてしまふよ。喜んで貧乏するのは昔の讀書人だけだからね。私達は讀書どころか、自分

の名前さへ書けないから。（略）」（「三」一二一頁）

ここで阿春婆は、采雲に身売りをさせ、それで得たお金は拾った金だと思って取ってしまえばよい、と采雲の養母を説得している。その論法は、自分たちは読書人、つまり知識人ではないから、知識人の価値観に縛られる必要がないのである。名前さえ書けない自分たちは、知識人と同じルールで生きる必要がない。実際、阿春婆のこの論法が功を奏して、一度この提案を拒否した養母のこころを動かしたのである。これは明らかに知をひとつの判断基準におき、知的状況によってきっぱりと世界をふたつに区分した発言である。知の力を持たず、その日暮らしの現実をみつめ、生き抜いていかねばならない生活者の本音。それが阿春婆・采雲の生母・養母を支え、また藤尾の母を支えるルールである。面白いことに、この二つの作品に出てきた生活者の顔はみな、女性で代表されていることである。これは、彼女らの配偶者は生計を維持させるための仕事を持つが、しかし実際、生活を切り盛りしていくのはほかでもなく、この女性たちだからではないだろうか。お金がひとつひとつ出ていくところの現実に誰よりも密着し、その過酷さを誰よりもまっさきに体ごと感じ取る立場におかれているからである。無知で、無節操な、倫理観の薄い、義理に違反すると語られたキャラクターたちは、違うルールで生活している人たちである。そのため、宗近老人は藤尾の母のことを「非常に能弁な代りに能く意味が通じないで困る。滔々と述べる事は述べるが、遂に要点が分からない。要するに不経済な女だ」[34]と論断している。藤尾の母の「不経済な」話法は、阿春婆や采雲の養母のそれと似て、不確かな言い回しをし、直面すると痛い思いをする話題はとことん避けるという、彼女たちにとってはもっとも「経済的な」話法である。

では知識人同士はどうだろうか。廖清泉が采雲に縁談を持ちかけてから、ふたりで会って話をする機会ができたときのことである。

「僕は安サラリマンだから、或は心細いかも知れないが、しかし一生懸命に勉強したいと思ひます。」

働きたいと云はずに勉強したいと云ふのが何か知ら采雲の氣に入つた。店員と違つてる言ひ方を見出したやうであつた。

「私は仕合せに思つて居りますの。私のやうな詰まらない女が果してそんな仕合せな境遇に逢へるのか知ら、と感謝して居ります。」

自分乍らも吾知らずにすら〳〵と言へるものだと感心した。

「采雲さん、自分で卑下してはいけないのです。貧乏が恥しいのではないのです。世の中にもつと恥しいことがあります。それは男でも女でも無節操であることです。つまり禮義廉恥を知ると云ふことです。」

「はい」

　と采雲は緊張して彼のきつぱりした言ひ方に聞き惚れてゐた。

「さんをつけないでたゞ采雲と呼んで下さい。」

「いや、これからはさう云ふふうに呼ばせて頂きます。」

　彼が敬語をつかふので、采雲は臺灣語で言ひ出した。

（「四」一三二頁）


　この会話から、采雲は廖の知的なところに非常に惹かれていることがわかる。廖が口にした「勉強したい」ということばに象徴された知識人らしさを、ただ生活するために働くことしか考えてこなかったこれまでの自分の価値観と比較し、自分のつまらなさを感じたのである。「詰まらない女」とは、そうした知の力に対して発せられたことばである。さらに自分に敬語を使ってくる廖の言葉遣いに対して、采雲は台湾語で返していくというのは、いかにもこのふたりの埋め難い距離を象徴している。このように、ふたりの会話をリードしているのは廖清泉だが、廖は、采雲がなぜ自分のことをつまらない女だと言っているのかを確かめることなく、彼自身の価値観で采雲を判断した。つまり、采雲は貧乏に恥じていると思ったのである。そのため、「貧乏が恥しいのではないのです。世の中にもつと恥しいことがあります。それは男でも女でも無節操であることです」と采雲に話したのである。これが伏線となって、事後、廖清泉が同級生の陳得秀から采雲の過去、一四歳のときに養母に無理矢理に身売りさせられたことを教えられると、二人の縁談がご破算となる。それも采雲が廖清泉に呼び出され、一方的に「君は裏切り者だ」と責められるかたちで二人の関係が絶たれたのである。

廖清泉と采雲の会話にも、知的状況によって区分されたふたつの世界があるようである。勉強することと働くこと、自信を持って自己主張できることと自信がなく迷いがちになること、日本語の敬語で話すことと台湾語で話すこと。采雲が廖清泉の身において見出したものは、はっきりとした何かではなく、自分と比較してより新しい知に近いと思われるこれらの象徴である。この傾向は彼女が秀英といっしょにいるときにもみられる。新聞や小説を読み、ときどきはっきり意味の説明できないことばを口にする。その秀英を彼女は自分より頭が開けた人と思っているのである。あたかも『虞美人草』の糸子が藤尾のようになりたいと思っているのと似て、新しい知に憧れているのである。逆に、男たちの方は自己が身につけた〈知〉によって苦しめられている。たとえば、楊秋成は自分が好きになった女性が芸者という職業に就いていることに矛盾を感じている。職業柄多くの男性と会わなければならないのだが、身を売る者もいるなか、潔白を守る采雲のことが信じきれず、「藝姐に生娘がある筈がない[35]」と割り切って向き合うつもりでいながら、いざ結婚のことを考えると、彼女に処女性を求め、悩み苦しむ。そのような考えを持つ自分のことを「男としての卑怯な態度」と反省もする。もし女が過去に失恋したこころの傷があるとか、自分よりも教育のある男で、しかも自分よりも道徳的観念のある男に買われたことがあるならばまだ我慢できるという。似た理屈を、もう一人の男、廖清泉も持っている。同級生の陳得秀に釆雲の過去を聞かされ、釆雲を呼び出したときに、「君が失戀したのならまだ我慢が出來る」[36]と言ったのである。

作者が登場させた二人の男性キャラクターに似た視点を、しかも似たことばを口にさせたのはなぜだろうか。結婚を申し込んだ女性の過去に対して、失恋になら我慢ができるが、身を買われたこと、しかも自分よりも下劣な男に買われたのであれば、そのような下劣な男に貞操を騙された女を妻に持つ気はない、と。相手が下劣な男かどうかは、自分より教育があるかどうか、道徳的観念があるかどうかが判断基準となっているようである。言い換えれば、どれだけ教育を受けているかという〈知〉の判断基準が、ここの知識人対知識人の勝負を決めるのである。結婚を申し込んだ相手の釆雲に求められた処女性とは、恋のために失ったものであれば「我慢」できるが、金で失ったものなら妻として認められないというように、自由恋愛という新しい〈知〉に包括された恋は許容できるものとされ、その〈知〉によって排除されるものは許容されないという意味においての処女性である。ところが、道徳的観念のある男が女性を金銭で買うとはなにか。楊秋成にせよ、廖清泉にせよ、彼らの知的形態のなかで、女性が身を売ることは自分への侮辱ともなれば、それを金銭で買う男もまた憎まれる存在であるはずだ。それとも、ここでは男が男の買春に対して大目にみている矛盾を暴露しているのか。いずれにしても、この『芸妲の家』において、知的状況を判断基準とした価値観の違いをかなり意識的に表出しようとしているのは確かである。教育を受けた者は彼らの知によって仕組まれたルールに規制され、金銭重視を蔑視する。教育と無縁な一群は金銭を重視し、知識人側のルールが通用しない。このような、〈知〉の力対〈金〉の力[37]という構図は、『虞美人草』においてもはっきりと見出すことができる。だが、『虞美人草』の小野と違って、『芸妲の家』に出てきた知識人は、ことごとく〈金〉の力を拒否する。のみならず、彼らや彼女らは逆にこのような自分の道徳規範に阻害され、追い求めていた恋から遠ざかっていくのである。采雲に思いを寄せた陳得秀、結婚を申し込んだ廖清泉と楊秋成、そして采雲自身までが、その道徳規範に苛まれ、結果的に恋を見離してしまう者もいれば、結婚を諦めるべきかどうかを悩む者もいる。このように、「亡国の菓子」を食した人は、自らの手によって我が恋を葬ってしまう。

〈知〉の覇権へのなまざし

新しい知に惹かれる。これは『虞美人草』と『芸妲の家』の若い女性の登場人物に共通していることである。また二つの作品とも、はっきりと知的状況の違いによって登場人物たちが分断され、意思疎通に阻害を成している。登場人物たちの価値観はあくまでも〈知〉が絶対的な判断基準になっている。それが知識人同士のあいだにだけではなく、そうではない人たちの生活をも巻き込むかたちで、これまでのルールを転覆し、歪みを生じさせ、悲劇を引き起こす。『虞美人草』は登場人物たちの関係性を描くことでそれを細微にわたって表象している。しかしなによりも、そうした〈知〉がもつ覇権、暴力を自覚し、冷徹な視線でみつめ、それを作品において描き出すという、『虞美人草』や『芸妓の家』の作者に共通するこの点に注目する必要がある。両作品とも、新しい知を獲得した男性群が女性群に対して、自分たちの価値観を押し付け、要求し、彼女らに自分たちの欲望を投射した。それによって翻弄された女性たちは一喜一憂をし、場合によっては命まで失う。新しい知によってもたらされた価値観を一方的に相手に容赦なく適用させることは、暴力そのものである。この二つの作品の作者がそれに自覚的なのは、そうした知の暴力をはっきりと描き、また、新しい知を獲得した人物たちの優越感をむき出しにさせたところである。

とくに、『虞美人草』の欽吾が継母と藤尾に向けた視線が、作者漱石が知識人の驕りをはっきりと自覚したかたちで表象した箇所である。博覧会のところに、欽吾が藤尾に向かって、「驚くうちは楽はあるもんだ。女は楽が多くて仕合せだね」と言って、「長い体軀を真直ぐに立てたまま、藤尾を見下ろした」記述がある。博覧会の途中、そして人込みから出るとき、欽吾は二度このことばを口にした[38]。藤尾は自分が嘲りを受けていると感じ[39]、何度もそのことばを思い出さずにいられなくなった。そのことばは彼女を苦しめるものとなっている。そこで欽吾に逆襲する場面が「その十二」に出て来る。

「又夢か」と欽吾は立ったまま、癖のない洗い髪を見下した。

「何です」と云いなり女は、顔を向け直した。（略）

男は、眼さえ動かさない。蒼い顔で見下している。向き直った女の額を眄と見下している。

「昨夕は面白かったかい」

女は答える前に熱い団子をぐいと嚥み下した。

「ええ」と極めて冷淡な挨拶をする。

「それは好かった」と落ち付き払って云う。

女は急いて来る。勝気な女は受太刀だなと気が付けば、すぐ急いて来る。相手が落ち付いていれば猶急いて来る。（略）

「驚くうちは楽があるんでしょう」

女は逆に寄せ返した。男は動じた様子もなく依然として上から見下している。意味が通じた気色さえ見えぬ。（略）

姿勢を変えるさえ嬾うく見えた男は只
「そうさ」と云ったのみである。

「兄さんの様に学者になると驚きたくっても、驚ろけないから楽がないでしょう」

「楽？」と聞いた。楽の意味が分ってるのかと云わぬばかりの挨拶と藤尾は思う。兄はやがて云う。

「楽はそうないさ。その代り安心だ」

「何故」

「楽のないものは自殺する気遣がない」

藤尾には兄の云う事がまるで分らない。蒼い顔は依然として見下している。何故と聞くのは不見識だから黙っている。

「御前の様に楽の多いものは危ないよ」

藤尾は思わず黒髪に波を打たした。屹と見上げる上から兄は分ったかと矢張り見下している。

（略）

「兄さん」

「何だい」と又見下す。

「あの金時計は、あなたには渡しません」

「おれに渡さなければ誰に渡す」

「当分私が預って置きます」

「当分御前が預かる？　それもよかろう。然しあれは宗近にやる約束をしたから……」

「宗近さんに上げる時には私から上げます」

「御前から」と兄は少し顔を低くして妹の方へ眼を近寄せた。

（「その十二」一九五〜一九六頁）

たった一つの場面で、欽吾が藤尾を見下ろす描写がなんと、七回も出て来る。欽吾が長身だからではない。これは明らかに妹の藤尾を蔑む姿勢である。知の力で兄に勝てない藤尾が最終的に採った戦略は、自己の「意思表示」だった。父親が残した金時計を、つまり自分の結婚を兄の手に委ねるのではなく、自分の手でその行方を決める、ことである。このときばかりは、兄の欽吾が眼を妹の方へ近寄せたのである。知識人の兄は、この新しい知の代表選手である「自己主張」には逆らえないからである。これが我の強い女の正体である。藤尾の死は、自己の意思を最後まで主張し、家父長制に置かれた自分の結婚の運命を自分の手で舵を取り直す。その代償に命を投げ捨てることになっても、藤尾は断固、自分の運命を兄に、一の画策に振り回されることを拒否した。この場面における欽吾の態度には、かなり知の力で妹をねじ伏せる様子が窺える。欽吾の驕りの姿がありありと描き出されている。一方、妹に対して見下ろす態度を露骨に表しているが、母親には直接その態度が出せず、かわりに親友である一に、欽吾はこのように言う。

「僕の方が母より高いよ。賢いよ。理由が分かっているよ。そうして僕の方が母より善人だよ」

(「その十七」三三七頁)

欽吾は今度は態度ではなく、自分のことばではっきりと自己優位の意識を表している。極め付けは、終わりに近づいてきたところに、欽吾が継母に向かってこれまで言わなかったことを一気に吐き出す場面である。

「偽の子だとか、本当の子だとか区別しなければ好いんです。平たく当り前にして下されば好いんです。遠慮なんぞなさらなければ好いんです。なんでもない事をむずかしく考えなければ好いんです」

甲野さんは句を切った。母は下を向いて答えない。或いは理解出来ないからかと思う。甲野さんは再び口を開いた。――

「あなたは藤尾に家も財産も遣りたかったのでしょう。だから遣ろうと私が云うのに、いつまでも私を疑って信用なさらないのが悪いんです。あなたが私が家に居るのを面白く思って御出でなかったでしょう。だから私が家を出ると云うのに、面当の為めだとか、何とか悪く考えるのが不可ないです。あなたは小野さんを藤尾の養子にしたかったんでしょう。私が不承知を云うだろうと思って、私を京都へ遊びに遣って、その留守中に小野と藤尾の関係を一日一日と深くしてしまったのでしょう。そう云う策略が不可ないです。私を京都へ遊びにやるんでも私の病気を癒す為に遣ったんだと、私にも人にも仰しゃるでしょう。そう云う嘘が悪いんです。――そう云う所さえ考え直して下されば別に家を出る必要はないのです。何時までも御世話をしても好いのです」

甲野さんはこれだけでやめる。母は俯いたまま、しばらく考えていたが、遂に低い声で答えた。

――

「そう云われて見ると、全く私が悪かったよ。――これから御前さんがたの意見を聞いて、どうとも悪い所は直す積だから……」

（「その十九」三八三～三八四頁）

死者を弔う場で、娘を失ったばかりの母に向かって欽吾がこんこんと道理をさとす。あるいはこれはなかば威嚇じみた説教とでも言うべきなのか。娘の藤尾を死なせたのはほかでもなく、母親のあなたが悪い。私の考え通りに生き方を改めれば老後の面倒はみる、と。実に立派で、実に威風堂々。賢者の驕りもここまでくれば、喜劇的である。知を獲得した者の優越感がここにおいてはっきりと描かれている。継母や藤尾に理解されない苦しみ、そして財産を手放したくないのではないかと二人から「誤解」を受けている欽吾だが、相手と没交渉でいた。相手に理解されない、相手を理解しない、相互理解をはかる努力をしない。藤尾の悲劇を予想できたと日記に書き込んでいるが、悲劇を予想できたのに止めないでいるのは、「悲劇の偉大なる勢力を味わわしめて、三世に跨がる業を根柢から洗わんが為である。不親切な為ではない」(40)と説明した。老後の日々を幾ばくも残されていない老婦に「偉大な勢力」を知らしめるために娘の命でその代償として払わせるのは、いったいどのような思想なのか。「一般の幸福を促がして、社会を真正の文明に導くが故に、悲劇は偉大」(41)だという。天に代わって人を裁く。新しい知を握る者はこうまでも傲慢なのか。欽吾だけではない。宗近一も同じ行動をとっている。小野に藤尾を諦めさせ、小夜子を娶らせるよう説得し、藤尾を死へ追いやる。その藤尾の死がやってくる前に、彼はこのように自分の行為を弁解した。「藤尾さん、僕は時計が欲しい為に、こんな酔興な邪魔をしたんじゃない。小野さん、僕は人の思をかけた女が欲しいから、こんな悪戯をしたんじゃない。こう壊してしまえば僕の精神は君等に分るだろう(42)」、と。この直後、藤尾は頓死したのである。一は自分の精神をわかってもらうために、相思相愛の男女を引き裂き、女の方を死まで追いやった。欽吾にしろ、一にしろ、自分たちの精神を最優先させ、そのためなら、母が娘を失おうが、愛し合う男女が別れようが、人の命がなくなろうが、一向容赦しない。このような知識人の側面を克明に描く漱石は、知識人としての自己の力を自覚し、また〈知〉の覇権を絶えず目差すのである。

一方、張文環の方はどのように〈知〉の覇権を描くのか。

『芸妲の家』では、養母の金儲けの目的と采雲の恋愛・結婚の目的とは、利益が衝突するものであるゆえ、作品の最後まで親子のあいだは一度も合意に達したことはなかった。けなげな采雲は楊秋成との結婚を養母に認めてもらうために、何度も養母と交渉し、説得しようと努力する。しかし養母の方は寝たふりをするか、話し合いを先延ばしするかで、一向取り合ってくれなかった。このような養母の態度は最後まで采雲を苦しめる要因となる。意思疎通をしようとしなかったのではなく、一方的に拒否されたのである。楊秋成との話し合いで、芸者を辞める時期が決められないばかりか、結婚のこともはたして実現できるかわからなくなるほどである。そこで、楊は「君が僕の見た通りの女性であるならば藝妲をやめてほしい。そんな職業は女性の最大の自己侮辱です[43]」と手紙を書いて寄越す。いつまでも芸者でいるのかと問い詰めてくる楊秋成に、「さう憎たらしい口をきかないでもいゝぢやないの。私だつて苦しんでゐるのよ。あんた男でせう?[44]」と自分の辛い立場を主張する。ここは意思疎通というよりも気持ちのぶつけ合いで、二人は理解し合うところまでいかず、とうとう諦めの気持ちで終わってしまった。結婚の話し合いになると、楊秋成には問いつめられ、養母には逃げられ、采雲は生きるか死ぬか、二つに一つを選ぶというところまで追い詰められた。楊秋成と養母の板挟みで苦しめられ、采雲はみずから命を絶とうと川のほとりで彷徨うのである。

最初に結婚を申し込んできた廖清泉も、親友の秀英も、芸者時代に知り合ってやがて結婚を考えるところまで付き合ってきた楊秋成も、少年時代に思いを寄せてくれた陳得秀も、そして采雲自身でさえ、同じく知識人の道徳観の規範にそって考え、動いているようである。阿春婆が「喜んで貧乏するのは昔の讀書人だけ」だと言っているのは、そうした道徳規範を守って生きるのは、あくまでも知識人だけだということである。だが、知識人だからといって、みなこのような道徳規範に従うとは限らないことは、改めてここで強調するに及ばない。ところが、『芸妲の家』に登場した知識人は例外なく[45]、このような規範から外れない。采雲が芸者として働き、養母たちの生活をより楽なものにしていくのが目的である。いわば、孝行のために芸者という職業を選択したのである。采雲はこの自分の選択を悔いるような発言をしている。親孝行はいいが、しかし、自分のこのような道徳観を検討せずにはいられないのである、と。養父母の金銭欲を満足させるために芸者という職業を選んだが、しかし、楊秋成のような、公学校で教育を受けてきた人間からみれば、芸者は自己を侮辱する職業である。養育してくれた養父母への義理を立てるべきか、時間をかけて育んできた愛を選ぶのか。親孝行と自分の愛が両天秤にかけられ、采雲はその悩みに苛まれた。義理立てのために手段を選ばず、自己犠牲が強いられてもそれをやり通すのが、旧来求められてきた倫理である。それに対して、個々人の意思を堅持し、そこで敷き直された道徳規範にそった価値判断で、自分の愛を選ぶのが、新しい知がもたらした倫理である。この采雲の悩みは、実は旧知と新知の対立によって生じたものである。

この部分は、『虞美人草』の孤堂先生・小夜子に代表された旧知と、小野・藤尾によって代表された新知の対立と酷似している。孤堂先生への義理立てと藤尾との恋愛で苛まれた小野の姿が、『芸妲の家』の采雲のそれと重なる。違いは、『虞美人草』では、欽吾と一が裁く者となり、藤尾の母の欲を切り、小野を改心させ、藤尾の我欲を絶つ役割を背負っているが、『芸妲の家』では、そのような絶大な力を持つ人物が存在しておらず、采雲というひとりの女性が自ら決断しなければならず、生か死かの選択を迫られる。言い換えれば、知の暴力は直接采雲という女性にふりかかることになる。藤尾に愛を選択させ、それから死を用意した『虞美人草』の結末と比べれば、『芸妲の家』はその選択の手前にとどまった。だが裁く者が存在しない『芸妲の家』では、選択がなされても、結局、決断を下す采雲自身がその選択の結果の責任を負わなければならない。その衝突は解決なき命題として依然と残る。ある意味で、世の白黒を我が手で裁くという欽吾と一の存在があったからこそ、『虞美人草』の新旧衝突がもたらす過酷な状況は回避されたと言ってよい。『芸妲の家』では、「女は弱いものである[46]」としておきながら、采雲にすべての決断の責任を背負わせるという設定をあえてしてしまうところが、作者張文環のまなざしが厳しい現実から決して逸らされていないことのなによりの証拠となろう。それだけではない。知識人として持つ道徳規範がまわりからどのように受けとめられているのか、その反省めいた視線を、采雲も持たされているのである。たとえば、男たちの玩具になっていくまわりの芸者に嫌悪の情が激しくなったときの自分が、傲慢な女[47]だと言われるのを采雲は自覚している。そのように思われていても、「死なれた夫に貞操を立てるやうに、彼女は戀する人の人格を思ひ出してはそれを十分に押へて行くことが出來る」とあるように、采雲は自分の生き方を守り通している。実際、その「死なれた夫」というのは、彼女を捨てていった廖清泉のことだが、ここではもはや廖という一個人への恋愛感情ではなく、むしろ采雲の生き方そのものを支えていく精神的な象徴と成り変わっている。そう思うことによって、彼女は自分の生き方を堅持していったのである。「エヂプトの女王から拂ひ下げになつたやうな寢臺や長椅子」などといった豪奢な環境に置かれても、采雲は藤尾のように「女王の人形[48]」にはならなかった。周囲の人間から批判の目線を浴びても一向意に介さない藤尾の自覚のなさと違い、采雲はこのような自・他の違いを非常に意識している。その違いを意識したうえで、自分の生き方に悩みながら歩むべき道を選択していくのである。

終わりに代えて――隠蔽された〈他者〉

このような自・他への視線を、酒井直樹が『近代世界の形成』の［総説］に自己の体験を語りながら、欲望の投射の構造について分析したのと比較すると、そこに表象された近代知の衝撃がよくみえてくる。

「伝統的なもの」対「近代的なもの」という二項対立をもとにして自・他の区別を設けようとすれば、私が近代的であるためには彼らが伝統的であるのでなければならない。私が近代的であるためには、伝統的な彼らが私の対照項になるように措定されなければならないのである。つまり、近代の形象としての「われわれ」は前近代の形象としての「彼ら」と対象化されることによって初めて可能になる。「近代的なわれわれ」という形象は「前近代的な彼ら」の形象に必ずつき纏われる。同様に、「前近代的な彼ら」の形象は「近代的なわれわれ」という亡霊に必ずつき纏われているのである。私が彼らの中に見出そうとしていた「伝統的なもの」は、私の視座の中にあらかじめ組み込まれており、それはむしろ私の欲望の投射の構造を持っていたのだった。私の欲望は対形象化の図式を見事になぞっていたのである。だから私の構想力は対形象化の図式の呪縛の中にあり、「伝統的なもの」＝受動性と「近代的なもの」＝能動性との対比によって明らかに制約されていたのである。

（「［総説］近代と世界の構想」一一二〜一一三頁）

この「対形象化」の概念について、酒井直樹はすでに『日本思想という問題』なる著作のなかで詳しく追究してきたが、近代文学のなかで提起された「他者」を考えるときに、作品のなかでそれがどのような対照項として設定され、またそれによって登場人物間の関係性がどのように形成されたかを考察することで、その欲望の投射のあり方が非常に明白な形でみえてくる。たとえば、これまでみてきた両作品の人物間の関係性からみると、そこにさまざまな対照項が設けられているのがみられる。知的状況をめぐる描写が中心となっているこれらの作品には、教育を受けた者と受けていない者、旧知の薫陶によって育った者と新知に接触した者、同じく新しい知を学んだ者同士の違いなどがそうである。『虞美人草』のなかでもっとも顕著に対照項として出てくるのは西洋の知である。小野が師となり、小説という媒体を通して得たその西洋の知を、主人公の藤尾が命がけでも守ろうとするところがその最たるものである。『芸妲の家』でその西洋の知に代わるものが、実は植民地時代に施された、日本から輸入された新しい知である。廖清泉・楊秋成・陳得秀が共通した道徳規範を持つのは、三人とも中学校から教育を受けたからであり、また秀英や采雲の場合も、公学校から卒業したという共通した土台がある。そのため、結婚をめぐって、采雲と二人の男性とのあいだに齟齬が生じるたび、意思疎通が図れずにすぐさま了解事項として処理されてしまう理由のひとつが、この共通した道徳規範に由来する。公学校を出た後の采雲は、秀英を経由し、植民地時代の台湾で流通している新聞や小説を媒体として新しい知を獲得しているのが、二人の女性の会話からはっきりと読みとれる。同じく新しい知として位置付けられるものは、実は漱石の『虞美人草』と張文環の『芸妲の家』とでは、大きな違いがある。その違いが意味するもの、そして作品のなかで描出された知の暴力が意味するものとはなにかについて考えるとき、冒頭に引用した酒井直樹の考察が思い出される。「同時性は、しばしば、暴力を伴う」。漱石は明治三四年（一九〇一）四月以降の「断片」において、このように書いている。

人は日本を目して未練なき国民といふ。数百年来の風俗習慣を朝飯前に打破して毫も遺憾と思はざるはなるほど未練なき国民なるべし。去れども善き意味にて未練なきか悪しき意味においては未練なきかは疑問に属す。西洋人の日本を賞讃するは半ば己れに模傚し己れに師事するがためなり。その支那人を軽蔑するは己れを尊敬せざるがためなり。彼らの称讃中にはわが国民の未練なき点をも含むならん。去れどもこれを名誉と思ふは誤なり。深思熟慮の末去らねばならぬと覚悟して翻然として過去の醜穢を去る、これよき意味においての未練なきなり。目前の目新しき景物に眩せられ一時の好奇心に駆られて百年の習慣を去る、これ悪き意味においての未練なきなり。日本人は一時の発作に沈毅の決断は悔る事なかるべく発作的の移動はまた後戻する事あるべし。

て凡ての風俗を棄てたる後また棄てたるものをひろひ集めつつあるなり。

（『漱石文明論集』(49) 三〇九頁）

維新後に持ち込まれた西洋文化の影響で、これまでの日本の風習がことごとく切り捨てられていくことに危機感を表した漱石のことばである。近代化に伴い、「深思熟慮」せずになにもかも西洋化していくその暴力が、これまでの価値観をも転覆した。新しい価値観が生成されることによって、社会秩序も再編成される。そうした新しい社会秩序のなかで生きる人々は、無理に自分をねじ曲げてもそれに適応していくしかない。『虞美人草』に描き出されているのは、まさにこのような暴力性である。欽吾に「今の世に有過ぎて困る」「気を付けないと危ない」と言われる藤尾は、「目前の目新しき景物に眩せられ」た者であり、切り捨ててはいけないものまで切り捨てていくほどの力を持つ者であるから、死ななければならなかったのである。欽吾からみれば、新しい女である藤尾はまるで「亡国」の花のようである。藤尾がもたらす暴力――小夜子のような女を五人殺す――を阻止するため、欽吾と一が打ち出した戦略もまた暴力性に満ちたものである。藤尾は死に、悪しき「過去」の代表である藤尾の母はねじ伏せられた。だが、重要なのは、欽吾と一はそれで世直しの英雄に祭り上げられることはなく、むしろその傲慢さが何度も作品のなかで表象されたことである。漱石は、新しい知によって支えられた特権を決して支持しなかったのである。逆に、『虞美人草』のなかで温かく見守られた小夜子――古き良き過去を代表する女――を、小野と結ばせる設定は、古き良き過去へ回帰する象徴にもみえる。このように、『虞美人草』という作品はあたかも漱石が「断片」において述べた考え方と呼応しているかのようである。一方的に西洋化することへの懸念、そして自己のオリジナリティをみつめること。『虞美人草』の女性・恋愛・結婚を通して表出された思想性は、近代化に対抗する一知識人の省察である。

このような漱石の懸念は、張文環の随筆「臺灣文學の自己批判(50)」にもみられる。

（略）一途に歐州文化をとり入れて、自己の持つべき美しい精神的なものを見失ひ、東洋道徳と日常生活のバランスを失つてしまつたのである。

内地人は新しい着物を着てちやらちやらしてゐるやうな形でゐるし、本島人はまた二三百年來の植民地的な生活に疲れてゐる。こんな社會的な雰圍氣に何を求めてゐるかといへば、私は敢へて、嚴正な自己批判を要求してゐるといひたい。深刻な自己批判によつて、はじめてこの島に新しい文化が生まれてくると思ふのである。（略）そのためにあらゆる文化の部門に於いて、たとへば臺灣の演劇、美術、音樂、舞踊、その他宗教なども當然問題となつてくる。それで、臺灣文學の文化的使命といふものは大きいのだ。本島人が文學をするそれ自身、すでに日本の文化が擴められてゆくことである。

この随筆からわかるように、張文環は西洋化される一方の日本の状況を鑑みて、日本化される一方の台湾の状況を顧みている。かつそのような状況から脱するために、文学の「文化的使命」を意識したうえで、厳しい「自己批判」を要求しているのである。『芸妲の家』で、采雲が新しい知の体現者でありながら、不条理な親孝行を固持して譲らないから苦しい選択に迫られた。自由意志の恋愛か、献身的な親孝行か、どれもそう簡単に切り捨てられるものではなかった。その両者のあいだで揺れ動く矛盾に、まさに西洋化されつつある日本の影響と、「二三百年來」の植民地的な生活の影響が暗に影を落としているのである。言うまでもなく、自由意志の恋愛は西洋化されつつある日本からもたらされたもので、日本を通じて獲得した自己の覚醒を意味する。養女として献身的な親孝行を強いられる采雲の運命は、ほかでもなく、「二三百年來」（中国と日本）の植民地的な生活に置かれた台湾の運命そのものである。『芸妲の家』は、采雲の選択が示されないで終末を迎えたが、しかし、張文環が『芸妲の家』の女性・恋愛・結婚を通して表出した思想性は、近代化の影響下に置かれた日本を危惧する漱石と共通していると言える。

「近代」をもし、日本と台湾に「同じ時を生きる」ことを経験させ、それによって生じた地続きの感覚が時・空間の制限を越え、いまでもなお紐帯となって、日本と台湾の人々に「同じ時を生きる」感覚をつくり出し続ける力として理解できるものであれば、『虞美人草』にみられる「同じ時を生き」たと思われる人々がどのような関係性を持ち得るか、また『芸妲の家』のそれはどうか、さらに『虞美人草』と『芸妲の家』に共通してみられる新しい知の力の違いによって見出される日本と台湾の関係性はどうか、「同じ時を生き」た日本と台湾の知識人に共有されるもの、共有されないものはなにかを考えることは、決して無駄なことではない。『虞美人草』と『芸妲の家』のなかで読みとれる作者漱石、そして張文環が〈知〉の覇権へ向けた目差しは、近代の波にさらされた知識人の自覚であり、自己への批判である。だが、繰り返すが、なによりもこの二つのテクストの比較によって浮き彫りにされたことは、そこに描かれた女はもはや表層にすぎず、藤尾は藤尾ではなく、采雲は采雲ではなく、なにか新しい知を体現した迷えるオブジェであること、テクストのなかで〈他者〉化されたこれらのオブジェの背後には、実は隠蔽された〈他者〉がいることである。描かれた女性・恋愛・結婚の背後には、日本における西洋、そして台湾における日本という〈他者〉が身を潜めていながら、しかしそれは、オブジェの生死を決めるほど脅威的な力を持っていることを忘れてはならない。

※この論文で引用したテクストは特に断らない限り、『虞美人草』の引用は、平成元年改版の新潮文庫、『芸妲の家』の引用は、緑蔭書房『日本統治期台湾文学台湾人作家作品集』第四巻（一九九九）に拠る。

（1）『岩波講座　近代日本の文化史　近代世界の形成　19世紀世界　1』岩波書店、二〇〇二、三〇頁。

（2）正宗白鳥著、高橋英夫編、岩波書店、二〇〇二。

(3) たとえば、倉田稔が「夏目漱石の社会思想：とくに『草枕』の場合」(小樽商科大学『人文研究』一九九八・三)においても、「漱石文学では、実は、女性が大きなトピックとなっている。『草枕』でも、女性が大きなトピックとなっている。だが本質的なテーマとはなっていない」(四五頁)と指摘している。

(4) 小谷野敦が『恋愛の昭和史』において、このように書いている。

(略)西洋近代において成立して、日本およびその他アジア諸国にも広まった近代恋愛の概念には、確かにそれ以前とは違ったものがある。それが、「結婚は恋愛のうえになされなければならない」という思想と、「恋愛は誰にでもできるはずだ」という思想である。前者は、日本では大正期に厨川白村や與謝野晶子が高唱し、敗戦後に一般庶民の間でも広まったたし、この大前提に、「基本的にひとは結婚すべきだ」という小前提を加えれば、自ずと後者が結論づけられる。(「普遍的現象として「恋愛」」一六頁)

(5) 『日本統治期台湾文学　台湾人作家作品集』第四巻(緑蔭書房、一九九九)巻末、張文環略歴参照。

(6) 張文環自身の随筆「老娼撲滅論」においてもそうした台湾社会への不満が書かれている。また、柳書琴『荊の道』(中文タイトル『荊棘之道［臺灣旅日青年的文學活動與文化抗爭］』、聯經出版、二〇〇九、四四二頁参照)においても指摘があった。

(7) 張文環は「文學は人間の精神をつくるものだ」と考え、台湾文学の将来を非常に危惧し、フランス文学などもあさって読んでいるようである。同じ随筆「臺灣文學の將来について」(『臺灣藝術』創刊号、一九四〇・三)で、「吾々は文學をするには内地人に比べて數倍も努力しなければならないのである」と書いたように、彼は紅葉から啄木まで日本近代文学の作品を数多く目を通しているようである(「茨の道は續く」、『興南新聞』一九四三年八月一六日付）。また、この時期の台湾人作家の視野は、日本文学だけでなく、西洋文学・中国文学に全般的に関心があったことを数多くの台湾作家の随筆からも読みとれる。

（8）張文環「平林彪吾の思ひ出」（『臺灣日日新報』一九四〇年四月一三日付）を参照。張文環が創作のことで悩むと、平林のところへ行って意見を求めたという。とくにその時期の平林は夏目漱石を愛読していたと、以下のように回想している。「松本さんが私に云ふには、自分はこのごろ夏目漱石のものに夢中してゐると云ふのである。卓をみるとなるほど夏目さんの全集が置かれてあつた」（ここの松本とは平林彪吾の本名である。この引用は、陳萬益編『張文環　日本語作品及び草稿全編』、台中県立文化センター、二〇〇一、CD-ROM版に拠る）。

（9）曾秋桂 "In A Attempt to Contact with Modern Japanese Literature : A Revaluation of Zhang Wen-Huan's Literary Activity from Nationalism"（中文タイトルは「試圖與日本近代文學接軌、反思國族論述下的張文環文學活動」、『台灣文學學報』第一二期、二〇〇八・六、一～二六頁）のなかでは、張文環の『落蕾』と『虞美人草』、『父の要求』と『こころ』『坊ちゃん』『三四郎』『それから』、『芸妲の家』と『道草』などに類似した箇所があると指摘している。

（10）「その十五」二八六頁。

（11）「その十八」三四六頁。

（12）「その十」一六三頁。

（13）「その十二」一九一頁。

(14)「その十五」二八九頁。

(15) 明治四十年七月一九日付の小宮宛の手紙に「藤尾という女にそんな同情をもってはいけない。あれは嫌な女だ。詩的であるが大人しくない。徳義心が欠乏した女である。あいつを仕舞に殺すのが一篇の主意である」(三好行雄編『漱石書簡集』、岩波書店、一九九〇、一九六頁)

(16)「その十三」二二四頁。

(17)「その十六」三一四頁。

(18)「ああ別嬪だよ。藤尾さんよりわるいが糸公より好い様だ」(「その三」五〇頁)

(19)「その三」五三頁。

(20) 彼女は折をみては、ときぐ〵哀願するやうに、「お母さん、私を嫁がせて下さい。たとへ嫁いで行つてもときぐ〵かへつてきて、お父さんやお母さんの面倒をみます。子供を産んだら一人お母さんに差し上げます。」(「二」一一七頁)

(21)「四」一三一頁。

(22)「四」一三四頁。

(23) たとえば、『青鞜』の女性解放をめぐる一連の論争などをみても、女性の恋愛・結婚、そして貞操の問題がよく取りあげられている。

(24) 一が父親のことばをこのように受け取っているが、妹の糸子は父親の言った通りにそのことばを兄の一に言い聞かせ、それを正す(「その十二」一七九頁)。

(25)「その十四」二五五頁。

（26）鶴田欣也編『日本近代文学における〈他者〉』、新曜社、一九九四。
（27）『近代読者の成立』、岩波現代文庫、二〇〇一。『近代文学の女たち』、岩波書店、同時代ライブラリー、一九九五。
（28）ここの「独我論的」は、柄谷行人の『探究Ⅰ』に出てきたことばで、それとの対話である。
他者の他者性を捨象したところでは、他者との対話は自己対話となり、自己対話（内省）が他者との対話と同一視される。哲学が「内省」からはじまるということは、それが同一の言語ゲームの内部ではじまるというのと同義である。わたしが**独我論**とよぶのは、けっして私独りしかないという考えではない。私にいえることは万人にいえると考えるような考え方こそが、独我論なのである。独我論を批判するためには、**他者**を、あるいは、異質な言語ゲームに属する他者とのコミュニケーションを導入するほかない。（『探究Ⅰ』、講談社学術文庫、一九九二、一二頁）
（29）前田の文章を引用すると、「（略）たとえば結婚をどう考えるかという問いには、『人格完成または恋愛完成の道において一手段として結婚を認めます』（略）『結婚は人生の一番重大な問題ですから、自己の自由意志においてその配偶者を求め、新しい家庭を構成していかなければならないことを自覚します。したがって思想上、実際生活上、それを自ら処理できるだけの修養をつとめています』と答えています。人格とか修養ということがいわれている」（『近代文学の女たち』一九三頁）とある。
また、前田は『近代読者の成立』において考察しているように、「大正時代のいわゆる『新しい女』を産み出した基盤は、この中等教育の機会に恵まれた新中間層の女性群であった。彼女らは良妻賢母主義の美名のもとに、家父長制への隷属を強いられていた従来の家庭文化のあり方に疑問を抱き、社会的活動の可能性を模索しはじめる」（『近代読者の成立』二二〇頁）のである。つまり、大正の中頃に実施された中等教育が「新しい女」を形成した重要な要素として挙げている。

(30) 平田由美『女性表現の明治史』、岩波書店、一九九九。

(31) 『女性表現の明治史』所収「「小説の時代」の女の読み物」を参照。特に六八〜七一頁のところを参照されたい。

(32) 「この女は羅馬へ行く積なんでしょうか」（略）「行かないの？ 私だって行かないわ」（「その二」二四頁）、「クレオパトラは三十ばかりでしょう」「それじゃ私に似て大分御婆さんね」（同二六頁）

(33) 「その十二」一六九頁。

(34) 「その十六」二九九頁。

(35) 「藝姐に生娘がある筈がないことは最初から知つてゐるが、しかし愈々もらつてやると心に決めると、後から來るべき妻としてのあの女の姿が、多少の疑惑に包まれずには居れなかつた。さう思ふとき、楊は何の因果があつて、こんな妻を持たなければならないのか、と自分の身がいまいましくなつてくる。むろん藝姐を對象として考へた場合、自分の持つ惱みは男としての卑怯な態度であることは考へないでもないが、しかし突きつめてみると、自分の心には、まだ割り切れないものがある」（「一」一〇七〜一〇八頁）

(36) 「四」一三四頁。

(37) 「（略）これ以上、楊を待たすことも出來ないが、しかし、それよりもこれ以上人間の貪慾を認めていゝものかどうか、釆雲自身も自分の道徳觀念を檢討せずには居られないのである。父や母に孝行するのもい、が、こんな間違つた考へで財産を拵へて行くのが正しい生き方であらうか。しかし母達はいつも、金だ、金だ、金さへあれば、この世の中の苦痛は何もかも解決されてしまふ。金はこの社會の唯一の智能のバロメータになつてゐるのだから仕方がない。しかし自分はこの金を生産するたゞの燃料にしかなつてゐないのだ。采雲はこの二つの原理のあひだで去就に迷ふのである」(「二」一一四〜一一五頁)

(38) 「その十二」一六九・一八〇頁。

(39) 「その夜の夢に藤尾は、驚くうちは楽がある! 女は仕合なものだ! と云う嘲の鈴を聴かなかった」(「その十二」二二五頁)とあるように、それまで藤尾は絶えず、この欽吾の言葉に魘されていた。

(40) 「その十九」三八四頁。

(41) 「その十九」三八五頁。

(42) 「その十八」三七九頁。

(43) 「六」一四三頁。

(44) 「二」一一四頁。

(45) ほんの一例を挙げるが、同じく台湾の植民地時代の作家、龍瑛宗が書いた『パパイヤのある街』にも、知識人の結婚が描かれている。そこには、むしろ立身出世を優先させ、金銭欲の強い知識人の方が多く登場している。

(46) 「五」一四三頁。

(47) 「六」一三九頁。

(48) 「藤尾は傍目も触らず、只正面を見たなりで、女王の人形が歩を移すが如く昂然として入口まで出る」

（「その十二」一八〇頁）。
(49) 三好行雄編『漱石文明論集』、岩波書店、一九八六。
(50)『新文化』八月号、一九四一。ここの引用は、前掲注(8)『張文環　日本語作品及び草稿全編』CD-ROM版に拠る。

精神病者をどう描くか——チェーホフ、中村古峡と漱石——

佐々木英昭

はじめに

「神経衰弱」と見られ、「狂気なり」ともいわれた英国留学中の漱石は、「帰朝後も依然として神経衰弱にして兼狂人のよし」であったが、「たゞ神経衰弱にして狂人なるが為め、『猫』を草し、『漾虚集』を出し、又『鶉籠』を公にするを得たりと思へば、余は此神経衰弱と狂気とに対して深く感謝の意を表するの至当なるを信ず」（14：14-15）[1]と『文学論』（一九〇三〔明三六〕～〇五講述、〇七刊行）の「序」に書いている。自家製のメロドラマや俗流精神病学に漱石を回収しようとする研究者にしばしば利用されてきた文章だが、この種の論者が『文学論』本論を通読していることはほとんどないし、またその草稿としての役割を果たした『ノート』[2]になると、これを開いてみた形跡さえまず見られない[3]。『ノート』はさて措くとしても、『文学論』本論を読み込んだ者であれば、この「序」を再読するとき、現実にはむしろ明朗なユーモアに包まれて、勘ぐりさえするかもしれない。漱石先生、あなたの「神経」が「衰弱」したことなんて、ほんとはなかったんじゃないですか? 留学中、これだけ敏活に頭脳を働かせていたのであれば……。

漱石が自称した「神経衰弱」や「狂気」について病理学的診断を下すに足るデータは与えられていない。ただ、彼がその種の自称をむしろ好んだという事実には、自らの病識の有無を別としても、精神病理およびその周辺領域への関心を読んでよいはずで、実際それが留学以前から漱石の頭脳の一隅を占めていたことは、熊本時代の小文「人生」(一八九六)、あるいは大学時代の翻訳「催眠術」(一八九二)にさかのぼって確認することができる。[4] この関心と関連領域への探求がどのように進展し、『文学論』と『猫』を経て、さらにその後の小説などにどう生かされたかを探ることが、本稿の課題である。

より具体的に語るなら、「神経衰弱」なり「狂気」なりと見られる人物、あるいは社会が人をそう見る場合の構造といった問題に漱石はもともと強い関心があり、それは、作家として立つ決意が固まるにしたがって、自らそれらを小説に描く志向というかたちを取っていったはずである。その過程にある漱石が内外の作家を広く読んで学ぼうとしていたことは、蔵書への書き込みなどから明らかだが、それらのうち、精神病理の問題との絡みで漱石が強い反応を示したことが明瞭な小説家が二人いる。ロシアの作家、アントン・パーヴロヴィッチ・チェーホフ(一八六〇〜一九〇四)と、比較的早くからの弟子の一人で、漱石死後は「変態心理」研究の精神医学者として一家をなす中村古峡《こきょう》（一八八一〜一九五五）である。この二人の仕事に漱石がどう反応したか、またその反応が自らの小説に生きているとすればどのような形でか。このあたりの暗《くら》がりに光を当てることが本稿の主な仕事となるが、その案内に、まず簡略な関連年表を掲げておこう。

一九〇四〜〇五年：漱石、チェーホフの英訳作品集 *The Black Monk and Other Stories* を読み、寸評を書き込む。
一九〇六年一月・三月：『吾輩は猫である』第八・九回が『ホトトギス』に掲載される。
一九〇八年九〜一二月：古峡の小説『回想』が『東京朝日新聞』に連載される。
一九一二年七〜一二月：古峡の小説『殻』が『東京朝日新聞』に連載される。
一九一二年一二月〜一三年一一月：『行人』が東京・大阪両『朝日新聞』に連載される。
一九一六年五月：『明暗』が東京・大阪両『朝日新聞』に連載開始される。
一九一六年九月：漱石、古峡の短篇「赤子殺し」などを書簡で批判。
一九一六年一二月：漱石、『明暗』未完のまま死去。
一九一七年一〇月：古峡、雑誌『変態心理』を創刊。

図1　漱石文庫所蔵 *The Black Monk and Other Stories*

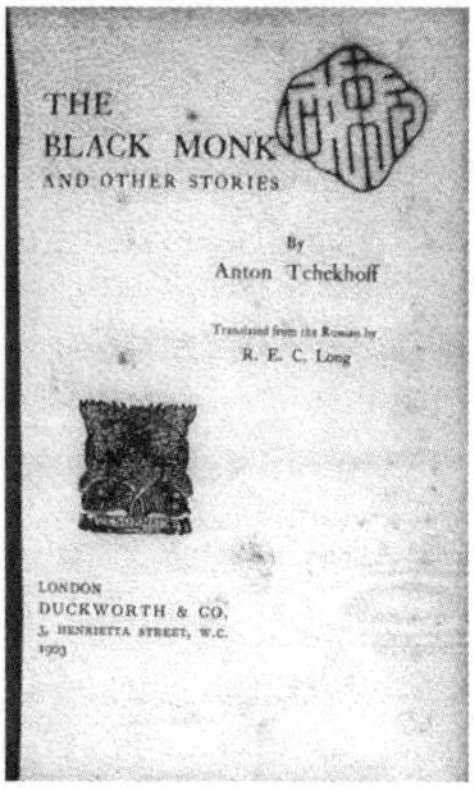

図2　同上巻頭頁

チェーホフ読書について、まずその時期の推定根拠を述べておこう。この *The Black Monk and Other Stories* (tr. by R. E. C. Long, London: Duckworth, 1903：図1・2参照) は、東北大学附属図書館「夏目漱石文庫」に保存されている三冊のチェーホフ英訳作品集のうち漱石の書き込み等が残された唯一の書なのだが、実はこれ、「チェーホフの英語世界での最初の単行本」にほかならず、日本でも「青年文学者の間にチェーホフの名が喧伝されるようになった」のはこの本の流通以来のことという。[5] 弟子などから評判を聞いて漱石も、どれ、と手に取ってみたというところか。目次を開くと、表題作 "The Black Monk" (黒衣の僧) を頭に一二篇の作品が並べられているのだが、漱石の書き込みは三箇所のみで、この「黒衣の僧」のほか、第九篇の "Sleepyhead" (ねむい) と掉尾を飾る "Ward No. 6" (六号室) の各最終頁の余白に、それぞれ以下のようにある (一三五・一四四・一四六頁の図3・4・5参照)。

〔黒衣の僧〕第三流ノ作ナリ
〔ねむい〕此所迄カケバモーパサンニナツテ仕舞フ。不賛成ナリ
〔六号室〕Black Monk ナドトハ比較ニナラヌ名作ナリ（27：376）

読書時期を一九〇四年以降とする根拠は、「ねむい」への「此所迄カケバ」云々の批評内容が一九〇七年四月の講演「文芸の哲学的基礎」でのモーパッサン評価（16：109-116）の内容に重なり、かつそれと同じ趣旨の書き込み（27：210）がなされている蔵書 Maupassant (G. de): *Guy de Maupassant*（Little French Masterpiece）の出版年が一九〇四年だということで、要するにモーパッサンを読んでからでなければ「モーパサンニナツテ仕舞フ」とは書けない、との認識である。またそれを〇五年内と見る理由は、『吾輩は猫である』第八・九の二回にまたがる主題となっている「狂気」の見方にチェーホフ「六号室」の構造に通ずるものがあること、つまり「名作ナリ」とまで感銘した作品が自作の動機に影響する可能性は小さくない、ということである。

それでは、『吾輩は猫である』第八・九回の物語構造、あるいは小説の仕掛けが「六号室」に近似したとすれば、どのような点においてか。その探索から始めよう。

『吾輩は猫である』の「気狂」たち

八木独仙といえば、『猫』第八回で初めて登場する「山羊の様な髯」を蓄えた「哲学者」だが（1：352）、何のために出て来るかといえば、落雲館中学の生徒たちと悪戦する苦沙弥先生に、西洋の「積極主義」に対する東洋流の「消極的」修養の優位を説いて思考を転換させることが、とりあえずの役割である（1：357、389）[6]。続く第九回の苦沙弥先生、いつの間にかこの独仙に傾倒しており、その受け売りを迷亭君に語るほどなのだが、逆にその迷亭から、この独仙のおかげで「気狂にされた」奇人たちの話を聞かされる。すなわちレールの上で坐禅をした理野陶然、また「食意地と禅坊主のわる意地が併発し」、「あの松の木へカツレツが飛んできやしませんか」などの言動から巣鴨の「瘋癲院」に収容された立町老梅である。

しかもこの老梅が、実は先刻読んで「敬服した」（1：377）ばかりの手紙の差出人、天道公平と同一人物であることを知らされた苦沙弥先生、「同気相求め、同類相集まると云ふから、気狂の説に感服する以上は〔中略〕自分も亦気狂に縁の近い者」ではないか、「ことによるともう既に立派な患者になつて居るのではないかしらん」と考え込む。否、自分ばかりではない、ちょんまげを固守しつつフロックコートに身を固める迷亭の伯父にせよ、年中、珠ばかり磨いている寒月にせよ、また迷亭にしろ金田にしろ「非凡は気狂の異名であるから」同様ではないのか。さらに落雲館の悪童どもまで含めて

「大抵のものは同類の様である」と推論し、逆に「案外心丈夫にな」る。

してみれば、「社会」は要するに「気狂の寄り合」、「気狂が集合して鎬を削つてつかみ合ひ、いがみ合ひ、罵り合ひ、奪ひ合つて、其全体が団体として細胞の様に崩れたり、持ち上つたり、崩れたりして暮らして行く」ものをそう呼んでいるのではないか、とも先生は考え始める。とすると、

其中で多少理屈がわかつて、分別のある奴は却て邪魔になるから、瘋癲院といふものを作つて、こゝへ押し込めて出られない様にするのではないかしらん。すると瘋癲院に幽閉されて居るものは普通の人で、院外にあばれて居るものは却て気狂である。気狂も孤立して居る間はどこ迄も気狂にされて仕舞ふが、団体となつて勢力が出ると、健全の人間になつて仕舞ふのかも知れない。

（1：405-406）


すなわち「気狂」も「団体となつて勢力が出る」と自らを「健全の人間」と称し、「理屈」と「分別」のある奴はその「勢力」にとって「却て邪魔になる」がゆえに、力によって「瘋癲院」に幽閉しているというのが実情なのではないか、と。

もっとも、語り手の猫は苦沙弥のこの想念を直ちに相対化して、「彼の頭脳の不透明なる事はこゝにも著しくあらはれて居る。彼はカイゼル髯を蓄ふるにも係らず狂人と常人の差別さへなし得ぬ位の

凡倉である」とする。しかも、もともと苦沙弥が天道公平の手紙に「敬服した」理由というのが、文意が「全くわからんから」であったのだから、苦沙弥の思いを漱石がそのまま推奨しているわけでないことは明らかである。ただ、「狂人と常人の差別」について「瘋癲院」の内外を逆転して見るという発想が『猫』第九回を支配していることは明白というほかない。そして漱石のその発想にチェーホフ「六号室」の構造がなんらかの影響をもった可能性は小さくない、というのが本稿の見方である。

「六号室」の構造と『行人』

「六号室」(一八九二)を読み終えた若き日のレーニンは、無性に怖くなって自室に閉じこもっていられず、外へ出た。「自分がまるで六号室に閉じ込められたような気がしたのだ」という。(7) もちろんレーニンばかりではない。「六号室」は全ロシア的に衝撃を与えた、「名作」の名に恥じない作品である。とすれば、その衝撃はいかにしてもたらされたのか。

主人公アンドレイ・エフィームィチ・ラーギンは、田舎町の精神病院に二〇年以上勤めてきた独身の院長で、若いころには宗教家を志し、今も勤務より哲学や歴史の読書の方に熱心な思索的な人物である。たとえば「被害妄想狂」患者、イワン・ドミートリチ・グローモフが恐怖から暴れても、お定まりの処方をしたきり「人間が発狂するのを妨げるべきではないからと言い残して立ち去」る。さらに暴れて迷惑行為に及べば、ただ彼を「六号室」へ移す。職務柄その「六号室」も定期的に訪れなければならないが、グローモフは彼を悪罵で迎える。「なぜ僕をここに閉じ込めるんだ」という問いかけには「病気だから」と答える。グローモフは、しかし、こう切り返す。

「そうとも、僕は病気だ。しかし世間には、君たち無学な連中に気違いと常人の区別がつかないばかりに、何十人なん百人という気違いが自由気ままにぶらついているじゃないか。なぜ僕と、ここにいる不幸な連中だけが、贖罪の山羊のように、皆に代わってここに入っていなけりゃならないんだ？　あんたにしたって、代診や事務長や病院じゅうのならず者にしたって、道徳的な点においちゃ、われわれの誰よりもずっと低級なんだ。それなのになぜ僕らだけここにいて、君たちはいないんだ？　そんな論理がどこにある？」(8)

「万事、偶然の産物ですよ」とラーギンはシニカルに応じる。「私が医師で、君が精神病患者だということは、道徳とか論理の問題じゃなくて、全く偶然にすぎないのです」。とにかく「僕をここから出してくれ」に答えては、「私の権限外」です。逃げ出しても捕まるだけだから「ここにいることが必要なのだと考えて、気を落ち着ける」しかない、云々。「僕がここにいることなんか、誰にも必要じゃないさ」には、こう返す。

「しかし監獄や精神病院が存在する以上、誰かがそこに入っていなければならない。君でなければ僕が、僕でなければ誰か別の人が、です。そりゃまあ、遠い将来に監獄や精神病院が存在をやめたら、窓の鉄格子も患者服もなくなるでしょう。勿論、そういう時代は遅かれ早かれやって来ますよ。」

「監獄や精神病院」の内にいる者と外にいる者との差異は「偶然」的であって本質的なものではない。「君でなければ僕が」入っていても不思議はないのだ、とラーギンは説く。医師と患者の対話から出てきたこの想念は、『吾輩は猫である』の第八・九回の「瘋癲院」内外逆転の発想に通じている。すなわち「瘋癲院に幽閉されて居るものは普通の人で、院外にあばれて居るものは却て気狂」ではないかという、「狂人」天道公平の文章に敬服して自分も「気狂」かしらと思う苦沙弥先生に訪れる、あの着想である。

とりあえず、その先の展開を追っておこう。右に瞥見した対話では、それなりの論理と才気を備えたグローモフの言葉が、ラーギンの口にこれまでほとんど上ることのなかった哲学的な言葉を引き出し、そのことが医師の心理を浮揚させていることが見て取れる。グローモフがかつて大学で学んだこともわかり、「君はなかなか思索的な、聡明な方ですね」と対話にはますます興が乗る。病室が暗くなったのにも気づかなかったほどで、君なら鉄格子のなかでも「幸福」をつかめるだろう、「ディオゲネスは樽の中に暮らしながら、この世のあらゆる国王より幸福だったのです」などと言い残して六号室を出るが、その後も、「何という気持ちのいい青年だろう！」、「この町へ住むようになってから、はじめて話しがいのある人物にめぐりあったぞ」とラーギンは高揚している。かくして翌日からは、このグローモフと話がしたさに六号室を訪れては、毎日長い時間を費やすようになる次第。

そして、この情景が周囲には異様に映る。二人の真剣な対話を立ち聞きした若手の医師ホーボトフは、「病院《うち》のじいさんも、とうといかれたらしいな」と嘆息し、役場に手を回して町会議員や別の医師を交えた聴聞のような会議を設定して、町長名でラーギンを呼び出す。「今日は何曜日だとか、一年は何日だとか」に続く「六号室に驚くべき予言者がいるのは本当か」の問いに、ラーギンが顔を赤らめて「ええ、患者ですが、興味ある青年ですよ」と答えたところで、質問は打ち切られる。

この聴聞が精神鑑定を意図したものであったことに、役場を出てからようやく気づいたラーギンは、その夕、以前から唯一の話し相手であった地主階級出身の郵便局長、ミハイル・アヴェリヤーヌィチから、気晴らしの旅に出ないかと誘われる。

「わしは近々休暇を取って、違った空気を嗅ぎに出かけるつもりでいる。で、あんたがわしの親友である証拠を見せて下さらんか！　一緒に出かけようじゃないですか！　旅に出て、お互い若返ろうじゃないですか？」

この経緯も、漱石ファンなら思い当たるだろう。すなわち『行人』(一九一二〜三)のHさんから一郎への旅行の誘いである。二郎が家を出てから変調の度を加えた一郎は、妹を相手に「テレパシー」の実験を行って「きつと気が変になつたんだ」と思われ(「塵労」十二)、その「変人」ぶり、「機嫌買」を知り抜いている家族にも「不思議」と見えるようになっていた。こうして険悪化する一方の「彼の調子」に、「腹も立つが気の毒でもある」と母。母のこの訴えを受けての二郎の発案がこの気晴らし旅行であり、彼がその相手として依頼したのが「兄と一番親密なHさん」だったわけである(同十二)。「六号室」の場合も、郵便局長の誘いはホーボトフの発案、依頼によるものであることが行間に読み取れるわけで、『行人』の場合と構図はそっくり同じ。付け加えれば、ラーギンがホーボトフに院長の地位を奪われるように、『行人』の一郎も二郎に妻を奪われるという「被害妄想」めいた不安を抱えていた。

どれだけ意識的な操作であったかはさておき、漱石が繰り出したこの展開が「六号室」のそれに通じていることは否定しがたいわけだが、精神病者を描く小説として『行人』を考える場合、チェーホフ以外に絡んでくるもう一人の作家が、門弟中村古峡ということになる。『行人』の連載開始が古峡『殻』の終了を受けてのものであったことはもっと注目されてしかるべきで、『行人』の構造に「六号室」が生きているとすれば、『殻』もまた実質的な影響をもった可能性が十分に考えられる。ここで、「六号室」のストーリー紹介をいったん中断し、古峡と漱石との関わりに話を移すことを許されたい。

古峡の『殼』と「赤子殺し」

中村古峡（本名蓊《しげる》）は、東京帝大英文科で謦咳《けいがい》に接して以来の漱石門下で、五女ひな子の急死に際会した縁から、この死に材を取った「雨の降る日」（『彼岸過迄』中の一章）について「あれは三月三日（ひな子の誕生日）に筆を起こし同七日（同女の百ケ日）に脱稿、小生は亡女の為好い供養をしたと喜び居候」という手紙（一九一二年三月二一日）をもらっている。それほどに師から心を開かれもし、またその才を買われてもいたことは、本稿冒頭の年表にも記載したとおり、『東京朝日新聞』連載の機会を二度与えられたことからも知られる。にもかかわらず、これまで漱石の弟子として認知される度合いが小さかったのは、『行人』以降の漱石と疎隔を生じ、弟子たちの集団とも距離を置くようになっていたことが大きな要因かと思われる。

実弟が精神病を発病して死に至るという特異な経験をもつ古峡は、早くから精神病理を自らの文学的課題に据えたらしい。そのことは一九〇二年の習作「ゆめうつゝ」(9)にすでに顕著で、そこで彼は、「未定稿」と自ら記す荒削りな器に「狂気《きちがひ》の小父様」（ルビは原文のまま。以下引用においては同じ）と呼ばれる男の荒れ狂う言動を強引に押し込んでいる。

一九〇八年の『陽炎』は、漱石から「あれは紙上にて大喝采を博す小説に相違無之ひそかに君の成功を祝し申候」（一九〇八年六月二一日、古峡宛書簡）とまで称讃されたもので、これを改稿・改題した長篇小説が、『東京朝日新聞』に漱石『三四郎』と並ぶかたちで連載された〝膽駒古峡〟名による『回想』（九月一〇日～一二月二日。『三四郎』は九月一日～一二月二九日）であったと推定されている。[10]ただこの『回想』は、連載前の予告（同紙九月八日）で「家庭小説である」と規定されているとおりのものであって、予告にはさらに「哀楽二面の両極」「新旧思想の衝突」「人間内部の葛藤」等々の文句も並ぶが、作品は精神病理の記述を含むわけではない。ある医学生の恋愛を軸に進み、彼の愛を得て喜ぶかと思えばふさぎ込む十九歳の女の謎が徐々に解かれてゆく。謎は結局、幼児期の虐待や両親の不貞といった不幸な生い立ち、またそれらと無関係でない少女期の男性経験などとして明かされる次第で、「大喝采」が予測されるとすれば、そのあたりの面白みであったか。

代表作『殻』は、『彼岸過迄』の後を受けた長篇として『東京朝日新聞』に連載されたもので、その単行本化にさいしては「微細にして率直、『人は斯くの如くにして発狂するものぞ』と云ひ得る唯一の書」と紹介された（『新小説』一九一三年三月号広告）。実弟の精神病歴と死に取材していることは隠れもなく、その病態が徐々に昂進してゆく過程を、兄の稔（古峡自身を思わせる）をはじめとする家族や雇い主、医師ら複数の視点から、また病者自身の口からもしばしば多く語らせながら叙述していったこの長篇は、たしかに文学史上の一収穫に違いなかった。[11]

さわりを抜き出すなら、終盤近く、精神病院に面会に来た兄に、病者為雄は「神の使者《つかひ》」が初めて「僕に声をかけた」さいの経験を語り出す。「神田為雄……死ぬには及ばぬ……僕は此の一声で救はれました」。その後は「此の神と交通のある世界に入り」、この「不思議な世界のあることを、普《あまね》く世人に知らしめる」ことを使命だと考え、会う人ごとに説いて聞かせるが、誰も信じない。為雄の声はとみに熱を帯び、こんなことも言いつのる。

若《も》し僕が神の世界を信ずるが故に精神病者なら、何故天下の宗教家は悉く病院へ入れられないのですか。若し又今日まで誰も云はなかつた異説を云ふのが病人なら、何故天下の人はニユウトンの引力説や、コペルニクスの地動説を信ずるのですか。(12)

「六号室」の患者グローモフに通ずる発想であり、古峡もチェーホフを読んでいた可能性を思わせる。実は『殻』の前半に軍隊服役中の為雄を稔が訪ねるくだりがあり、そこで稔は、「ある露西亜《ロシア》人の書いた物語の一節」として、医者が一通り診察してお定まりの処方をした後でいう科白――「もう二度とは来ないぞ。人の気の狂つて行く妨害《さまたげ》をしたつて仕方がないから」――を想起する。この「物語」の細部は「六号室」と一致しないものの、この医者の科白と、ラーギンの「人間が発狂するのを妨げるべきではないから」との類似は明白である。この「物語」は、チェーホフの他の作品であるか、あるいは「六号室」の細部を変更したものか、いずれかの可能性が大だろう。

ともかく為雄の長広舌は続き、以前「幾度か母を木刀で殴つた」ために麻縄で手足を縛られたこと、それから七日間の昏睡があり、目覚めると「大変な神風」が吹いたことを語る。「僕等母子はもう人間ではない。畜生だ。虫螻《むしけら》だ」、神は許さない、「神風だ！　神風だ！　穢れたる人間を懲罰するための神風だ！　さうして此の世の最終《をはり》の日が来たのだ！」と声を立てて泣いた、と。

さうして今にも神の世界から僕を引き立てに来る魔の使者《つかひ》の目から免《のが》れる為めに、僕は益《ますく》蒲団の中で、出来得る限り小さくなつて縮《ちゞ》こまりました。――兄さん其の時ほど僕の身体《からだ》の小さくなつたことはありませぬ。初めは犬のやうになりました。次には猫のやうになりました。最後《しまひ》には段々と小さくなつて、泥田の中に匿れてゐる田螺殻《たにしがら》のやうになつてしまひました。

そういって為雄は「ひく〳〵と肩を窄めて」田螺殻になって見せようとする……。まことに哀切にして重い終幕であり、作品が称讃をもって迎えられたことも頷ける。が、その称讃者のうちに漱石が含まれていたかということになると、これがいささか微妙なのである。連載前か開始後か、原稿を見た漱石との間の論争が昂進して感情的にこじれたようで、古峡の日記には「先生叱シテ曰ク、黙レ、君ハ Sentimental ダカラインケヌト、是等ノ言ヲ繰返スコト数度ナリ、〔中略〕然リ夏目先生ハ余ノ怨敵ナリ、文学ノ怨敵ナリ」などとある(13)。

争点がどこにあったのか正確に知ることはできないが、大きな括りで見れば、『行人』の、たとえば

「モハメッド」が山を呼び寄せる逸話をめぐるHさんと一郎の問答（「塵労」三十九～四十）などは、「六号室」のグローモフとラーギンの問答を思わせるのに劣らず、『殻』の為雄の主張にも通じる。漱石の微妙な態度には、ひょっとすると、弟子から盗むという特殊な事態にまつわる感情のもつれがあったか。あるいはたんに秀作としての完成を期するあまりの、瑕瑾《かきん》への叱責であったか。ともかくこのころから師弟の間に感情の疎隔が生じていったものらしい。

とはいえ、破門だの絶縁だのといった話ではなく、漱石没年となった一九一六年、精神病理への関心をますます深めていた古峡は、その方面の短篇原稿を二つ、『明暗』執筆中の漱石に送って批評を乞うたらしい。うち一作は、精神の変調からわが赤子の泣き声に苛立ち、ついにはこれを殺して精神病院に収容される知識人（翻訳に携わる）を描いた「赤子殺し」(14)で、これについて漱石は、以前よりよそよそしい言葉遣いではあるが、懇切丁寧な批評を書き送っている。「気狂になるには気狂になる径路がありませう」。にもかかわらず読者にはそれが辿れない、というのが主な論点である。「たゞ残酷な人だといふ事を強ひつける積」なら「芸術品として何の価値もない」。「芸術品」なら、

気狂に至る経過其物即ち他から見た事実もしくは事実の推移其物の叙述、換言すればある連続した原因結果を具像〔象〕的に示し得る真の発揮でなければなりません。即ち気狂のやる行為が一々奇抜だとか刺戟に富んでゐるとか悉く陳腐と平凡を離れた意味で読者の眼を驚ろかし同時に啓発しな

ければなりますまい。（24：557）

しかるに、「同じムードを繰り返して」進むこの作品はこれらの基準を満たすことがなく、「最後に突然子を殺す」のがたしかに「奇抜」で「成程気狂らし」く「新しい刺戟」だとしても、制作の目的はそこにはあるまい。これよりはもう一つの原稿[15]の方が「余程い丶」、なぜなら「多少の発展があ」り、「順序がともかくも辿れるから」。「従つて当人のサイコロジーの方から見ても外面的に叙述される事実の連鎖からいつてもい丶やうです」と（24：558）。

ところで、右、一連の漱石書簡からの引用中、傍点を振った言葉たち――「径路」「経過」「事実の推移」「連続した原因結果」「発展」「順序」「事実の連鎖」など――は、『文学論』の、とりわけ第五篇「集合的F」のキーワードである「推移」と呼応しつつ、小説の「芸術」性として漱石の求めたもののありかを明快に照らし出すものである。その点は拙著『漱石先生の暗示《サジェスチョン》』（注2）で詳論したところだが、ここで少々解《げ》せないのは、漱石が『殻』における古峡の達成にふれていないことである。すなわち、たとえば『殻』の為雄の物語であれば、「気狂に至る経過其物」を「他から見た事実もしくは事実の推移其物の叙述」として、あるいは「ある連続した原因結果」を具象的に表示するような「真の発揮」として、かなりの達成を見ていたといえるのではないか。あまりに未熟な「赤子殺し」を見せられた漱石の脳裏には、秀作『殻』は浮かぶことさえなかったのだろうか。

ことによると、「赤子殺し」が想起させたのは、むしろ、チェーホフ作品集一二篇のうち漱石が寸評を加えた三篇中の一つである「ねむい」であったかもしれない。[16] というのも、「此所迄カケバモーパサンニナツテ仕舞フ。不賛成ナリ」(図3)という漱石の批評の「此所迄」とは、まさに赤子を殺してしまうことにほかならなかったからである。

「ねむい」

チェーホフの作家的出発は、〝アントーシャ・チェホンテ〟などの筆名でユーモラスな短篇小説を書きまくって学費を稼いだ医学生時代にあった。この時期を初期とすると、「ねむい」(一八八八)は〝チェホンテ〟名によるほとんど最後のものらしく、初期から中期への過渡を象徴する両義的な作品であった。一三歳の子守り娘、ヴァーリカを主人公として、たしかに初期チェーホフらしい軽妙さで話は進むのだが、彼女の意識はやがて現実と夢(または幻覚)、現在と過去とを行き来し始め、その往還の過程で境遇の悲痛さが徐々に明らかになってゆく。そして彼女の精神病的とも見える意識が最終的に取ってしまう行為が、子守りを義務づけられている赤ん坊を殺してしまうことであり、その部分の叙述がそれまでと

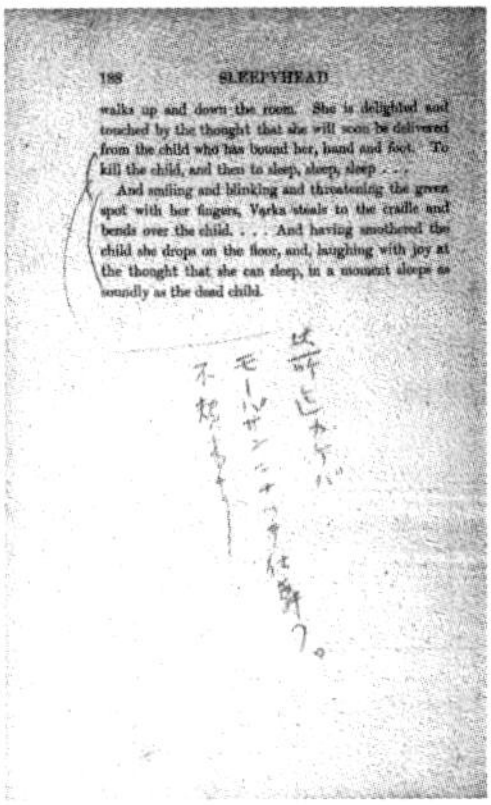
188 SLEEPYHEAD

walks up and down the room. She is delighted and touched by the thought that she will soon be delivered from the child who has bound her, hand and foot. To kill the child, and then to sleep, sleep, sleep . . .

And smiling and blinking and threatening the green spot with her fingers, Varka steals to the cradle and bends over the child. . . . And having smothered the child she drops on the floor, and, laughing with joy at the thought that she can sleep, in a moment sleeps as soundly as the dead child.

此所迄カケバ
モーパサンニナツテ仕舞フ。
不賛成ナリ

図3 「ねむい」最終頁の書き込み

まったく変わらない淡々としたものであるだけ、読者は一層大きな衝撃を受けることになる。「不賛成ナリ」という漱石の批評はこの結末に向けられたものと考えるほかなく、この点を抜きにすれば、この作への評価はむしろ高かったと見られる。そもそも寸評を書き込むこと自体、他の九篇にはなかったことなのだし、「此所迄カケバモーパサンニナッテ仕舞フ」という口吻には、むしろ、これさえなければ佳作なのに、という嘆息さえ読んでよさそうである。

そうであれば、古峡の「赤子殺し」を読んだ漱石がこの「ねむい」を連想しなかったとは考えにくいが、仮に想起しなかったとしても、古峡作品への不満が大きかったことは容易に想像される。「事実の推移其物の叙述」によって「読者の眼を驚ろかし同時に啓発」するという「赤子殺し」に欠けていた「芸術」的理想を、「ねむい」はかなりの水準において達成していたからである。少女の意識という「事実」の「推移」が現実（現在）と幻覚（過去）を往還しながら進む特異な展開は、優に「芸術品」の名に値するもので、「同じムードを繰り返して」進む単調な「赤子殺し」は、少なくとも「芸術」として見るかぎり、およそ太刀打ちできない。

では、「不賛成ナリ」とされた「ねむい」の結末はどのようなものであったのか。――「天井のみどり色の光の輪と、ズボンや襁褓《おむつ》から落ちる影が、またもやヴーリカの半びらきの眼へ這いこんで、目くばせしながら、彼女の頭をもやつかせ」た結果、自分が「生きる邪魔をしている或る力の正体」は、すなわち「敵」は、結局この赤ん坊なのだ、と初めて気づいて笑いだす。そして、赤んぼを絞めころすと、彼女はいきなり床《ゆか》へねころがって、さあこれで寐られると、嬉しさのあまり笑いだし、一分後にはもう、死人のようにぐっすり寐ている。

「モーパサンニナツテ仕舞フ」という漱石の批判は、もちろんモーパッサンその人の「ひも」（The Piece of String）への「モーパサンは何時でもこゝ迄かくからいけない」や、「首飾り」（The Necklace）への「此落チガ、嫌デアル」に始まるかなり長い分析的な書き込み（27：211-212）に呼応しているのだが、これらも決して全面的な否定というわけではなく、せっかくの好小説が結末で台無しにされたことを惜しむものである。すなわち「首飾り」でいえば、夫婦が大変まじめな苦労の末にようやく見いだした首飾りの宝石がイミテーションだったという「落チ」で「今迄ノイ、感ジ」「此夫婦ノ美徳」を「殺シテ仕舞」う、この「冷刻《ママ》ナ、皮肉ナ」作者の処理方法に賛同できない、という立場を表明したものなのである。

「倫理的にして始めて芸術的なり。真に芸術的なるものは必ず倫理的なり」（「日記一七」五月一六日、20：550）と漱石は「赤子殺し」論評の四か月ほど前に書いていた。この「倫理＝芸術」観からすると、「ねむい」の「落チ」は許容範囲を超える。要は、モーパッサンの場合と同じように、あの「冷刻《ママ》ナ、皮肉ナ」落ちが、せっかく「今迄ノイ、感ジ」で進んだ読者への「啓発」を「殺シテ仕舞」う、というのだろう。ただ、ここで興味深いのは、「倫理的」であることにおいて決して漱石に劣らないはずの

「芸術」家、晩年のトルストイがこの作品を高く評価したことで、このことは、二人の文豪の「倫理＝芸術」観の不一致を明証している。[17] 発表当時にあった、この作品に「教育的なものは何もない」という非難に抗して、擁護者エールテリは「子どもを過重な労働で苦しめてはならぬ、子どもの心というものは複雑なもので、思いやりと心づかいを求めているものだという重い警告」が「すでに立派な教訓」だと反駁したという。[18] トルストイのみならず、漱石とてそれは認めないではあるまい。ただ、その「立派な教訓」もあの「落チ」で相殺されてしまうと見るところに、トルストイには共有されない漱石批評の特異性があるわけで、この特異性と、あの「倫理的にして始めて芸術的なり」とするやはり特異な哲学とを無関係と見るわけにはいかないだろう。

漱石のこの特異性は、「六号室」を「名作」とし、「黒衣の僧」（一八九四）を「第三流ノ作」とする二中篇への評価の、異例に大きな格差にも関わるのだろうか。ちなみにトルストイは二作ともへの感銘を隠しておらず、特に「黒衣の僧」に対しては、「ああ、なんというすばらしさだろう！」と絶讃おくあたわなかったという。[19]

「黒衣の僧」

一般に、「比較にならない」という表現は、実は比較可能な二者について、その格差があまりに歴然としているためにわざわざ比較検討するまでもないという場合に用いられる。「六号室」について

「Black Monk ナドトハ比較ニナラヌ名作ナリ」とした漱石の評言もその例外ではなく、「六号室」と「黒衣の僧」とは、実は以下のような要素を共有するため大いに比較可能、というより同じ本に入っていれば比較するなという方が無理というべき二作なのである。

すなわち、当初は多少変わり者でも健常と見られていた知識人男性の主人公が、やがて精神病的傾向を周囲に感知されることで、親しかった人々からも疎外あるいは隔離され、ついには孤独な死を迎える。この悲劇を主筋として、主人公と周囲の人々の性格を、ユーモラスな味わいと深刻な悲痛さとを交叉させるチェーホフ一流の手法で描き分けてゆく……。このように骨子を抜き出せば、二作はほとんど同一とさえいえるほどなのだが、それなら、この二作に漱石が下した明快な格差はどこに淵源していたと考えるべきなのか。幸いなことに、作品集巻頭に置かれた「黒衣の僧」にのみ漱石の下線や脇線が残されているので、まずはこれらを押さえながら物語を見てゆくことにしよう。

両親に早く死に別れ、その後は著名な園芸家ベソーツキーに養育されて学位を取った若い大学教師コヴリンは、神経を痛めて帰省し、この後見人の家で歓待を受ける。もともと親しかった当家の娘、ターニャとの愛も発展させつつあったある日、コヴリンはそのターニャに「黒衣の僧」の伝説を話して聞かせる。どこで読んだか聞いたかまるで覚えていないが、なぜか自分の頭を離れないというこの話で、僧が初めて登場する文 "A thousand years ago a monk, robed in black, wandered in the wilderness — somewhere in Syrie or Arabia……"（一一頁）の前半の一行（"wandered" まで）に漱石は下線を引き、それに続く五〜六行の横に脇線を残している。当該部分の日本語訳は以下のとおり。

千年も前のこと、黒い衣を着たどこかの坊さんが、シリヤかアラビアの砂漠を歩いていた。……するると、その坊さんの歩いていた場所から数マイルはなれたところで、漁師たちがもうひとり黒い衣を着た坊さんが湖の表面をそろそろと動いているのを見たのです。この二番目の坊さんは蜃気楼だった。まあどうか光学の法則は忘れて——何しろあいては伝説で、法則などお構いなしなんだから、——つづきを聞いて下さい。その蜃気楼からもう一つの蜃気楼が生まれて、それからまた別の蜃気楼が生まれてというふうに(20)

蜃気楼は全世界へと増殖し、今では宇宙全体をさまよっている、そしてこの伝説によれば、この僧を「われわれは、今日あすにも見るはず」だとコヴリン。その日の夕暮れ、一人で川辺を散策するコヴリンの前に「黒衣の僧」は実際に現れる。その出現の様を描いた以下の四行ほどにも漱石の脇線がある(一三頁)。竜巻のような黒い一本の柱が現れ……

ひと所に立っているのではなく、恐ろしい勢いで動いていて、それもこっちへ向かって、コヴリンめがけて、まっしぐらに近づいて来るのがわかった。そして近づけば近づくほど、しだいに小さくはっきりして来た。コヴリンは傍の裸麦の畑へ飛び込んで道をあけた。

これに続く文は“A monk...”で始まるのだが、その“monk”に下線があり、その後“the Black Monk”が出るたびに下線を施すことを漱石は何回か続けている。こののち僧はしばしば彼を訪れて話すようになるが、彼以外の人にはもちろん見えないのである。それを「幻覚」と意識もするコヴリンは、自分が「精神病で異常だ」との懸念を口にするが、僧は「今じゃ学者たちが、天才は精神異常と紙一重だと言っている」などと超人思想を語る。「ふしぎだなあ、君が繰り返して言うのは、僕の頭によく浮かぶ考えと同じなんだ」とコヴリン。彼はこうして「彼の自尊心というより魂ぜんたいを、存在ぜんたいをくすぐ」られ、この高揚した精神状態でターニャに求婚する。受諾され、そのままベソーツキー家で新婚生活を始めるものの、幻覚症状はむしろ昂進して妻と舅に露見する。療養させようとする二人との間で関係はむしろ悪化する。二人に向けたコヴリンの科白一〇行ほどにも漱石の脇線が残されている（四二頁）。

「仏陀にしても、マホメットにしても、あるいはシェイクスピアにしても、何という仕合わせな人たちだろう、善良な親戚やドクトルに恍惚や霊感を治療されなかったのだから！」とコヴリンが言った。「もしマホメットが神経症と言われて臭素カリを飲んだり、一昼夜に二時間しか仕事をしなかったり、牛乳を飲んだりしたら、あの偉人が死んだあとには、犬ころ一匹死んだぐらいしか残らなかったことだろう。ドクトルや善良な親戚というものは、けっきょく人類を愚鈍にして、凡人を天才と考え、文明を滅ぼしてしまうのだ。〔中略〕」

「天才は精神異常と紙一重」であり、仏陀、マホメット、シェイクスピアのような「天才」が文明を進展させえたのは彼らが幸いにも――ラーギン風にいえば「偶然」に――「精神異常」扱いされなかったことによるのだ。コヴリンのこの説は、「非凡は気狂の異名であるから」という苦沙弥先生の思念に、また「何故天下の宗教家は悉く病院へ入れられないのですか」という『殻』の為雄の疑問にも通じ、さらには『行人』でのマホメットの逸話「塵労」三十九～四十を想起させもする。これら三作がともにチェーホフを糧にしているとは十分に考えられるところだろう。

このあと夫妻の寝室で、父にやさしくしてほしいと哀願する妻に、コヴリンはむしろ悪口を浴びせかける。それに続く五～六行にまた脇線（四四頁）。

ターニャは寝床に崩おれて、枕に頭を伏せた。

「拷問だわ」と彼女は言った。その声から、彼女がもうへとへとに疲れて口を利くのもやっとなのがわかった。「冬からずっと、一瞬間も気の休まる時がないんですもの。……ああ、恐ろしいわ！　あたし苦しい。……」

コヴリンはやがて一人で大学へ戻るものの、喀血が始まり衰弱する。すでに他の女と暮らしており、その女の名“Varvara Nikolaievna”の初出箇所に漱石の下線がある。「心の底で彼はターニャとの結婚を失敗と考え……」のところに脇線（四五頁）。そこへ届くターニャの、父の死を告げる手紙の全文にも漱石は脇線を引く（四七〜八頁）。

今、父が息を引き取りました。これはあなたのお蔭です。あなたが父を殺したのですから。〔中略〕あたしは心の奥底からあなたを憎悪して、あなたが一時も早く破滅するように願っております。ああ、どんなにあたしは苦しんでいるでしょう！　堪えきれないほどの苦痛が、あたしの心を焼いている。……あなたなど呪われるがいい。あたしはあなたを非凡な人と、天才と思い込んで愛したのに、あなたは気違いだった……

先を読むにたえず手紙を引き裂いたコヴリンは、仕事に打ち込もうとするが、集中できない。「苦しい精神病にたえ、結婚の失敗を経験し」た半生が思い返され、「今やコヴリンは、自分が凡人であるのをはっきりと自覚し」ていたという部分に漱石の脇線（四九頁）。衰弱したコヴリンに、しかし「黒衣の僧」はなおも現れる。その科白にまた脇線（五〇頁）。

「なぜお前はわしの言葉を信じなかったのだ？」と彼は、優しくコヴリンの顔を眺めながら叱るような口調でたずねた。「もしあの時、お前は天才だというわしの言葉を信じていたら、お前はこの二年間をこんなみじめなわびしい気持ちで過すこともなかっただろうに。」

これによりコヴリンは「今や自分が神の選良であり天才であるのを信じて疑わな」くなる。が、口をきこうとすると喀血し、愛人ワルワーラを呼ぶつもりが、口をついて出た言葉は「ターニャ！」。それに続く結びの一二行ほどにも、漱石の脇線が残されている（五一頁）。彼はターニャを呼び、

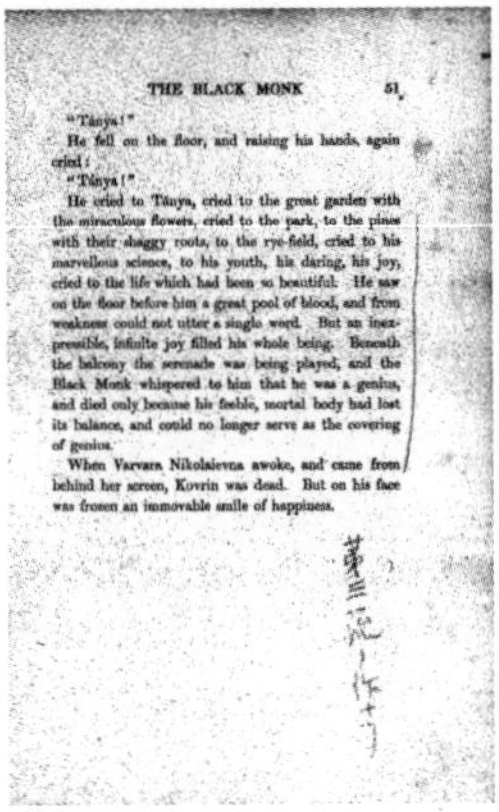
THE BLACK MONK 51

"Tánya!"

He fell on the floor, and raising his hands, again cried:

"Tánya!"

He cried to Tánya, cried to the great garden with the miraculous flowers, cried to the park, to the pines with their shaggy roots, to the rye-field, cried to his marvellous science, to his youth, his daring, his joy, cried to the life which had been so beautiful. He saw on the floor before him a great pool of blood, and from weakness could not utter a single word. But an inexpressible, infinite joy filled his whole being. Beneath the balcony the serenade was being played, and the Black Monk whispered to him that he was a genius, and died only because his feeble, mortal body had lost its balance, and could no longer serve as the covering of genius.

When Varvara Nikolaievna awoke, and came from behind her screen, Kovrin was dead. But on his face was frozen an immovable smile of happiness.

図4　「黒衣の僧」最終頁の書き込み

公園を、毛むくじゃらの根をむき出した松並木を、裸麦の畑を、自分の素晴らしい学問を、青春を、勇気を、喜びを呼んだ。あんなにも美しかった人生を呼んだ。〔中略〕黒衣の僧は、彼の耳許で、彼が天才であり、彼がいま死んでいくのは彼のか弱い人間としての肉体がもう平衡を失って、これ以上、天才をおおう覆いの役

に立たないからに他ならないとささやいていた。

ワルワーラ・ニコラーエヴナが目をさまして、衝立の向うから出て来た時、コヴリンはもうこときれていて、その顔には幸福そうな微笑が氷りついていた。

そしてこの下の余白に、素っ気なく「第三流ノ作ナリ」と書き込まれているわけである（図4）。この低い評価のゆえんが具体的にどこにあるかを明確にすることは不可能だが、漱石の学者としての関心や知見を解析した前掲拙著の視座からすれば、可能性として以下の諸点が推定される。

一、黒衣の僧の出現様態。自分でも淵源のわからない伝説をターニャに語ったあとで、伝説そのままの僧が現れるという進展は、幻覚を見るに至る主人公の意識の「推移」として不十分。「推移」の契機となる「暗示」の描写がほしい。

二、黒衣の僧の登場人物としての役割。主人公の意識を「推移」させることで物語を推進するこの僧は、幻覚であって他の人物に共有されないため、主人公が浮き上がり独走する感を生んでいる。性格もメフィストフェレス的類型に回収されそうで、魅力を欠く。

三、主人公と他の人物との葛藤。独走する主人公を理解しえず、ベソーツキーは嘆きのうちに死に、ターニャも早々に怒りをぶつけて背を向けるので、人物間の葛藤を通じて互いの性格や苦悩を浮き上がらせることはできていない。

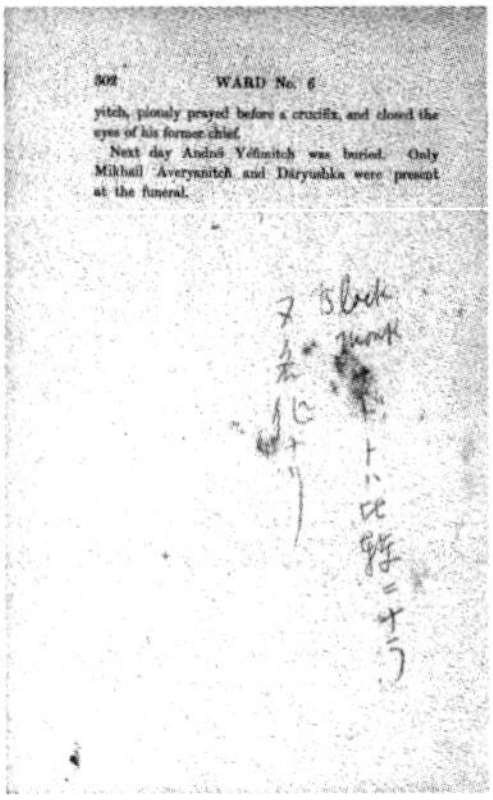

図5　「六号室」最終頁の書き込み

「黒衣の僧」がこれらの点で漱石を満足させられなかったのだとした場合、こうした現象に通底する欠陥はどこに求められるだろうか。「芸術品」であれば、と漱石は古峡への返書に書いていた。「気狂に至る経過其物即ち他から見た事実もしくは事実の推移其物の叙述」あるいは「ある連続した原因結果を具像〔象〕的に示し得る真の発揮」でなくてはならない、と。この要請に照らすとき、「黒衣の僧」はたしかに「ある連続した原因結果」を幻覚の「具象化」において鮮やかに表示しえている。が、そこに描かれる幻覚という「事実」の「推移」は、あくまで主人公の意識内部のものにとどまり、「他から見た事実」とはなっていない。そのかぎりにおいて他の人物は置き去りにされ、主人公と他者との葛藤という側面も深まらない結果となっている……。

「黒衣の僧」への漱石の不満がこのようなところにあったという見当がもし実相を大きく外していないのならば、「Black Monk ナドトハ比較ニナラヌ名作ナリ」（図5）と彼の評した「六号室」は、この弊をおそらく免れているわけである。さて、ようやく「六号室」に戻る段取りとなった。

「六号室」の反転と『明暗』

『行人』の一郎とHさんのそっくりの気晴らしの旅に、郵便局長と二人で出はしたものの、ラーギンは気が晴れるよりむしろ「どっちが気違いだろう?」と苛立つような場面にたびたび見舞われる。ようやく帰還して息がつけるかと思いきや、あろうことか院長の地位はすでにホーボトフのものとなっており、今や官舎の明け渡しを待たれる身である。小さな町家に下宿するが、この「病気の同僚」を時々見舞うのを義務と考えているらしいホーボトフは、いつも臭素カリの壜と大黄の丸薬を携えている。郵便局長と来あわせると、「そろそろ治らなけりゃ、ねえ先生」などと、あくびをしながら声をかける。その態度が神経にさわって、ラーギンはついに爆発する。「ふたりとも出て行け!」。「でくの棒め! 阿呆め! 友情も、きさまの薬もいるもんか! 丸太ン棒め! 俗物め! 下司野郎め!」。剣幕に恐れをなして逃げ出す二人に、ラーギンは臭素カリの壜を投げつける。

この乱行が「発作」と見なされことで、ラーギンはますます追い込まれる。翌日、郵便局長のところへ謝りに出かけ、私が病気だというのは「嘘なんです!」、「この町じゅうで二十年目にようやくひとりの聡明な人間を見つけたところ、それが気違いだったという、それだけの理由なのです」と弁明するものの、「病院にお入りなさい、ドクトル」と諭される。夕刻になるとホーボトフが来て「ご一緒に立会診察を」と依頼。久々の任務に活気づいて二人で六号室に入ったものの、すぐ戻るのでお待ち下さいと言い残して新院長は出て行き、それっきり戻らない。三〇分ほどすると、かつての忠順なる部下、屈強な守衛ニキータが来て患者服への着替えを促し、このときラーギンは「一切を理解」する。「六号室」の外に立ち、これを監視する立場にあったラーギンの地位はいつか反転し、今やその内部で監視される側なのである。

この作品が漱石に与えた衝撃の様相も、もはや想像にかたくあるまい。「気狂に至る経過其物即ち他から見た事実もしくは事実の推移其物の叙述」という漱石の理想にこれほど見事に叶う小説もそう多くはないはずで、ラーギンが「気狂になる径路」は、文字通り「他から見た事実」として、本人の意思を慮《おもんぱか》ることなく次々に既成事実化してゆく。この展開に息つく間もなく牽引される読者は、いかにもありそうな「事実」の展開に押されてラーギンともどもどんどん窮地に追いやられ、ついには「六号室に閉じ込められ」てしまうのである。思えば『行人』の一郎が「気狂に至る」、あるいはそう見なされる「経過」もこの構造を共有しているわけで、「六号室」讃嘆がそこに生きたと考えることは十分妥当な推理というべきだろう。

さて、制止しても叫びをやめないラーギンはニキータに殴られて口に血がたまり、続いてグローモフの悲鳴も聞こえてくる。痛みに歯を食いしばると、

とつぜん、混濁した彼の頭に、恐ろしい、たえがたい一つの考えがあざやかに閃いた。これと全

く同じ痛みを、いま月明りを浴びて黒い影のような姿を見せているこれらの人びとは、何年ものあいだ、来る日も来る日も生身《なま》で感じなければならなかったのだという考えである。

痛みを契機として「あざやかに閃いた」新しい「一つの考え」……。ところで、動詞「閃く」のこのような用法は、実は漱石の愛好したところでもあった。漱石において、この種の意識「推移」を描くにこの動詞をもってすることが、一つのパターンにまで確立されたのは『明暗』においてである。たとえばお延に向けて叔母が「そりやお前と継とは……」と中途で言い差した言葉に、「はつと思つた」お延の意識はこう「推移」する。

「昨日の見合に引き出されたのは、容貌の劣者として暗に従妹の器量を引き立てるためではなかつたらうか」

お延の頭に石火のやうな此暗示が閃いた時、彼女の意志も平常より倍以上の力をもつて彼女に逼つた。（六十七）

あるいは「其所《そこ》なのよ、兄さん」というお秀の「意味ありげ」な視線に、津田の意識はこう「推移」する。

微かな暗示が津田の頭に閃いた。秋口に見る稲妻のやうに、それは遠いものであつた。けれども鋭どいものに違なかつた。それは父の品性に関係してゐた。今迄全く気が付かずにゐたといふ意味で遠いといふ事も云へる代りに、一旦気が付いた以上、父の平生から押して、それを是認したくなるといふ点では、子としての津田に、随分鋭どく切り込んで来る性質のものであつた。

（九十六）

この二例で「閃く」の主語は、『明暗』ではほとんどつねにそうであるように、いずれも「暗示」なのだが、ともかくこれらに重ねて「六号室」のさきの一節を読み直すなら、ニキータの殴打による痛みが一種の「暗示」作用をなすことでラーギンの意識が「推移」し、その結果得られた新しい「考え」が重要な意味をもつ、という経緯が描かれていたということになる。これに類似した「推移」を津田とお延の意識が一定の間隔を置いて繰り返す、というのが『明暗』に見て取れるパターンの一つであったが[21]、それらのうち、津田の意識「推移」として物語上最も意味深いものと見え、かつ先のラーギンの場合に酷似する例を最後に挙げておこう。

小林との会食の途中、手渡された手紙を読む津田は「茫乎《ぼんやり》したたゞの時間」を過ごし、その直後に予期しない意識「推移」を経験する。手紙の内容は「丸で別世界の出来事としか受け取れない位、彼の位置及び境遇とは懸け離れたものであつた」にもかかわらず、彼は何処かでおやと思つた。今迄前の方ばかり眺めて、此処に世の中があるのだと極めて掛つた彼は、急に後を振り返らせられた。さうして自分と反対な存在を注視すべく立ち留まつた。するとあゝあゝ是も人間だといふ心持が、今日迄会つた事もない幽霊のやうなものを見詰めてゐるうちに起つた。極めて縁の遠いものは却つて縁の近いものだつたといふ事実が彼の眼前に現れた。

（百六十五）

津田の意識「推移」の、これまでで最大と見える反転。やがて来るであろうより大きな反転の予示でもあろうし、『明暗』という作品全体の主題なり創作意図なりをかなり直截に語り出した、「倫理的」に違いなく、したがって「芸術的」でもある言葉たち。『明暗』の物語の転回点となる意識「推移」をこのような言葉で叙述した漱石の脳裏に、「六号室」の前記の一節があったか否か。それを窺わせる資料は発見されていない。ただ、本稿がすでにいくぶんか明らかにしたと自負するのは、「六号室」のみを称揚する漱石の、偏愛とも見えるチェーホフ批評の特異性と、『明暗』に片鱗を見せたこの「倫理＝芸術」観とが決して別物ではないこと、おそらく同じ根――『道草』の言葉を借りてそれを「異様の熱塊」（三）と呼んでもよい――に発する同種の閃光だということである。

（1）以下、漱石テクストからの引用はすべて『漱石全集』（岩波書店、一九九三〜九九年）に拠り、適宜

「14：14‐15」（14巻14‐15頁の意）のようなかたちで巻・頁を示す。傍点は、（。）は原文どおりだが（、）は引用者によるもの。このほか〔 〕内の語は、断りのないかぎり引用者による。なお文中、『猫』は『吾輩は猫である』の意。本稿でもこの略称を用いる場合がある。

（2）英国留学期以降に書きためられたものと考えられる冊子・草稿類の全体を指す呼称。『漱石全集』第21巻の全容をなす。

（3）拙著『漱石先生の暗示《サジェスチョン》』（名古屋大学出版会、二〇〇九年）、特に第6章の注1を参照されたい。

（4）同右（注3）、特に第7章「若年の翻訳『催眠術』」を参照されたい。

（5）佐藤清郎『チェーホフ芸術の世界』（筑摩書房、一九八〇年）三四一頁。

（6）物語内の一つの役割にすぎない独仙のこの立場は、しばしば作者漱石自身の思想と同一視されてきた。たとえば朴裕河は、「西洋の文明抔《など》は一寸いゝやうでもつまり駄目なものさ。之に反して東洋ぢや昔から心の修行をした。その方が正しいのさ」云々の独仙の科白（『吾輩は猫である』十一）を引いて、これも「作家自身の認識と見ていいはずである」と論じている（『ナショナル・アイデンティティとジェンダー』、クレイン、二〇〇七年、八三～四頁）。この読みは作者の意図を誤認したものというほかなく、独仙の思想は「作家自身の認識」にある二項対立中の一項をなすにすぎない。そのことを最も明確に開示しているテクストが『ノート』とりわけ「開化・文明」「東西ノ開化」「東西文学ノ違」などの冊子における漱石の詳細な記述である。前掲拙著（注3）、特に第8章「開化ハ suggestion ナリ」参照。

（7）アンナ・エリザーロワ＝ウリヤーノワ「イリイチの思い出」（一九二六年）。松下裕「解題」（『チェーホフ全集』第六巻、筑摩書房、一九八八年）に拠る。

（8）池田健太郎訳『チェーホフ全集9』（中央公論社、一九六〇年）一四六〜二一五頁に拠る（以下同じ）。

（9）森田米松ほか著『翻刻・註釈・解題『夕づゝ』第四号』（日本大学大学院文学研究科、曽根博義研究室発行、二〇〇五年三月）（http://www.geocities.co.jp/CollegeLife-Library/1959/GS/yuhudutu0411.htm 二〇一一年三月三日取得）所収。

（10）曽根博義「異端の弟子――夏目漱石と中村古峡（上）」（『語文』一一三号、日本大学国文学会、二〇〇二年）。そのほか古峡の足跡に関しては、この論文とその続編「異端の弟子――夏目漱石と中村古峡（下）」（『語文』一一四号、同年）、また同じ著者による「中村古峡と『殻』」（日本大学文理学部人文科学研究所『研究紀要』五七号、一九九九年）に拠るところが大きい。記して謝意を表したい。

（11）その世評の高かったことは、曽根博義「中村古峡と『殻』」（注10）に詳しい。

（12）『殻』のテクストは竹盛天雄編『編年体　大正文学全集』（ゆまに書房、二〇〇〇年）に拠る（以下同じ）。

（13）曽根前掲論文「異端の弟子――夏目漱石と中村古峡（下）」（注10）に拠る。

（14）曽根前掲論文（注12）に補足した森洋介「解題　習作『ゆめうつゝ』から『殻』、その他の短篇へ」（前掲注8『翻刻・註釈・解題『夕づゝ』第四号』）によれば、この「赤子殺し」は、『変態心理』（日本精神医学会の月刊誌。古峡主幹で一九一七年一〇月創刊）一九一八年新年号（一巻四号）掲載の「二狂人」中の「一、変質狂」と同一で、のち古峡の単行本『変態心理の研究』（大同書店、一九一九年）収録にさいしては「仮寝の後」と改題されている。

（15）森前掲論文（注13）によれば、『変態心理』掲載の「二狂人」中の「二、早発痴呆狂」で、『変態心理の研究』収録の「田舎教師」と同一。
(16) 森前掲論文（注13）は古峡が「ねむい」を読んでいた可能性にふれているが、証拠は示されていない。
(17) 前掲注（3）拙著『漱石先生の暗示《サジェスチョン》』第9章第五節「トルストイへの褒貶」参照。
(18) 松下裕「解題」（『チェーホフ全集』第二巻、筑摩書房、一九八七年）に拠る。
(19) 松下裕「解題」（『チェーホフ全集』第七巻、筑摩書房、一九八八年）に拠る。
(20) 前掲注（8）『チェーホフ全集9』三五一～九二頁による（以下同じ）。
(21) 前掲拙著（注3）、第4章第三節「いかにして暗示は発生するか――『明暗』」参照。

〈研究コラム〉

フランスのラジオで語られた漱石

濱田　明

フランスにおける漱石の受容について以前報告したが、今回のコラムでは、その後のエピソードとして、漱石を扱ったラジオ番組を紹介してみたい[1]。

漱石をとりあげたのは、公共放送局フランス・キュルチュールの、作家を中心に芸術家を紹介する「人生、作品」という番組である。放送日は二〇〇三年一〇月一二日、エレーヌ・モリタ訳『それから』が出版されて数か月後、『虞美人草』を除く主要な小説の翻訳が出揃ったタイミングでの放送である。

番組は一時間半弱。作品の朗読と、エレーヌ・モリタ、ルネ・ド・セカッティら漱石作品の翻訳者やフランス国立東洋言語文化研究所教授のエマニュエル・ロズランらのコメントによって進められた。以下、各人の発言から興味深いと思われるものをまとめてみる。

ロズランは森鷗外をはじめとする日本近代文学の専門家であり、歴史的背景の理解も深く、才気とユーモア溢れる口調で、漱石の人生や作品の時代背景を踏まえた鋭い読みを提示する。

帝国大学教授から新聞社専属の作家への漱石の転身は、「古い制度の価値観に従えば、逃避以外では理解しがたい。しかし社会が急激に変化していた当時、漱石は文学の役割を、それまでの真実や道徳の追求、あるいは娯楽としてではなく、精神的活動の本質的なものとして意識しており、その意味でパイオニアであった」とする。社会の変化では、『三四郎』で三四郎が熊本から東京へ向かうさいに乗る列車に注目し、身分社会ではありえなかった見ず知らずの他人との接触を強いる列車は、「困惑させる」ものであったと指摘する。そして東京での三四郎の困惑についても、そこに若者の未熟さだけでなく、地名、政治制度、すべてが変わりつつあった東京にあって「正しく出来事を認識する」ことの難しさを見て取る。

家族については、養子は当時なんら問題となる制度ではなかったけれども、漱石にとって心理的に複雑なものであったことを、『道草』に登場し、主人公に金をせびる養父の人物像に触れて説く。大学という制度から逃れたように家族から逃れようとした漱石にとり、「人間関係において理想は存在せず、漱石はもっぱら自然、俳句、漢詩の世界にユートピアを求めた」のだ。『思い出すことなど』に見られるように、病気からの回復期に漱石が詩作していたことから、「病気も漱石に平安をもたらした」など、ロズランの数々の指摘は明快で説得力に富む。

ルネ・ド・セカッティは中村亮二（リョウジ・ナカムラ）と共に『草枕』『明暗』『二百十日』

『行人』『硝子戸の中』『私の個人主義』を翻訳している。「日本を理解するために、友人たちには、多くの人が薦める谷崎潤一郎の『陰影礼賛』ではなく、『草枕』を薦めている」とフランスから日本を見る視点で語る。西洋と東洋の美意識が対比的に示されているからだろうか。

翻訳者の立場から、欧米の読者に向け、漱石の描写を理解するための心構えも説いている。「縁側の描写は、下手な自然主義作家のように日本の家屋の構造や建築を教えようとするものではなく、作品の中で意味があるから存在する。欧米の読者が縁側の描写に異国の感覚を覚えるのは仕方ないが、むしろそれが他の何かに役に立つことになることを理解すべきである」と、小説の中で果たす役割に注意を向けるように促す。

また「家庭、仕事、社会を冷静に捉え、何物も無条件に肯定しない姿勢、そこから生まれるアイデンティティへの深い洞察が、日本人読者のみならず、あらゆる読者の心を揺り動かすのだ」と、この点で漱石は、「日本的なアイデンティティを主張した川端」と対照的な存在だと言う。

漱石の小説の登場人物が、「結婚、お金、仕事など、現実的な出来事に苦しんでおり、そこから逃れるため、理想を抱く。しかし、知的な登場人物(『草枕』)であれば、詩などによって解決の可能性はあるが、そうではない登場人物には術がない。漱石が偉大な作家であるのは、登場人物が現実、経済的な条件に苦しめられている時、どのようにそこから抜け出るかを描いているから。だからこそ、感動的なのだ」と、セカッティは繊細な神経の持ち主であることを感じさせる優しい口調で語る。ロズランの明快な解釈とはまた違い、漱石の小説を愛する翻訳者として、登場人物や読者に寄り添うかたちでその魅力を伝えようとする。

『坊っちゃん』『彼岸過迄』『坑夫』『それから』を翻訳したエレーヌ・モリタは番組の冒頭で、漱石文学の本質を、「人間を透徹した視線で見つめる一方、人間への同情がすべての作品に見られる」点であるとする。そして「漱石の作品の中で最も美しい小説である」『こころ』の仏訳のタイトルが、直訳ではなく、かつて堀口大學やジョルジュ・ボノーら訳者によって「悲惨、宿命、同情を表現するために『人間の哀れな心』」とされたことを高く評価する。『坊っちゃん』で下女の清が主人の坊ちゃんにお金を貸すことについて、純粋さという意味の名を持つ清の愛情の深さゆえ、清が与えようとするのがもはやお金ではなく、清自身であるとの解釈を示す。このように、モリタは登場人物の関係など、作品の具体的な読みを数多く示すことで、フランスの読者を漱石の世界へ誘う。

漱石の作品の朗読は、当然ほとんどフランス語だが、日本語で読まれる箇所もあり、雰囲気を盛り上げている。朗読者は、フランス国立東洋言語文化研究所やリヨン第三大学で日本語を講じた中島弘二氏。ロズラン、セカッティ、モリタに比べると発言する回数は少ないが、漱石の文学について日本人の立場からフランス語で発言している。「『吾輩は猫である』

『坊っちゃん』『こころ』を高校生も読み、ユーモアや文明批判を理解するので人気は高い。だが、大多数の日本人にとり、漱石の理解はそこでとどまり、『草枕』以降の理想と現実の折り合いをつけようとした漱石を理解する読者は多くない」との指摘は、あながち否定できないだろう。

漱石の作品ではないが、関川夏央作・谷口ジロー画『『坊っちゃん』の時代』の翻訳者であるソフィー・レフルがスタジオの外でインタビューを受けている。場所は漫画が溢れるパリのジュンク堂、店内で日本人の若い女性が話す声が効果音となっている。『『坊っちゃん』の時代』の、時代精神を描き出すような試みはフランスの漫画（バンド・デシネ）には見られないと翻訳者はその独自性を評価する。しかし、出版にさいしては、漱石よりは、谷口ジローのフランスでの知名度の高さによるところが大きいことも認めている。なおこの『『坊っちゃん』の時代』は放送時には文芸出版社のスイユから出版されていたがその後絶版となり、二〇一一年二月から『タンタンの冒険』シリーズでも知られるバンド・デシネの大手出版社カステルマン（ベルギー）から新訳が順次発行されているようである。漫画である以上、文芸出版社からバンド・デシネの大手出版社へと版元が変わったことにより、この作品がより多くの読者に届くことになるのではないか。

以上、各人のコメントの内容を中心に紹介した。今回、番組を聞き直してみたが、今日のフランス人読者に漱石の人と作品を伝えるには聞き応《ごた》えのある内容であり、高く評価したい。

漱石の受容についてまとめた筆者からすると、『こころ』が仏訳される以前、一九二〇年代にセルジュ・エリセーエフを中心に日本文学の仏訳が推し進められたさい、レイモン・マルティニによって『門』や、部分訳ながら『坊っちゃん』『行人』がフランス人の読者に紹介されたことも触れてもらいたかった。(2) ちなみにマルティニ訳の『門』は六〇年後の一九八七年にピキエからかなり手直しされ、しかしその改訳について何の断わりもなく出版されたこと、また間もなく絶版となり、一九九二年にはアトラン訳に代わられたことは前回の報告で述べたとおりである。二〇一〇年、マルティニ訳がシャージュから新たに出版されたので、目を通してみた。(3) 脚注はマルティニによる訳注と編集部注に分けられているが、訳文を点検してみると、マルティニの初訳を参照せず、大幅に改訳されたピキエ版だけをもとに今回の訳が作られたことが分かった。

最後になったが、このラジオ番組は現在、フランス・キュルチュールでなく、フランスの日本文学のサイトで聴くことができる。著作権上の扱いが不明のため、サイトのアドレスはここでは控えるが「soseki, radio」と入力すればすぐサイトにたどりつく。興味を覚えられた方は聞いてみて頂きたい。

（1）濱田明「フランスにおける漱石の受容について」（坂元昌樹他編『漱石と世界文学』、思文閣出版、二〇〇九年）二〇五〜二三一頁を参照頂ければ幸いである。

（2）前注の拙論参照。ただし、エリセーエフや彼が中心となって発行した『日本と極東』について触れながら、エリセーエフについてきちんと調べないまま拙論を書いた。不明を恥じるとともに、今回、倉田保雄氏の『エリセーエフの生涯』（中公新書）他に多くを教えられたことを報告しておきたい。

（3）Natsume Sôseki, *La Porte*, traduction de Raymond Martinie, Éditions Sillage, 2010.

Ⅱ

〈世界〉をまなざす「漱石」

漱石作品と思想——熊本との関連から——

福澤　清

序

漱石は一八九六年（明治二九）四月、熊本の旧制第五高等学校教師として赴任し、一九〇〇年（明治三三）に留学の為イギリスに向け出発している。帰国後、漱石はラフカディオ・ハーンの後任として英文学を中心に文学論や作家・作品論について帝国大学で講義し、その後、大学教員を辞し、職業作家、ジャーナリストとして独立し、活躍する。

漱石の熊本時代の主な創作活動のひとつに俳句創作もあるが、他方でこの時期に公刊されたものに次のような評論がある。これらは、いずれも『文学評論』の鑑賞・批評・批評的鑑賞の原型とも言われるものである（矢本貞幹『夏目漱石——その英文学的側面』、研究社、一九七一）。

「人生」　　　　　　　　　　『龍南会雑誌』（一八九六、明治二九・一〇）
「トリストラム・シャンデー」　『江湖文学』（一八九七、明治三〇・三）
「不言之言」　　　　　　　　『ホトトギス』（一八九八、明治三一・一一～一二）
「英国の文人と新聞雑誌」　　『ホトトギス』（一八九九、明治三二・四）
「小説『エイルヰン』の批評」　『ホトトギス』（一八九九、明治三二・八）

本稿の目的は、これらの熊本時代に発行された評論、および熊本に関連する『吾輩は猫である』『草枕』『二百十日』『三四郎』などの作品・断片・雑篇等から漱石自身の見解と思われる箇所をできるだけ多く引用しつつ、漱石の作品・思想・気質・人柄・交友関係等に関する全般的な理解を些かなりとも深めることにある。

評論

漱石は、「人生」は心理的解剖で終始するものでも、直覚的に看破し尽くせるものでもなく、一種、「不可思議」のものあるべきを信ずとし、さらに、この「不可思議」を「幽霊」「白昼夢」などと関連させ、世にいう「狂気」である、とした。これら小品の「超自然性」「怪奇性」は、留学から帰国後に発表される「マクベスの幽霊について」『吾輩は猫である』「倫敦塔」『幻影の盾』『琴のそら音』『薤露行』『趣味の遺伝』などの作品に具現されている。

アイルランド生まれのロレンス・スターン（Laurence Sterne, 1713-68）による、九巻からなる『紳士トリストラム・シャンデーの生涯と意見（*The Life and Opinions of Tristram Shandy*）1760-67』は、二〇世紀心理小説の先駆とも言われる。プロットのないユニークな構成・文体は、『吾輩は猫である』などの結構に影響を及ぼしている。『草枕』にも次のような件《くだ》りがある。

トリストラム、シャンデーと云ふ書物のなかに、此書物ほど神の御覺召《おぼしめし》に叶ふた書き方はないとある。最初の一句はともかくも自力で綴る。あとは只管《ひたすら》に神を念じて、筆の動くに任せる。何をかくか自分には無論見當が付かぬ。かく者は自己であるが、かく事は神の事である。従つて責任は著者にはないさうだ。余が散歩も亦此《この》流儀を汲んだ、無責任の散歩である。只神を頼まぬ丈《だけ》が一會の無責任である。スターンは自分の責任を免《のが》れると同時に之を在天の神に嫁した。引き受けて呉れる神を持たぬ余は遂に之を泥溝《どぶ》の中に棄てた。

（『全集四』九八頁）

漱石は、『吾輩は猫である』六で詩人・越智東風に次の様に悪態をつかせている。

……先達ても私の友人で送籍《そうせき》と云ふ男が『一夜』といふ短篇をかきましたが、誰が讀んでも朦朧として取り留めがつかないので、當人に逢つて篤《とく》と主意のある所を糺《たゞ》して見たのですが、當人もそんな事は知らないよと云つて取り合はないのです。全く其邊が詩人の特色かと思ひます。

（『全集一』二〇九〜一〇頁）

また、漱石最晩年の作で典型的な心理小説と言われる『明暗』は、心理学者であるウィリアム・ジェームズ（一八四二〜九一〇）の弟ヘンリー・ジェームズ（一八四三〜九一六）作の『黄金の盃（*Golden Bowel*）』との間に、登場人物の配置やストーリーの内容等の点で密接な類似性・影響が窺われる（前掲『夏目漱石――その英文学的側面』／飛ヶ谷美穂子、二〇〇二参照）。

ジェームズの先祖は、アイルランド人である。スターンの作品が諷刺的で滑稽である点に関しては、アングロ・アイリッシュ作家のジョナサン・スウィフト（一六六七〜七四五）同様であると、漱石は指摘している。アイルランドには伝統的に「無表情のジョーク（Dead Pan Humour）」という、真面目な顔をしつつ実は冗談を言っている場合がある。極端な場合、決して笑い飛ばすことのできない、冷やっとするような「諷刺・皮肉」もある。このような伝統的・典型的なケルト的気質は、幼少時の暗く苦い生活体験、あるいは学生時代における友人・正岡子規らとの落語などの寄席通いを経験した、シニカルな一面のある、江戸っ子漱石の気質に合うのかもしれない。日本国内のみならず、留学先における漱石の恩師や友人に奇人紛《まが》いのスコットランド人やアイルランド人が複数いることや、アーサー王物語、オシアン等への関心など、あるいはラフカディオ・ハーンへの傾倒なども、決してこの気質と無関係ではなかろうと思われる。

「英国の文人と新聞雑誌」は、漱石が英国の文壇の動向にいかに関心を寄せていたか、また、英国における新聞の実態等にいかに通じていたのかなどを示すものである。

「文學者と新聞雑誌との関係が漸く密切に成つて來て現今では文學者で新聞か雑誌に関係を持たないものはない様になつた、と云ふのが一篇の主意である」と論を締めくくっている。

ウォット・ダントン（Watts Dunton, Walter Theodore, 1832-1914）による呪縛小説とも言うべき『エイルヰン物語（*Aylwin*）（London: Hurst and Blackett）』（一八九八＝明治三一年）は、心霊主義的体験が基軸になっている。舞台は『アーサー王物語』同様、ウェールズのスノードン山などで、ケルト的神話・伝説の影響が色濃く残存し、『幻影の盾』『薤露行』などに繋がる。

熊本県玉名生まれで、ハーンの授業にも学んだことがある英文学者・翻訳者の戸川秋骨（一八七〇～一九三九）は、「エイルヰン物語」序文（一九一五―六＝大正四―五年）に、「近代の珍書、徹頭徹尾、神秘で幽遠で飽くまで緊張したもので而も可憐なる物語で、山中にて乙女のかきならす琴の音はハムレットの煩悶に似ている」と評している。秋骨は、「戸川秋骨年譜稿」（松村公子）によれば、ハーンからはしばしば本を拝借し、また漱石とは、家の行き来、書簡の交換、謡に関する批評交換など極めて親しい関係にあった、とある。

漱石とジョージ・メレディス（George Meredith, 1828–1909）

漱石作品の中で熊本を舞台にしている代表的なものとして、『草枕』『二百十日』がある。俳句的写生小説といわれる『草枕』は、漱石が松山時代から熱心に行っていた俳句の創作活動から生み出されたとしても過言ではなかろう。

『草枕』第九章において画工が那美に対し「非人情」を説く場面は、有名な箇所である。

情けの風が女から吹く。聲から、眼から、肌から吹く。男に扶《たす》けられて舳《とも》に行く女は、夕暮れのヱニスを眺むる為めか、扶くる男はわが脈に稲妻の血を走らす為めか。——非人情だから、い、加減ですよ。所々脱けるかも知れません。

（『全集四』八三～四頁）

これは、メレディスの『ビーチャムの生涯（*Beauchamp's Career*）』第一巻、七八頁、第八章「アドリア海の一夜（A Night on the Adriatic）」の船出の場面である（板垣直子『夏目漱石』二九七～八頁、至文堂、一九七三）。

傍線部に対応する英語の原文は、次の様なものである。漱石翻訳の称賛される箇所である（板垣直子『漱石文学の背景』、鱒書房、一九五六（昭三一）年、一〇一～五頁／海老池俊治『明治文学と英文学』、明治

書院、一九六八(昭四三)年、一八一頁)。

Tenderness breathed from her, in voice, in look, in touch; for she accepted his help that he might lead her to the stern of the vessel, to gaze well on setting Venice, and sent lightnings up his veins;
[*The Works of George Meredith*—Memorial Edition Volume XI, p.78. New York/Russell & Russell]

以下、次のように続く。丁寧に原文と照合してみると、漱石は原文の逐語訳ではなく、巧みに原文を略し、独自の文体で翻案を試みていることが判明する。

「ヱニスは沈みつゝ、沈みつゝ、只《たゞ》空に引く一抹の淡き線となる。線は切れる。切れて點となる。蛋白玉《とんぼだま》の空のなかに圓《まる》き柱が、こゝ、かしこと立つ。遂には最も高く聳えたる鐘楼《しゆろう》が沈む。沈んだと女が云ふ。ヱニスを去る女の心は空行く風の如く自由である。去れど隠れたるヱニスは、再び歸らねばならぬ女の心に羈絏《きせつ》の苦しみを與ふ。男と女は暗き彎《かた》の方に眼を注ぐ。星は次第に増す。柔らかに揺《ゆら》ぐ海は泡を濺《そゝ》がず。男は女の手を把《と》る。鳴りやまぬ弦《ゆづる》を握つた心地である。
……」

(『草枕』八四〜五頁)

Venice dropped lower and lower, breasting the waters, until it was a thin line in air. The line was broken, and ran in dots, with here and there a pillar standing on opal sky. At last the topmost campanile sank....... 'It is gone!' she said, as though a marvel had been worked; and swiftly: 'we have one night!'...... The adieu to Venice was her assurance of liberty, but Venice hidden rolled on her the sense of the return and plucked shrewdly at her tether of bondage.

They set their eyes toward the dark gulf ahead. The night was growing starry. The softly ruffled Adriatic tossed no foam. ......

He pressed a hand that was like a quivering chord. ......

（*Beauchamp's Career*, A Night on the Adriatic, pp.78-9）

第四章にも、庭越しに那美さんの姿を垣間見て、次のような英語の句が画工の心に忽ち浮んでくると表現されている（『全集四』三九頁）。

Sadder than is the moon's lost light,
Lost ere the kindling of dawn,
To travellers journeying on,

The shutting of thy fair face from my sight.
Might I look on thee in death,
With bliss I would yield my breath.

原文は、さらに次のように続く。

Oh! what warrior dies
With heaven in his eyes?

この詩句の箇所は、メレディス二七歳の時の小説『シャグパットの毛剃り――アラビアの物語（*The Shaving of Shagpat: An Arabian Entertainment*）』の三二頁にある。この部分を含む訳文を、漱石およびラフカディオ・ハーンの教え子であり漱石の帝国大学での講義録『英文学形式論』の著者でもある皆川正禧（一八七七〜一九四九）から引用する。

夜かけて旅する人に
あかつきの光見ぬ前

月影の薄れ落ちたる
悲しみに増せる悲しみ！
いとほしの御身が面輪《おもわ》の
わが眼より今ぞ消え行く。
あはれ一目御身をみてこそ
心行きて息をも引かめ、
かゝりては誰丈夫《たれますらを》の
たらはひて天《あめ》は仰ぎし。

『全集四』三五一頁の日本語訳も掲げる（第二章「美女バナヴァーの物語（The Story of Bhanavar the Beautiful）」）。

わが前より消えし汝が美しき顔《かんば》せば、／遠く旅ゆくものにとり、かの暁の白むをも待たで、／さと消えし月の光にも似て、さらに悲し。もし死して汝を見ることかなわむとならば、／よし、われは喜びもて、この息を絶たむ。

メレディスを最初に紹介したラフカディオ・ハーンは、彼を小説家としてより詩人として高く評価し、「わが国最高の哲学詩人」と評している（『著作集　第八巻　詩の鑑賞』一八三頁、恒文社、一九八〇／『著作集　第六巻　文学の解釈・1』長詩「大地と人間」四五二〜六五頁、一九八〇）。

さらに、ハーンは文学史の講義（『文学の解釈・1』「シャグパットの剃髪」四六六〜七五頁など参照）で「メレヂスの小説は皆ファッションを扱つたものだから軈《やが》ては忘れられてしまふ。然し『シャグパットの毛剃り』は人間のエモーションを扱つたもので、不朽のものであるから是非共読め」と勧められ、その言に従い、皆川はその英文を読み、卒業後、鹿児島の旧制七高造士館時代に翻訳し終え、その出版について漱石に依頼している。漱石の死後、その原稿が同じ漱石門下の野上臼川（豊一郎、一八八三〜一九五〇）の周旋で出版に至るのである（『世界名作小説　英国篇　第六巻』、国民文庫刊行会、一九二七）。

図1　メレディス

皆川正禧（真折／一八七七〜一九四九、二高出身）のほかに、ハーンの講義の受講生で漱石の教え子でもある学生に、皆川の親友、野間真綱（一八七八〜一九四五、旧制五高、鹿児島県姶良郡出身）がいる。彼らは、ハーンが明治三六年（一九〇三）四月に教壇を去り漱石が後任として着任すると、千駄木の漱石宅に出入りするようになる。漱石は彼ら門下生からハーンの講義内容について知識を得ていたように思われる。漱石はメレディスの小説には傾倒するが、詩集については殆ど顧みない。が、ハーンの『文学の解釈（*Interpretations of Literature*, John Erskine, ed., 2 vols., New York: Dodd Mead & Co., 1915)』は丸善から購入して読んでいたようである（近藤哲『夏目漱石と門下生・皆川正禧』、歴史春秋社、二〇〇九）。

因みに、平田禿木（一八七三〜九四三）は「露伴氏がインドの経文からでも書きさうな、頗るファンタスチックなローマンス」と述べている（「ジョージ・メレディス」、一九一三／『平田禿木選集　第一巻』所収、南雲堂、一九八一、四六六頁）。

以下、芸術・小説・文体・構成などを含め、漱石の文学全般に対する基本的・本質的姿勢・態度を比較的良く示していると思われる漱石自身の意見を「メレディス論」等から引用する。

「余が『草枕』――「作家と著作」――」の中で漱石は、『草枕』に対する創作態度として「美しい感じ」を醸し出す事を標榜している。

私の『草枕』は、この世間普通にいふ小説とは全く反對の意味で書いたのである。唯一種の感じ――美しい感じが讀者の頭に殘りさへすればよい。それ以外に何も特別な目的があるのではない。さればこそ、プロットも無ければ、事件の發展もない。（中略）『草枕』の場合はこれと正反対で、作中の中心人物は却つて動かずに、観察する者の方が動いてゐるのだ。だから、事件の發展のみを小説と思ふものには、『草枕』は分らぬかも知れぬ。面白くないかも知れぬ。けれども、それは構つたことではない。私は唯、讀者の頭に、美しい感じが残りさへすれば、それで満足なので、若し『草枕』が、この美しい感じを全く讀者に與へ得ないとすれば、卽ち失敗の作、多少なりとも與へられるとすれば、卽ち多少の成功をしたのである。

また、私の作物は、やゝもすれば議論に陥るといふ非難がある。が、私はわざとやつてゐるのだ。もしもそれが為に、讀者に與へるいゝ感じを妨げるやうならば、議論しようが、何をしようが、構わぬではないか。要するに、汚い事や、不愉快なことは一切避けて、唯美しい感じを覺させさへすればよいのである。

普通に云う小説、即ち人生の眞相を味はせるものも結構であるが、同時にまた、人生の苦を忘れて、慰藉するといふ意味の小説も存在していゝと思ふ。私の『草枕』は、無論後者に属すべきものである。

(『全集三四』一〇八〜一一〇頁)

作家メレディスに関する全般的な印象として、漱石は「予の愛読書」の中で、次のように述べている。

メレディス(Meredith)の話をせいといふのか。彼は警句家である。警句といふ意味は短い文章の中に非常に多くの意味を籠めていふことを指したのである。エピグラムなどでは彼が一番にえらい。往々抽象的なアフォリズムが出て來る。非常に意味の多いのを、引延ばして書かぬから、繫ぎ具合、承け具合がわからなくなる。のみならず、夫れだけの頭脳《あたま》のある人でなければよく解らぬ。僕等でもわからぬ所がいくらもある。メレディスはたゞ寝ころんで讀むべきものでない。スタデーすべきものと思ふ。必ずしも六づかしい所のみではないが、到底讀みよい本とはいはれぬ。

（『全集三四』六三頁）

『草枕』冒頭は余りにも有名な警句・アフォリズムで始まる。

越す事のならぬ世が住みにくければ、住みにくい所をどれほどか、寛容《くつろげ》て、束《つか》の間の命を、束の間でも住みよくせねばならぬ。こゝに詩人といふ天職が出來て、こゝに畫家といふ使命が降《くだ》る。あらゆる藝術の士は人の世を長閑《のどか》にし、人の心を豊かにするが故に尊《たつ》とい。

住みにくき世から、住みにくき煩ひを引き抜いて、難有《ありがた》い世界をまのあたりに寫すのが詩である、畫《ゑ》である。あるは音樂と彫刻である。

（『全集四』五頁）

警句・アフォリズムは『草枕』一二章にもある。

善は行ひ難い、徳は施こしにくい、節操は守り安からぬ、義の為に命を捨てるのは惜しい。是等を敢てするのは何人に取つても苦痛である。その苦痛を冒す為めには、苦痛に打ち勝つ丈の愉快がどこかに潜んで居らねばならん。畫《ゑ》と云ふも、あるは芝居と云ふも、此悲酸のうちに籠る快感の別號に過ぎん。此趣きを解し得て、始めて吾人の所作は壮烈にもなる、閑雅にもなる、凡ての困苦に打ち勝つて、胸中一點の無上趣味を満足せしめたくなる。

（『全集四』一一〇～一頁）

漱石のメレディス分析を続ける。

メレディスは第一、人の性格をフィロソフィカリーにアナライズすることなどは實にうまいものだ。又次には非常に詩的な所がある。詩的なシチュエーションをつらまへて巧みに描寫することがある。それはメレディスのユニツクで、メレディスの前にメレディスなく、これから後も恐らくメレディスは出まい。スチヴンソン（Robert Loui Stevenson, 1850–94）は文だから真似手が出るかも知れぬが、メレディスは頭だからあゝいふ頭を以て考ふる人が出ない中は、あゝいふ文は書けまいと思ふ。然るにあゝいふ頭の人はなか〳〵世に出ないものである。（中略）メレディスは一人しか出ないかと思ふ。彼の作の中でEgoistとVittoriaなどは最も面白いと思ふ。

（『全集三四』「予の愛読書」六三～四頁）

後述するように、『*The Egoist*（我意の人・エゴイスト）』の影響は『虞美人草』の中にも見られる。
漱石は、メレディスを作家としては「教育ある文学者でも必ず傑作を出して居るとは限らないタイプ」と見做している。「無教育な文士と教育ある文士」の中で、前者、無学大家のタイプとしてジェーン・オースティン（Jane Austen, 1775-1817）とチャールズ・ディケンズ（Charles Dickens, 1812-70）を、後者のタイプとして、ジョージ・エリオット（George Eliot, 1819-80）とメレディスを挙げ、「それ相應好き々々に買はるべき大作家たるに相違はな」いとし、他方でMeredithの作は「甚大なる智力の産物」である、と記している（『全集三四』一七六〜七頁）。

また言文一致の観点からのメレディスの文体について、漱石は次のように述べている。

> 文學者の中でも、昔の趣味を慕ふ人々は、所謂今の言文一致體を嫌つて、努めて古語古調を使ふ傾きがあるのは無理もない事である。（中略）能く世人は西洋は言文一致だく〵と云ふが、決して然うではない。メレディスの作中の文章などには、すこしも日常の言語が入つて居らぬ。
>
> （『全集三四』「文章の混亂時代」八〇頁）

天然を小説の背景に用いる点に関しては、漱石はメレディスを以下のように批評する。

メレヂス氏の場合には、其の戀物語などの背景として、それにふさはしい詩的な光景を描くことがあります。一口に言ふと、氏の書き方は曲つたねぢくれた書き方ですが、自然に對する強烈な感じを、色や、匂ひなどの微妙な點に現はして、詩的な戀物語めいた小説の背景に、ふさはしいやうに出來上つて居る。且つ氏は、普通の物象を普通以上に鋭く濃かに畫いて、強い印象を興へんとして居るやうです。

（『全集三四』「小説に用ふる天然」二〇一頁）

熊本の五高での教え子の中に、高知出身の寺田寅彦（一八七八〜一九三五）がいる。よく知られているように、『吾輩は猫である』の水島寒月や『三四郎』の野々宮宗八のモデルとも言われる。『猫』の中で、寒月がヴァイオリンを携えて景色の良い山（熊本大学から十分ほどの寅彦の下宿のすぐ近くにある龍田山がモデル）に登る場面があるが、このシーンは、メレディスの『サンドラ・ベロニ（*Sandra Belloni*）』をヒントに構想していると思われる。ベロニとは、小説中の主人公で音楽の天才である。明治三八〜九年頃の「断片」には『サンドラ・ベロニ』の梗概が記されている。メレディスによる詩的な雰囲気・場面を設けることの重要性の指摘に漱石が従っている箇所である。漱石の『猫』の原文からも対応する部分を引用する（板垣直子『漱石文学の背景』二一九〜三二一頁、一九八四）。

寒月は、『猫』の中で郷里、高知の色黒いと記されている女性と密かに結婚するが、これは寅彦の熊本での学生結婚という事実に基づいている。龍田山、細川家菩提寺の泰勝寺と思われる箇所の描写は、次の様になっている。

振り向いて見ると東嶺寺《とうれいじ》の森がこんもりと黒く、暗い中に暗く寫つて居ます。この東嶺寺と云ふのは松平家の菩提所で、庚申山《かうしんやま》の麓にあつて、私の宿とは一丁位しか隔つてゐない、頗る幽邃《いうすゐ》な梵刹《ぼんせつ》です。森から上はのべつ幕なしの星月夜で、……

（『全集二』『猫』一八三頁）

（中略）

是から秋の夜長をたつた一人、山道八丁を大平《おほだひら》と云ふ所迄登るのだが、平生なら臆病な僕の事だから、恐ろしくつて堪らない所だけれども、一心不亂となると不思議なもので、怖いにも怖くないにも、毛頭そんな念はてんで心の中に起らないよ。只ヴイオリンが弾きたい計りで胸が一杯になつてるんだから妙なものさ。此大平と云ふ所は庚申山の南側で天氣のいゝ日に登つて見ると赤松の間から城下が一目に見下《みおろ》せる眺望佳絶の平地で——さうさ廣さはまあ百坪もあらうかね、眞中に八疊敷程な一枚岩があつて、北側は鵜《う》の沼と云ふ池つゞきで、池のまはりは三抱へもあらうと云ふ 樟《くすのき》ばかりだ。（中略）それから、我に歸つてあたりを見廻はすと、庚申山一面はしんとして、雨垂れ程の音もしない。……

（同前一九七〜八頁）

……A sleepy fire of early moonlight hung through the dusky fir-branches. The voice had the woods to itself, and seemed to fill them and soar over them, it was so full and rich, so light and sweet. And now, to add to the marvel, they heard a harp accompaniment, the strings being faintly touched, but with firm fingers. A woman's voice: on that could be no dispute. Tell me, what opens heaven more flamingly to heart and mind, than the voice of a woman, pouring clear accordant notes to the blue night sky, that grows light blue to the moon? There was no flourish in her singing. All the notes were firm, and rounded, and sovereignly distinct. She seemed to have caught the ear of Night, and sang confident of her charm. It was a grand old Italian air, requiring severity of tone and power. Now into great mournful hollows the voice sank steadfastly. One soft sweep of the strings succeeded a deep final note, and the hearers breathed freely.

（*Sandra Belloni, The Works of George Meredith*—Memorial Edition. III, p.10. Russell & Russell.）

……迷亭君は誰かサンドラ、ベロニの講釋でも聞くかと思の外、何にも質問が出ないので「サンドラ、ベロニが月下に竪琴を弾いて、伊太利亜風の歌を森の中で歌つてる所は、君の庚申山へヴイオリンをかゝへて上る所と同曲にして異巧なるものだね。惜しい事に向ふは月中の嫦娥《じやうが》を驚ろかし、君は古沼の怪狸《くわいり》におどろかされたので、際どい所で滑稽と崇高の大差を來たした。嘸《さぞ》遺憾だらう」と一人で説明すると、「そんなに遺憾ではありません」と寒月君は存外平氣である。

「全體山の上でヴイオリンを彈かうなんて、ハイカラをやるから、おどろかされるんだ」と今度は主人が酷評を加えると、……（略）

（『全集二』『猫』一九九頁、『全集三二』「断片」「蔵書の余白に記入されたる短評並に雑感」なども参照）

談話「メレディスの訃」にも、次のように、この場面について述べられている。

……例へば女が月の夜に森の中で竪琴《ハープ》を彈じて居る所がサンドラ、ベロニにある。それからリチャード、フェヴアレルの初めにルーシーと云ふ女が男と逢ふ所が描いてある。其他ヱニスの水にゴンドラを浮べて橋の上から見下ろす男と應對をしたり、月の夜に馬を飛ばして戀人に逢つたり、或は廣い海の中で男と女が海豚の如く泳ぎ回つたり、色々な場面があるが、悉く一種の詩趣を帶びてゐる。しかも決して糊細工の様な浪漫的の臭氣を帶びてゐないから面白い。

（『全集三四』二一五頁）

「メレディスの訃」（『全集三四』二一二～六頁）の中では、「メレディスの小説は大抵皆讀んだ。而《さう》して大變エライと思つてる」とし、さらにメレディスの感化を受けており、それは「別に批評する氣でもなく、又梗概を知る為でもなく、たゞ無責任に讀んで筋などは大抵忘れて居て、しかも、その實質が、何時か自分の組織の一部分となつてる場合も少くはないだらう」というような類の感化であるという。

「或本によれば心理解剖の上に於いてメレディスがジョージ、エリオット（George Eliot, 本名はMary Ann Evans, 1819-80）の後継者であると云ふ」が本当かどうか、という問いに対しては、次のように答えている。

「全く違ふ（中略）。ことにかのシェーヴィング、オブ、シャグパットなどは他に全く類例の無い物である。厳格に云つたら小説と云ふ可き物では無いかも知れぬが、よく彼んなに盛んな想像力が續かれるものだと思ふ。」（中略）メレディスの特徴として、誰も真似のできないアフォリズム・警句が多い。オスカー、ワイルド（Oscar Wilde, 1854-1900）の使ふアフオリズムがよくあれに似てるのがある。併しワイルドのは、哲學では無い、氣の利いたウヰットのやうなものだ。メレディスのは其が哲學である。

（『全集三四』二一三～四頁）

メレディス作品には、欠点もあり難解であるが、他方で哲学があり想像力にも溢れ魅力的であると、漱石は肯定しているのである。

物を書く態度に関しては、見た通りに書く人では無い。或は又見た時の感じ丈けを書く人でも無い。物を見て物を感じて、而《さう》してそれを作家として批評的に書く人である。それもイムプリシツトリーでは無く、エクスプリシツトリーに、遠慮なく敍事の間に判斷をしたり講釋したりする。其の判斷なり講釋なりには彼の人間として批評家としてのえらい所が現はれてゐる。且つ他人に望み得べからざる面白い所が現はれてゐる。元來ならこれが邪魔になつて興味を殺ぐ筈であるが、其邪魔をする文句がメレディスにあつては身上になるのである。（中略）是等の講釋は動もすると平凡とか陳腐とかに陥り易いものであるが、メレディスには、そんな弊はない。只時として厭味に陥る事がある。（中略）妙な所に間投詞が出て來たり變な擬人法を用ゐたり、をかしな事が多くなるやうである。

（『全集三四』二一四頁）

このようなメレディスのやり方は、普通の人にとっては嫌味になったり短所になるが、漱石にとっては、それがまたメレディスの魅力となるのである。

短所には違ひないが、其を沒して了へば随つて長所も又無くなる譯である。眞にメレディスを味ふ人で無ければ、長所さへも面倒で、贅疣《こぶ》のやうで、讀むに堪えぬだらうと思ふ。今日の日本の多くの小説家の遣り口を正しいものとして見れば、メレディスは全く駄目である。筋が運んで行く間に作者自身の感想やら意見やらが續々紛出して半分以上は入らぬ物になつて仕舞ふ。

（『全集三四』二一五頁）

この点は、漱石がスターンの文章に対し「脱線」「だらだらしている」と非難しつつ他方でいくつかその手法を己の作品の中に採用している態度と呼応している。『猫』におけるストーリーの展開の仕方にも類似した箇所が随所に観察される。

メレディスが随分理屈っぽい小説家であり、他方で詩的である点に関して、『草枕』にシェリー（Percy Bysshe Shelley, 1792-1822）の「雲雀に（To a Skylark）」やワーズワース（William Wordsworth, 1770-1850）の詩「水仙（The Daffodils）」が引用されているように、漱石の好む点なのである。

一面では理屈を述べると同時に、一面では極めて詩的な事を書く人である。同じ美しい所を書いても、ダンヌンチオなどの様な芝居の背景じみた美くしさとは大分趣を異にして居る。描かれる自然のうちに、一種の陽炎の如き感情が斷えずちらついてゐる。

（『全集三四』二一五頁）

メレディスは英国でスターン同様にポピュラーな作家ではないが、にもかかわらず、一方で安定した人気を保つ理由を、漱石は次のように述べている。

メレディスの本にはチープ・エデイションが一つもない程である。それにも拘わらず雑誌などで、メレディス程悪口を云われぬ人は無い。まるで國賓か何かの様に考へて居ると見えて、英國では皆んなが第一流と認めて尊敬を拂つて居るらしい。（中略）一方で此んなに尊敬を拂つて居る人も、其の實どの位の程度までメレディスを讀んで居るかは疑問である。

（『全集三四』二一五～六頁）

スターンの作品も、メレディス作品も哲学的で難解な箇所があり、決して寝転んで気休めに読める作家でなく、一般の人々に容易には受け入れられる筈もなかった。

メレディスの評判について。

初めは、頗る評判の悪い小説家だつた。シェーヴィング・オブ、シャグパットの出たのが一八五六年で、それから二年程遅れてリチャード、フェヴアレルが出た．少數の人は認めてゐたが、一般の評判は此頃からよくなかつた。其後約《およ》そ五十年しても――一九〇四年頃の話であるが――メレディスがまだ此んな事を云つてゐる。イギリスの人間は自分の事は何も知つて居ない。彼等と自分との間には相容れぬ處があると見える。書物が出る度にいつも悪口ばかり云はれて居る。初めの一二度は氣にした事もあるが、其以来は自分は自分の氣に入る為に書いて居る。此の言葉を見てもメレディスは自ら普通の英人氣質を以て任じて居ない事が分かる。
普通の英人でなくケルトの血が交つてることに関しては「アイリツシとウエルシの混合ださうだ」と答えている。

（『全集三四』二一六頁）

……メレヂスを見給へ、ジェームスを見給へ。讀み手は極めて少ないぢやないか。少ない譯さ。あんな作品はあんな個性のある人でなければ讀んで面白くないんだから仕方がない。

（『全集二』『猫』第十一章、二一九頁）

漱石自身が大変な読書家で知性に満ちているが、その点では、スターンもメレディスも同様である。また、これらの作家は性格的にも奇人・変人の部類に入り頑固な点でも個性的で共通しているように思われる。

メレディス作品への言及は、『虞美人草』にもある。

メレヂスの小説にこんな話がある。――ある男と女が諜《しめ》し合せて、停車場《ステーション》で落ち合ふ手筈をする。手筈が順に行つて、汽笛がひゆうと鳴れば二人の名譽はそれぎりになる。二人の運命がいざと云ふ間際迄逼つた時女は遂に停車場へ來なかつた。男は待ち耄《ぼけ》の顔を箱馬車の中に入れて、空しく家へ帰つて來た。あとで聞くと朋友の誰彼が、女を抑留して、わざと約束の期を誤まらしたのだと云ふ。——藤尾と約束をした小野さんは、斯んな風に約束を破る事が出來たら、却つて仕合かも知れぬと思ひつゝ烟草の烟を眺めて居る。（『全集五』『虞美人草』一八章、二八五頁は、メレディスの小説『エゴイスト（*The Egoist: a Comedy in Narrative*）』の二七章「At the Railway Station」から二八章「The Return」までの概要からの利用という説と、『十字路のダイアナ（*Diana of the Crossways*）』の二六章「In Which a Disappointed Lover Receives a Multitude of Lessons」からの利用という説がある。）

『全集十二』の『行人』一〇六頁にもメレディスへ言及して、漱石が女性観を述べている箇所がある。

「御前メレヂスといふ人を知つてるか」と兄が聞いた。「名前丈《だけ》は聞いてゐます」「あの人の書翰《しよかん》集《しふ》を讀んだ事があるか」「讀む所か表紙を見た事も有りません」「左右《さう》か」（中略）「其人の書翰の一つのうちに彼は斯んな事を云つてゐる。——自分は女の容貌に滿足する人を見ると羨ましい。女の肉に滿足する人を見ても羨ましい。自分は何うあつても女の靈《れい》といふか魂といふか、所謂《いはゆる》スピリットを攫《つか》まなければ滿足が出來ない。それだから何うしても自分には戀愛事件が起らない」「メレヂスつて男は生涯獨身で暮したんですかね」「そんな事は知らない。又そんな事は何うでも構はないぢやないか。然し二郎、おれが靈も魂も所謂スピリットも攫まない女と結婚してゐる事丈は慥《たしか》だ」

メレディス自身は、実際には二度結婚しているが、一度目は、友人に妻を奪われるという辛酸を味わっている。悲惨な体験にも拘わらず、残された息子Arthurの教育に全力を尽くす。この実体験は作品の一つとなって結実している（『リチャード・フェヴァレルの試練――ある父子の物語（*The Ordeal of Richard Feverel-A History of a Father and Son*）1859』）。

以上、本稿では、漱石が特にスターンやメレディスという作家・作品の分析を通じて、（英）文学全般、あるいは、文芸批評家として自分の見解を様々な観点から吐露している箇所を概観してきたが、その慧眼には驚嘆すべきものが少なからず存在することが判明する。漱石は、これらの分析内容を十分に咀嚼し、断片等にメモとして残す。実際、漱石は自分の作品を創作する際にその成果を大いに活用するのである。小説を書く為に読む、もっと具体的に言えば、人間の精神作用の複雑化に即して意識や心理を「解剖」し、「明細に描写」するのである。それを漱石自身の言葉で言えば、明治四〇年の野上豊一郎宛のはがき「僕少々小説をよんで是から小説を作らんとする所也。愈人工的インスピレーション製造に取りかゝる」（『全集二八』一八七頁）ということであろう（『全集二八』五九頁も参照）。『全集三四』「談話」「人工的感興」九三～四頁では、「自分が小説を作らうと思ふ時は、何でも有り合せの小説を五枚なり十枚なり讀んで見る。十枚で氣が乗らなければ十五枚讀む。そしてこんどは其中に書いてあることに関聯して種々の暗示を得る。かういふことがあるが、自分ならば是をかうして見たいとか、是を敷衍して見たいとか、さまぐ〳〵の思想が湧いて來る。それから暫くすると書いて見たくなる。それをだんく〳〵重ねて行くと、だんく〳〵興が乗つてくる。其興に浮かされて堪へられなくなつた時、筆を執るとよいのであらう（以下略）」と説明している。

このような視点から、漱石と同じくメレディスの詩や小説を始めとして（英）文学全般を講じた文芸批評家としてのラフカディオ・ハーンとの見解の相違を比較検討すれば、さらに興味深い指摘も可能となろうが、本稿では、紙面の都合でこれ以上は深入りしない。

『草枕』と『二百十日』の非人情と人情の世界

『二百十日』（『全集四』）には、呑気・頑固・鷹揚でありながら堅くて自説を変えない圭さんと、陽気で時にはどうでも良いという流儀で、面倒なことが嫌いで愛嬌のある人の碌さんとが阿蘇登山を試みる話である。圭さんは豆腐屋の息子で金持ちや華族に対し反感をもち、文明改革を頭脳でやると考えている。『坊っちゃん』に溢れている漱石の正義感と滑稽味も窺われる作品となっている。『草枕』が「非人情」の世界であるのに対し、『二百十日』は極めて俗世間的な「人情」の世界を描いている点で興味深い。作品中に熊本弁を時折り、使用しているのは、松山弁の『坊っちゃん』同様、都会人・江戸っ子の漱石が、訛りの強い方言を用いることによって田舎を意識的に捉え、滑稽味・風刺・皮肉を醸し出そうとした結果であると思われる。このような事実は、作品中に一風変わった奇妙な固有名詞を極力用いようとしたスウィフトの意図にも類似している。スウィフトやメレディスもアイルランド訛りなどを大いに効果的に活用している。漱石の『猫』の中の珍妙な登場人物名もスウィフトやスターンなどの影響によるものであろう。もうもうと立ち上る阿蘇の噴煙を前にして「僕の精神はあれだよ」と言う圭さんの言葉と「阿蘇が轟《ぐわう》々と百年の不平を限りなき碧空に吐き出して居る」の末尾の表現には、漱石のその当時の社会・現実に対する煮えたぎる不満のようなものが表象されているようにも思われる。

マードック（James Murdoch, 1856–1921）と漱石と野間

鹿児島始良郡出身の野間は漱石の五高・東京帝国大学を通じての学生である。漱石に対するその当時の印象として、「熊本では非常に厳格な先生で時間内は皆小さくなつて震へて居た」（『全集別巻』「文学論前後」）、「洋行後の先生は余程くだけた温和な人がらになつて居られる様で吾等にとつては親みやすい様な気がした。なにしろもう先生の授業を受けることはないと思つて居つたのに再び先生の講義を聴くことが出来たので吾等は只有頂天になつて先生の教室に出た」。とかくするうちに、月に一度位の割合で「文章会」が催されるようになる。鹿児島県肝属郡高山出身の野村伝四（一八八〇～一九四八）なども加わる。「倫敦塔」『猫』『薤露行』などの漱石作品に対し、かなり率直な批評を行うように

なる。

野間は親友の皆川と明治学院で同僚になる。漱石は野間に対し、ある時は父親的存在、ある時は兄のように接する。風邪をひいている時には励まし、そうかと思えば宛名の書き方が悪いとか、落ち込んでいる時にはそのような弱音を吐いてどうするかなどと諫める。新婚の頃は「女は最初が肝心」というような忠告も与えている。鏡子夫人も家族の一員のごとく時には土産を催促することもあった。野間が神経症を患うと、「君や僕の心経衰弱も漸々斯様にハイカラに成る事と存候」「君憂鬱病のよし結構に存候。憂鬱も快活も全く本人の随意と存候。小生抔は一日に両方やり申候」などと妙な情けをかけている(『書簡』参照)。

漱石にとって教え子との忌憚ない文学談義や、憎まれ口をたたいたり、半ばふざけ合ったり、時には謡の練習を含むなどの交流は、過度の集中力、緊張の強いられる創作執筆活動からの解放、気分転換も兼ねるリラックスできる時であり、また他方で率直な作品批評なども得られる貴重で有益なひと時であったように思われる。

漱石の作品には、知的水準の高い、機智に富んだ魅力的な「新しい型」の女性が登場するが、新婚の野間に対するアドヴァイスに示されるように、実生活では、かなり男性中心・上位的社会を肯定する一面が観察される。

「理想上の國ならん此條件中には一千年來儒教の空氣を呼吸して生活したる我々より見れば少しも

感心し難き點もあり殊に女子の行列云々に至つては聞くも可笑しき話ながら國體の異なる亞米利加に生長したる詩人故自然其理想の或點に於ては東洋主義と衝突するを免かれざらん」（『全集二二』「ホイツトマンの詩について」九〇頁）、つまり、男女席を同じくすべからず、という旧態然たる考えである。

野間と皆川は、一九〇一年（明治三四）に開設された鹿児島の旧制第七高等学校造士館に一九〇八年（明治四一）、英語教員として赴任する。漱石は、二人に第一高等学校時代の恩師であるマードック先生の安否について尋ねている。漱石の英文で書かれた「十六世紀の日本とイギリス」（一八九〇＝明治二三年）は、マードック編集の『みゅーぜあむ』に掲載されたものである。マードックの批評によると、漱石にかなりの敬意を払い、愛情をもっていたようである。『全集二二』三〇一頁にもマードックは学生時代の漱石を弟のように可愛いがっていた、とある。のちの「博士問題とマードック先生と余」に出てくるマードックは、紆余曲折を経て一九〇一年の創設時から七高の英語と歴史の教師となっていたのである。

鹿児島県立図書館所蔵の諸資料の中には、「ゼームズ・マルドックは、読書力を作るべく英米の古典をすすめ、一流学者の著書を紹介した」というものもある。野間については、「三四郎のモデルで、七高の野球部長で生徒に親しまれた」とある（『第七高等学校造士館五十年史』第四章「教授群像、語学の教授たち」、財界評論社、一九七〇）。映画『北辰斜めにさすところ』の対五高との野球紛糾事件は、同書に詳細に記述されている。鹿児島市郊外の桜島を見下ろす吉野村で果樹園栽培を竹子夫人と営みなが

図2　鹿児島県の旧制志布志中学(現在の志布志高等学校)教師時代のジェームズ・マードック(中央)

ら過ごし、西郷隆盛に因んで〝セゴドン〟と呼ばれたともある。一九〇八年（明治四一）に当時の造士館長岩崎と喧嘩して、大隅半島の旧制志布志中に二年間勤務することになる。その写真を見る限り、マードック先生がいかに服装に無頓着であるか、にわかには認識できない。「先生の白襯衣《ホワイトシャート》を着た所は滅多に見る事が出来なかつた。大抵は鼠色のフラネルに風呂敷の切れ端の様な襟飾《ネクタイ》を結んで済まして居られた。しかもその風呂敷に似た襟飾が時々胴着《チョツキ》の胸から抜け出して風にひら〳〵するのを見受けた事があつた。」「先生はもと母國の大學で希臘語の教授をして居られた。それがある事情のため斷然英國を後にして單身日本へ來る氣になられたので、余等の授業を受ける頃は、まだ日本化しない純然たる蘇国《スコットランド》語《ご》を使つて講義やら説明やら談話やら見境《みさかひ》なく遣られた。それが為め同級生は悉く辟易の體で、たゞ烟に捲かれるのを生徒の分と心得てゐた。先生も夫で平氣の様に見えた。大方どうせこんな下らない事を教へてゐるんだから、生徒なんかに分つても分らなくつても構はないと云ふ氣だつたのだらう。けれども先生の性質が如何にも淡泊で丁寧で、立派な英國風の紳士と極端なボヘミアニズムを合併した様な特殊の人格を具へてゐるのに敬服して教授上の苦情を云ふものは一人もなかつた。」漱石、一高時代のことで、「毎週五六時間必ず先生の教場へ出て英語や歴史の授業を受けた許でなく、時々は私宅迄押し懸けて行つて話を聞いた位親しかつたのである」（『全集二〇』「博士問題とマードック先生と余」二二五〜六頁）。

漱石の哲学的・心理学的関心

漱石は、学生時代、『哲學會雑誌』（明治二五・五）にアーネスト・ハートの『催眠術』の前半部分の翻訳を寄稿している。一方で、当時最新の「精神物理学」を学んでいる文科大学心理学担当の元良勇次郎教授の講義を聴講していたともいう。また、その当時大流行の「社会進化論」者のハーバート・スペンサー（Herbert Spencer, 1820-1903）にも関心を示している。のちに、アイルランド人を先祖にもつウィリアム・ジェイムズ（一八四二〜一九一〇）、さらにアンリ・ベルグソン（Hernri Bergson, 1859-1941）へと研究は進む。

ウィリアムは、当初はスペンサーの考えに興味を持ち共鳴していたが、次第に疑問を抱き始め批判的になる。スペンサーの「自由放任主義」や「環境に対して受動的な心」という考え方に異を唱えるようになり、「意識」の問題、さらには、心霊研究への積極的関心が高まる。スターンやメレディスへの関心も若い時分からの漱石自身の哲学・心理学への興味にさかのぼることができよう。禅やスピリチズムに関心のある漱石はウィリアムの「意識の流れ」「副意識」に基づく考えを作品の中においても更に深く追及していくことになる。

結びにかえて

以上、本稿では、熊本に関連する漱石作品や人物を中心にとりあげ、それに基づいて漱石の文学観・人生観、思想・人脈、創作法等を探ってみた。先人による膨大な漱石研究に負うところ多大で感謝の言葉もない。最近の出版物に見られる平易な表記傾向に逆らう訳ではないが、漱石が当時使用していた旧漢字・仮名遣いを可能な限り、そのまま踏襲し、また、漱石作品からの引用もできるだけ多くあえて採用した。原作品の表記をそのまま写し出すことにより、また漱石自身の言葉を直接吟味することにより、できる限り、当時の時代的雰囲気、及び漱石自身の人柄がありのままに醸し出されることを願ってのことである。

[付記] 本論と関連する拙稿「ハーンと漱石とメレディス」『石仏・くまもとハーン通信 No. 18 ラフカディオ・ハーン来熊一二〇年記念号』（小泉八雲熊本旧居保存会、二〇一一）をご参照願いたい。

[参考文献]

伊藤邦武『ジェイムズの多元的宇宙論』岩波書店 二〇〇九
近藤 哲『夏目漱石と門下生・皆川正禧』歴史春秋社 二〇〇九
東雅夫編『ゴシック名訳集成 暴夜アラビア幻想譚』学研M文庫 二〇〇五

飛ヶ谷美穂子『漱石の源泉　創造への階梯』慶應義塾大学出版会　二〇〇二
平川祐弘『漱石の師マードック先生』講談社　一九八四
藤波尚美『ウイリアム・ジェームズと心理学　現代心理学の源流』勁草書房　二〇〇九
松村昌家編『夏目漱石における東と西』思文閣出版　二〇〇七
Hearn, Lafcadiio, *On Poets*, edited by R. Tanabe, T. Ochiai and I. Nishizaki, Hokuseido Press, 1941
James, William, *The Principles of Psychology, vol.1.2.* Dover, 1890
Meredith, George, *The Egoist A Comedy in narrative, with introduction and notes by Masaru Shigeno*（研究社英文學叢書　一九二三）
Sterne, Laurence, *The Life and Opinions of Tristram Shandy, Gentleman*, Wordsworth Classics, 2009
Lynch, Hannah, *George Meredith: A Study*, Haskell House Publishers, Ltd., 1970
Moffatt, James, *George Meredith A Primer to the Novels*, Kennikat Press, 1909
The Works of George Meredith volume xxv, Westminster Archibald Constable and Co. 2 Whitehall Gardens, 1898
『ラフカディオ・ハーン著作集』全一五巻　恒文社

[図版出典]

図1　*The Works of George Meredith*, Memorial Edition. 27 vols. (Constable & Co., 1909-11; repr. Russell & Russell, 1968) vol. 11. Beauchamp's Career 1

図2　志布志市役所、教育委員会所蔵の大正五年の卒業写真

漱石『文學論』の布石——熊本時代に書いた三つの評論——

——西川盛雄——

はじめに

夏目漱石が熊本時代（明治二九年四月～明治三三年七月）に書いた英文学評論は次の三つである。いずれもその背景には漱石が近代イギリス文学の並々ならぬ批評家であったことが反映されている。特に彼は一八世紀イギリス文学思潮に焦点を当て、その中に西洋における「近代」の始まりを読み取り、ここから「東洋」人という立場で「西洋」を読み解き、自らの『文學論』（明治四〇年刊行）の方向性を模索していたことが窺える。

（1）「トリストラム、シャンデー」（明治三〇年二月九日稿、明治三〇・三・五『江湖文学』）
（2）「英国の文人と新聞雑誌」（明治三二・四・二〇『ホトトギス』）

（3）「小説「エイルキン」の批評」（明治三二・八・一〇『ホトトギス』）

これら三つの評論はそれぞれに重要な意味をもっている。漱石は明治二九年四月に二九歳のとき松山の愛媛県尋常中学校より熊本の第五高等学校の英語講師に赴任してきた。そして明治三三年五月に二年間の英国留学を命ぜられて七月に熊本を去り、同九月に横浜からドイツ汽船プロイセン号に乗ってロンドンに向かって留学の途についた。この間、第五高等学校の英語教師を務め、ボート部の顧問をし、俳句では第五高等学校俳句同好会「紫溟吟社」を作り、正岡子規と繋がって俳句の創作にも力を入れていた。身近に当時高知出身の学生であった寺田寅彦が私淑していたこともここに記しておきたい。

この漱石は帝国大学文科大学の英文科第二回卒業生、かつ大学院にまで行った人間として英文学への思いと理解が尋常ならざるものがあった。特に「文学とは何か」という重いテーマを恒に心のどこかで模索していた人間として『文學論』の構築が潜在的なテーマとして漱石の中に存在していたのである。やがて漱石が英語教師として五高の教壇に立ちながらもイギリス文学の評論を書くということはごく自然の営みであった。

右に記した三つの評論の内容は全て漱石自身の思想の在り様と深く関連して示唆的である。そして漱石の文学を見る目の鋭さと的確さがよく示されている。（1）の「トリストラム、シャンデー」は土佐出身の中国文学者かつ評論家であった田岡嶺雲の依頼により漱石が明治三〇年二月に脱稿したものである。ここでは作家であり牧師であったローレンス・スターンの風刺と揶揄の眼差しが文学における批判精神を喚起し、新しい近代文学の思潮をつくり出す契機になったことを示唆している。漱石はこの評論でスターンの「風刺」の技巧を解説し、この作品が書かれたイギリス一八世紀社会の猥雑な面をパロディとして描き出すスターンの目の鋭さと的確さを混沌とした明治後半期の日本に伝えているのである。

(2)の「英国の文人と新聞雑誌」では、漱石は文人作品とそれを紹介・発表する新聞雑誌との不可避な関係に触れ、この関係がイギリスの近代文学の始まりの頃からすでにあったことを述べている。当時人気を博したアヂソンやスチールによる新聞・雑誌は「世道人心に裨益せんとの考え」で創られ、ここに既存の新聞・雑誌に文学的趣向を加えて来ようとしたことが記されている。漱石は英国一八～一九世紀の新聞・雑誌の在り様について触れた後、この評論を一九世紀最後の年の明治三二年に書いた。そしてロンドン留学の後、明治四〇年三月に東京帝国大学を去り、四月より『朝日新聞』の専属記者として小説を書くようになる。驚くべきことに、この評論はこのことを自ら予告するような内容になっている。

(3)の「小説「エイルヰン」の批評」は荒正人氏の記述によれば、明治三二年七月二七日に脱稿している。そして発行は八月一日である。この頃から漱石はすでに人間存在における「理」と「情」の対峙・葛藤を文学上の根本問題としてこれを統合・深化させようとしている。この問題提起はのちの『文學論』で本格的にとりあげることになる漱石の基本的なテーマとなり、その素地はすでにこの評論の中で端的に示唆されているのである。この評論はロンドン留学の期間を含む『文學論』発表の八年前であった。しかし漱石の根本的なモチーフはこの評論の中にすでに表れており、漱石の心的軌跡を考察していく上できわめて重要なヒントを与えてくれる。

よく漱石と対比させられるラフカディオ・ハーン（小泉八雲）のクレオール文学にしても再話文学にしても、その文学的スタンスは詩的散文を目指すものであった。これに対して漱石の場合は社会や時代や個人的な経験と繋げて自らの内面の「理」と「情」の葛藤をリアルに描こうとするものであった。漱石は『文学評論』の中で言う。「小説は固より人間相互の葛藤なり、情愛なり、有形無形の出来事を写したものに相違ない。しかしながらこの出来事は……やはりこの大地の上、蒼天の下、人間社会中に起こる現象の一部である」。つまり漱石にとって文学とは社会的現象の反映の一つなのである。従って漱石が「文学は当時の一般の気風が反射される者で当時の趣味の結晶した者であるから一般の社会とは密接な関係がある」と言うとき、すでに述べた三つの評論の批評的視点は同時に一八世紀イギリス社会の風潮を写したものとして理解していたのである。それでは次に各々の個別の評論について述べてみたい。

「トリストラム、シャンデー」

ローレンス・スターン（一七一三〜一七六八）という小説家かつ聖職者がいた。アイルランド生まれのイギリス人作家であった。漱石流に言えば、「最も坊主らしからざる人物にて、最も坊主らしからぬ小説を著した」人物である。しかし諧謔家のカーライルも、レッシングも彼には一目置き、漱石はスターンを「仮令百世の大家ならざるも亦一代の豪傑なるべし」と評してこの論を進めている。スターンは漱石によれば、「怪癖放縦にして病的神経質」な人間であったという。そのスターンは同じく怪癖放縦にして病的神経質な作品『トリストラム、シャンデー』をもって世に現れ、人々を翻弄する、と漱石は指摘する。この作品によってスターンは時に人をからかい、道化を振る舞い、また時に人を泣かしめたり笑わしめたりして人々の心を言葉で操るのである。スターンは当時の錯綜した時代にあって人間の愚かさと猥雑さを描くのに周囲の時代や人間をパロディー化する技法を用いたのである。

ここでシェークピアの作品などに出てくるトリック・スターの存在を思い浮かべることができる。多くは道化や小悪魔がその役を担う。人々の享楽や小ずるさや卑俗な日常性を突いてからかうのである。人々の日常よくある隷属的真面目を笑い飛ばし、視点を違えてどこかでやぶ睨みの快を暴露するのである。

スターンは当時の乱れた社会への警告として思い切って人々の不快を呼び起こすような作品を敢え

て世に出す。定形や常軌や月並みを否定して新奇の可能性を探る。これは文学という形をとった時代への挑戦と冒険のひとつであった。作品は全部で九巻（Book）であるが、そのタイトルで示されているように主人公の「私（I）」はトリストラム、シャンデーである。しかし物語の主人公という割にはドラマ性が少なく、「紳士（gentleman）」という言い方で自らをカムフラージュしている。この「私」の生誕の時の説明、またどのように成長したか、などの説明を遠回しにくどくどと書き続けていく。地の文の渦巻くような回りくどさは当時の社会の複雑さと不条理性を象徴したスターン独特の時代や人間認識を表わしているようである。作品の中で貴族たちの称号が飛び交うのは当時の特権階級の層であったレッテル志向の貴族たちの屈折した心理の在り様を反映している。

当時の社会的ハイエラルキーには経済的・知（教養）的格差に加えてモラルの退廃も蔓延していた。一部の富裕階層の人々はさまざまな「遊び」の中で低俗を常習化し、人間関係もモラルの緩みの中ですさんでいた。総じて社会の緩みと退廃が拡がっていくのがこの時代であった。一世紀前、一七世紀はイギリスにおいては歴史上まれに見る緊迫した時代であった。一六四九年、オリヴァー・クロムウェル（一五九九～一六五八）が出て過激なピューリタンの立場でカトリック系の王であるチャールズ一世を処刑する。この時一時的に共和制になるが、その一一年後の一六六〇年にはチャールズ二世による王政復古があり、やがてさらにこの国に王位継承をめぐって名誉革命（一六八八）が起こるという緊張感極まりない時代であった。一八世紀はこの緊迫した一七世紀イギリスの政治的・宗教的反動の世紀とならざるを得なかったのである。

『トリストラム、シャンデー』の原文を見ると、文体はすこぶる複雑な単文・複文を畳み掛けるように連ねており、一文の語彙の文字数もすこぶる多い。また文章構成上のコロンやセミコロン、挿入のためのダッシュなどの記号が頻出してくる。イタリック体の文が多く、ゴチック体のフレイズも時に散見される。また、会話の場面でもないのにクォーテーション・マークスが頻繁にもちいられ、およそ正書法の視点からは通常の読者には読みづらいものがある。一つの文が一五行・二〇行あるいは常軌を逸してそれ以上にわたって語が連結されている場面が多数出てくる。さらに「That is to say」「And also」などの連結のフレーズがよく用いられ、執拗に畳み掛けてくるような表現形態をとる場合も少なくない。文中には当然のようにフランス語やラテン語が出現してくるが、これは当時の教養を逆手に取ったパロディー的な意味合いをもつものと考えられる。これらのことから一八世紀イギリス社会は古くはギリシャ・ラテンの文化あるいはイタリアのルネッサンス、そして当時のフランス宮廷文化を意識しつつ従来からの英語をかろうじて併置させていこうとしていたことが窺える。一八世紀のサミュエル・ジョンソンによる本格的な最初の『英語辞典』（一七五五年刊）の作成は轟然と頭を擡げて胸を張り、フランスを中心としたヨーロッパ先進文化圏に対して主張しようとする近代英語の新しい萌芽的主張であった。

全体のテキストを見ると、ページのレイアウトや章立ての中身（プロットの運び）は一貫した秩序をもっていない。一部を紹介してみると、第一巻一二章の終盤のところは一ページまるまる真っ黒に塗りつぶされている。第三巻一〇章・一一章では本文がかなりの幅で空白になっている。第六巻四〇章には奇怪な横書きの直線・曲線が連続して用いられている横線が五本描かれている。第九巻九章は二行で終了である。四章の本文には蛇の紐のような図が一本描かれている。一八章と一九章は一字も書かれていなくて全くの白紙である。二〇章は＊＊＊などのダミー記号が多く用いられている。

このような少なくとも文体上の破天荒な小説が一つのセンセーションとなり今日に残ってきたからにはそれなりの理由があると考えられる。つまりここには無秩序、〈何でもあり〉的な混沌がスターンの頭脳とメンタリティを借りてこの時代を証《あか》しだしていたといえる。無秩序さの度合（エントロピー）の増大の観点からいえば、少なくとも当時の社会秩序の拡散、モラルの緩み、時代の混沌の大きさを如実に物語っているものといえよう。このような状況下、文人あるいは知識人の社会との関わりは部分的にしろ風刺・揶揄（からかい）・皮肉といったものにならざるをえなかった。そしてこの社会との関わりにおける風刺・揶揄・皮肉を体現する存在とは道化あるいはトリックスターの存在に他ならなかったのである。

漱石はこのことをよく知っていた。そして一八世紀にこの作品を書いたスターンこそ文学における近代を象徴する作家という見識をもっていた。風刺・揶揄・皮肉の視点の由来こそ近代を特徴づける個人の思考による懐疑と批判精神だったのである。かくして漱石は個人主義と批判精神に拠ってなる近代イギリスあるいはヨーロッパ文学のあけぼのの季節をこの『トリストラム、シャンデー』の発刊において見ていたのである。

さて道化あるいはトリックスターとはどういう存在なのであろうか。彼は風刺・揶揄・皮肉によって他者をからかい、自らも笑いの対象とする。時に社会的な馴れ合いと道徳的腐敗を撃ち、からかいによって権威主義的趣向を相対化させる。時に対象を怒らせたり、顰蹙を買ったりすることがあるかもしれないがそれも計算の中に入っている。道化やトリックスターは人を笑わせたり怒らせたりして自分に関心をもたせ、相手を心理的に操縦することを目的とする。実生活ではスターンは聖職者として懐深く、周囲を慈愛の目でみていた。しかし当時の腐敗した社会にあってスターンは自ら創り出した極めて異化された文学の創作によって読者に対して戸惑いと現状に対する点検の心を起こさせることを念頭においたのである。

ここでスターンはアイルランド系の文人であったことを忘れてはならない。アイルランドは長期にわたってイングランドの属国であった。アイルランドは政治的・経済的・文化的・宗教的に宗主国イングランドに圧迫されており、長らく何とか一矢を報いる姿勢がアイルランドの人々の中に潜在的に存在していた。一八世紀はダニエル・デフォー、ジョナサン・スウィフトなどアイルランド出身の文人が気を吐いていたが、いずれも風刺・揶揄・皮肉を表現上の武器としていた人たちであった。スターンはこの流れの中にあって『トリストラム、シャンデー』を書きあげ、イギリス文学史上においてはじめて顰蹙を買いながらも知性に基づく風刺・揶揄・皮肉を武器とする新たな文学のジャンルを提案する素地を作りあげたのである。

ヨーロッパの近代文学は一八世紀に始まるとすれば、その精神は当時の社会や時代に対峙する個の存在を保証し風刺・揶揄・皮肉などを可能にする批判精神を認めることであった。その大きな契機となったのはアイルランド系のデフォー、スウィフト、スターンなどの文人あるいは聖職者ではなかったただろうか。

ここに視点をおいてイギリス文学の近代を明治三〇年の時点で読み解こうとしていた夏目漱石の慧眼はさすがであった。イギリス文学史上、以後の文学運動は既存の風潮・価値観に対して評論という批評精神の産物によって新たな展開をみせていく。ギリシャ・ラテンの古典を反映してルネッサンスの影響を受けた古典主義的文学思潮、フランス革命の影響を受け、やがてその破綻の結果として自然に還ろうとした浪漫主義、美に殉じようとした世紀末の耽美主義、社会の発展と矛盾の中で周囲から不可避的に影響を受けていく人間の社会的リアリズムと自然主義など多くの文学の思潮が世に現れるが、その根底には恒に人間の「知」による「批判精神」が結びついていた。漱石はイギリスの文学史を探求する中で、スターンは一八世紀にあってこの近代的な批判精神を発揮し、当時の社会に対して風刺・揶揄・皮肉の精神を『トリストラム、シャンデー』という作品に凝縮させて実現していたことを明快に指摘していたのではないかと思われる。

「英国の文人と新聞雑誌」

明治四〇年四月に朝日新聞社に入社して新聞小説を書くことになる夏目漱石がすでに熊本にあって明治三二年四月の時点で新聞・雑誌と文学趣味に関することについてすぐれた評論を書いていたことはもっと注目されていい。漱石は明治二八年一月の時点で英字新聞『ジャパン・メール』社の入社を望んでいたことから推して早い時期からジャーナリズムの世界に関心があった。松山時代・熊本時代と教壇に立ってそれぞれ県立の尋常中学校、官立の高等学校で英語教師をしていたが、ロンドン留学から帰国後、東京帝国大学の英文学講師として教壇に立った。やがて『東京朝日新聞』の主筆であった池辺三山らに招かれて東京帝国大学を辞め、専属の朝日新聞記者として小説を書くことになる。その彼が政治や社会の事件の報知にとどまらず、文学趣味を組み込むことによって新聞をもっと読者にとって趣きのあるものにするという新聞社の要請に応え、これを見事に成功させていく。この間の事情は熊坂敦子の『夏目漱石の研究』にある〈資料〉の「「朝日文芸欄」細目」の解説に詳しい。このとき彼の心には八年前にすでに熊本で書いていたこの評論のことが頭に浮かんでいたとしても不思議ではない。

漱石は歴史上「初の新聞紙は皆政治的のものである」と述べ、「政治的でないものも文学的趣味に乏しかったのである」と言い切っている。つまり以前の新聞は政治的・社会的な記事ばかりで文学的趣味に乏しく味気ないものであった、と言っているのである。それが時とともに少しずつ進歩して文学というものが新聞・雑誌に深く関与することの必要性を指摘し、さらに作品の紹介あるいは発表の手段として「現今では文学者で新聞か雑誌に関係を持たないものはない様になつた」と述べているのである。

新聞記事も基本的には読者へのサービスによって成り立っている。政治的・社会的な記事を中心としたニューズの報知はその柱であるが、新聞を楽しくその「趣味」において読者と結びつけるものは文芸であることは否定できない。趣味とは気持ちであり、「情」であり、嗜みである。それは陸羯南による新聞『日本』に拠って日本の短詩型を活性化させた正岡子規を一つの典型として、各種新聞社はこぞって読者の「情」や嗜みに訴える文芸記事の拡充を図っていたのである。

『朝日新聞』も「朝日文芸欄」の充実に加えて漱石の連載の新聞小説を試みるにいたった。漱石の新聞小説への思いはこの時点ですでに熟していた。漱石は以前から教師として教壇に立つ人間であるよりも表現者として身を立てたいと思っていたのである。明治三〇年四月二三日の子規宛の書簡で「到底山川流に説明する訳には参りかね候へども単に希望を臚列するならば教師をやめて単に文学的の生活を送りたきなり。換言すれば文学三昧にて消光したきなり」と述べている。また帝国大学で先任のハーン（小泉八雲）先生と比較されることを恒に意識していた節もある。そして漱石自身、自らの専門の英文学研究の中で新聞・雑誌を通して英国文人の果たした役割や成し遂げた仕事の意義を了解するにつけても「文学的の生活」に身を置くことを願っていたのである。このスタンスを漱石が持続して保持していたとしたら、この評論は漱石がのちに『朝日新聞』に移って活躍をしていくための遠い引き金となる文章ではなかっただろうか。

文人が自らの作品や評論を世に問うとき、新聞・雑誌との関係は不可避であるが、これはどのようにして成り立ってきたものであろうか。漱石はこの問題をここで率直にとりあげている。まずは英国における新聞の起源としては一六二二年、印刷工であったナサニエル・バッター（一五八三～一六六四）という人物の存在をあげている。彼は「週報」とも言うべき一種の新聞に似たものを発刊し始めた人物で、このことがのちの印刷された新聞につながっていくことになるという。当時、英国の貴族は概ね一年の三分の一は都（ロンドン）、あとの三分の二は地元の地方で暮らしていた。そこで貴族はお抱えの通信員をロンドンに置いて国やロンドン事情の聴取を怠らなかったのである。この種の通信員であったバッターは一計をめぐらし、注文を受けた諸貴族や有力者の分を一週間分の材料をまとめて印刷にして依頼者に発送することにしたのである。これが「週報」の始まりであった。

一七世紀の終わり頃にはこの種のものが五～六種類出たらしいが、時にはミルトンやドライデンも投書家であったという。やがて一八世紀はじめのアン女王の治世（一七〇二～一四）にジョゼフ・アヂソンが発行した『タトラー』（一七〇九刊）やリチャード・スチールがアヂソンとともに発行した『スペクテイター』（一七一一～一二刊）が出たが長持ちはしなかった。しかしこれらは当時の人情風俗を風刺的、または批評的に巧みに叙述したものであったという。時には「エイプリル・フール」のように人を小馬鹿にしてはしゃいで得意がっている人々のことを話題にしたりしていたという。当時の倶楽部や下世話な話を話題としていたが、これをもって幾分なりとも世道人心に思い当たって反省する心を喚起せんとする考えがあったようである。

漱石によればアヂソンはこの風潮の中に文学趣味を取り入れる試みをし始めた最初の人物であったという。当時、風刺や批評的視点は大陸のフランスからの影響が大きく英国ならではのオリジナリティに欠けていたが、やがて英国ならではのペーソスが出てきてミルトンやシェークスピアがとりあげられるようになる。この頃ミルトンの『失楽園』（一六六七）が立派な叙事詩であると主張したことはアヂソンの手柄であったという。かくしてこのアヂソンの言評を通して近代の批評眼が芽生えていったのだと漱石は言う。『スペクテイター』は当時からこの到着を待ちかねて読むのを楽しみにしていた人々が多くいたというのだ。

新聞・雑誌に政治的な散文の記事ばかりで少しも文学的な趣味がない場合、読者はやがてその味気なさゆえに心は離れていく。人は心の渇きにあって潤いを求めるものだからである。その後、本格的に文学的趣向の小説を入れることによって読者の心をより直接的に捉えることができるようになっていくのである。

一八世紀末から一九世紀にかけては文学の新しい風潮が盛んになる時期であった。ワーズワスとコールリッヂの『叙情歌謡集（リリカル・バラーズ）』（一七九八）に代表されるように浪漫主義の時代が始まるのである。この時代にイギリスで新聞に携わったのはウィリアム・ハズリット（一七七八〜一八三〇）であった。チャールズ・ラム（一七七五〜一八三四）は『モーニング・クロニクル』に戯曲の評論を連載したことがあったという。コールリッヂも当時のピット首相の演説を取材に国会に行ったが眠ってしまって肝心の演説が聴けずに、仕事上記事を書かないわけにもいかず頭で捏造した記事を載せたが、それが評判になってピットの評判があがったというエピソードを漱石は紹介している。このようにハズリット、ラム、コールリッヂといった当時としては錚々たる文人たちが新聞に関与して記事を書いていたのである。

雑誌ではド・クィンシー、マコーレーなどが活発に投稿し、チャールズ・ラムはこれによって『エリア随筆』（一八二三年刊）を書いたのである。文芸評論としては『エジンバラ』評論、『クォータリー』評論などがさまざまな創作や評論を世に紹介し始め、歯に衣を着せぬ辛口で文学を社会に押し出していった。漱石はこのような英国文学と新聞雑誌の関係を述べながら、わが身とわが国の文学者と作品発表の場としての新聞雑誌との関わりを深く考えていたに違いないのである。

一九世紀の中頃にチャールズ・ディケンズ（一八一二〜七〇）も新聞を発行した。はじめ他社に投書などして原稿料をもらったりしていたが、一八四六年一月二一日に『デイリー・ニュース』という新聞を自分で発刊した。主筆ディケンズ自ら筆を執り、「天下の弊風を一洗し社会の害悪を掃絶して萬民の幸福を強固にするにあり」という主旨のもとに船出した新聞であった。しかし一〇日間は続いたが、中心人物が辟易降参の体で辞職を出し、一一日目に挫折したとのことである。

英国の文人と新聞雑誌にははじめから蜜月のような関係があった訳ではない。またはじめから当然のように文芸関係の記事が載せられていたわけでもない。むしろアヂソン以来、長い時間のスパンの中で少しずつ実現に向けて積み重ねられてきたものである。政治・社会的なニュースのみの世界から文学趣向を新聞雑誌に入れてくる試みは確かに文人たちにとってクリエイティヴな仕事であったに違いない。その根底にある精神はイギリス人の心の根底に流れるクリティシズムの精神ではなかったろうか。不足を補ってより豊かなものにしていく補足の精神とでも言うべきものが知的な風刺やパロディといった文学趣向を媒介にして新聞雑誌の世界を豊かにし、これをより普及させ、稔り豊かなものにしていったように思われる。

「小説「エイルヰン」の批評」

漱石が『ホトトギス』に評論「小説「エイルヰン」の批評」が出たのは明治三二年八月一〇日であった。ちょうどこのころ、漱石は第五高等学校教員の職にあって同僚の山川信次郎とともに阿蘇方面にのちの『二百十日』の素材となる小旅行に出かけている。その直前、英国で評判となっていた小説『エイルヰン』の批評文を書くことになったのである。〈書くことになった〉というのは、俳誌『ホトトギス』の執筆を予定していた正岡子規も高浜虚子も病気で執筆できなくなって急遽代わりに筆をとることを余儀なくされたという事情があったからである。

漱石は慶応三年二月九日(陰暦一月五日)東京の下町、江戸牛込馬場下横町(現・新宿区喜久井町一番地)で生まれた。八人兄弟姉妹の八番目であった。両親はすでに比較的高齢で子だくさんの末っ子で幼時の思い出は必ずしも幸せなものでなく、里子や養子に出されたりして幼少時に温かい一家団欒の家族的雰囲気を味わうことはなかった。第一高等学校の生徒であった頃には浅草の寄席に同級生の正岡子規と行っていたという。彼は実生活においては下町の庶民的感覚を色濃くもっていた。のちに帝国大学英文科に入って一八世紀イギリス文学を専攻するのは、一八世紀作家の風刺的な面白さに加えて時代が夢想的な浪漫主義的な時代ではなく、庶民の混沌とした実生活の風潮を反映するものであったからであったと考えられる。

文学における流行とは何であろうか。ただ多く読まれているという量的な問題だけではない。むしろその背後にあって時代的な背景や多くの人々が歓迎する理由というものが反映されている。古典としていつまでも長期にわたって読み継がれることとは意味が異なる。その意味である文学作品が一時的な流行作品となっても、それは文学としての価値とは無関係であると理解しておいた方がよい。

流行は時代的風潮が生み出すものであるとすれば小説『エイルヰン』は一九世紀のイギリスで流行の一大ブレイクを起こした小説であった。漱石はこの作品を「英国で八釜敷評判の高い」という言い方で紹介している。当時一版に一千部摺るのが平均で、この作品は二〇版まで出て、七～八月間に二万部売れたとのこと、これに米国での一万三千部を入れると随分な数字になる、という。著者は一八三二年生まれのヲッツ・ダントンという現在ではほとんど知られていない人物である。漱石は一世を風靡したものも「今日では大抵の人に忘れられて居る」場合も少なくないことを指摘する。このことを百も承知の上で漱石はこの評論文の前半で物語の粗筋をかなりのスペースを用いて述べている。

主たる人物はエイルヰンとジプシーであるシンファイである。テーマは「文学は情に訴えるものである」ということを言い、「愛の前には如何なる条理も頭が上がらぬ」ことを言う。「理」の果たす役割の大きさはありながらも最後は「理は情に呑み込まれる」とするのである。当時、ダーウィンの進化論に影響を受け、「理」に勝ったグラント・アレンという小説家の作品『立派なる罪業』とヲッツ・ダントンの「情」やジプシーの「神秘」に軸足をおいた『エイルヰン』とを比較して、漱石は「アレンは失敗して、ダントンは成功したと云はねばならぬ」と述べ、文学における「理」と「情」の問題を際立たせている。

小説『エイルヰン』は筆者の手持ちの冊子では四七八頁である。漱石は「然しその内容の複雑なるに比して毫も冗漫の弊がない。読み去り読み来つて一篇も無用だと思うべき所がない」と評価している。主人公の父フィリップ・エイルヰンは「愛の極は唯物論に満足する能はずして、必ず神秘説に入るべし」という信条の持ち主であった。そのフィリップが亡くなるとき、主人公である息子のヘンリー・エイルヰンにひとつの十字架を棺に一緒に入れるように頼む。そして呪文として「この棺を発きこの十字架を奪う者あらば祟りあるべし」という自筆の呪文を添えて埋葬するように命じるのである。

果たして葬式のあった晩に禁を犯して寺の堂守が棺を発《あば》いて十字架を偸む。そしてこの堂守は祟りで無残な最期を遂げ、その無残な最期の現場を見てしまった娘であるヰニーは気が狂って失踪する。この気の触れた娘に思いを焦がす息子のヘンリー・エイルヰンが「天翔ける鳥」「水潜る魚」になっても必ずヰニーを探し出すために漂泊の旅に出るのである。ヘンリーがこのようなヰニーを求めて放浪の旅の最中に出会ったのがヰニーの幼馴染のシンファイというジプシーであった。

漱石は、この小説は亡くなった父であるフィリップ・エイルヰンの呪詛が発展したものと位置づけている。プロットの展開の中でヘンリーは「理」に繋がって観察者としてシンファイに対峙する。シンファイはジプシー独特の呪術的・神秘的な「情」の力でもってヘンリーに対峙する。二人は「理」と「情」、「合理」と「神秘」の対峙の様相をもつ。それは恒に従来からある日本人の「情」と西洋から入ってきた西洋的価値観の根底に流れる「理」との漱石なりの内面の心の葛藤を反映したものであった。

この評論は明治三二年の八月の印刷であるがゆえに、まだ『文學論』（明治四〇年八月刊）の構想にどれほど近づいていたかは定かには分からない。ロンドン留学の期間を含む『文學論』発刊の八年前である。しかし漱石の根本的なテーマはすでにこの評論の中に表れており、漱石の心的軌跡を考察していく中できわめて重要なヒントを与えてくれる。ここで漱石は「理は進むものである。情も変遷するに違いない。然し理と手を携えて平行に進むものではない」と言っている。恋愛や喜怒哀楽の「情」は「理」によってうまくコントロールできないというのである。ここに漱石の心的葛藤のジレンマあるいは深刻さを読み取ることができる。

漱石は恒に人間の中にある「理」と「情」の問題にコミットしていた。『文學論』に出てくる（F＋f）の一種の文学行為における方程式も詰まるところこの「理」（F）と「情」（f）の不可避の矛盾をどう解決するかという問題に帰着する。この『小説「エイルヰン」の批評』においても同様の記述が出てくる。このように考えると、明治三二年に熊本時代に書いた漱石のこの評論「小説「エイルヰン」の批評」は実は八年後に成る『文學論』の布石の役割を果たしていたと考えられるのである。

「緒人の言語動作は、己の知り得たる理に基かずして、己の養い得たる情に基くものである」、そして「理」に繋がるエイルヰンが「情」に繋がるシンファイに感化せられるのは自然のことである、と漱石は述べている。主人公エイルヰンは事態の観察者としてさまざまに解釈はするが、遂に心から安心ができない存在として描かれる。シンファイとは無学・無教育で人の身上判断や占いを行い、どこかで詩趣を帯びた雰囲気をもつジプシーである。漱石は結局、エイルヰンはシンファイに叶わぬ側面を示唆してこの物語の解題を行っていく。漱石的批評の視点はここにその本質が披瀝されているといえるのではないだろうか。

次に漱石は小説の長短に関して興味深いことを述べている。漱石は「穴勝著者を責むる訳にはいかないが」「英国の小説を読んで第一に驚かされるのは、非常に長たらしいと云う事である」と言う。一八世紀から今世紀へかけて出版になった大部分の小説は「無用の篇を省いて、此半分につづめたら善ろと思ふ位である」とまで言っている。ここには俳句や漢詩の簡潔な詩型に馴染んできた漱石の東洋的な文学形態と西洋の説明的な文学形態との対比的な差異について論じられているのである。

一般に西洋文学作品は説明的・網羅的で作品の分量も多い。サマセット・モームが選んだ一〇の世界的かつ古典的名作のほとんどは大作である。これに対して日本の文学は俳句や短歌などの短詩型で象徴されるように暗示的・象徴的である。したがって余計で冗漫に思えるような表現は極力避ける傾向にある。その例として俳句や短歌などは一文一作品のように一筆書きの文学であるといえる。

さて、『エイルキン』であるが、これはやはり西洋の文学の一特徴として長文で、プロットの運びが複雑で登場人物も多い。人間の多面性を登場人物を多くしてこれを表していこうとするからであろう。これでもかと思わせるほど人物や事象（出来事）や自然描写などが設定されていくのである。文学作品における作品の長さについて、洋の東西において考察を加えてみることは有益なことに違いない。

次に日本で呪詛（カース）といえば法印か修験者などの専売であるが、西洋では誰にでもできることになっている。ここに興味深い比較文化論が働いている。呪詛は宗教的・密教的心霊現象としてそれを取り持つ媒介者が必要とする古代の東洋（日本）と、そのような媒介者のいない西洋的なゴーストの世界との違いが作品解釈に少なからざる影響を与えているとするのである。この作品では呪詛の源は亡き父であるフィリップである。これが息子のヘンリーに及んで幾多の苦難が生じてくる。シンファイはジプシーの女である。「冥々の裡にエイルヰンを束縛し、之を迷信的に感化したるシンファイ」の力に呪詛の力を解消する愛の力のあることを思うとき、ここに漱石の文学に向かう志向性が間接的に告白されていると思わないではおれない。

まとめ

漱石の四年三か月の熊本時代は帝国大学で学んだ一八世紀イギリス文学の研究成果を何らかの形でまとめようとした時期と考えられる。漱石は友人の米山保三郎の言葉に触発されて文学論の構築に目覚めた学生時代から恒に「文学とは何か」という問いを発し、これを探求しつづけていた。この問いに対して何らかの答えを得るべく当時の西洋先進国の中でも特にイギリスの文学を深くしかも直接原語で学ぶ必要を痛感していた。熊本時代は日常的には教育者としてのスタンスを堅持し、ボート部の顧問を引き受け、学内の修学旅行（遠足）にもよく付き合っている。また、正岡子規と繋がって松山以来の句作も紫溟吟社を中心に熱心に持続していた。しかし英文学者としての自らのアイデンティティは当時の漱石にとってもっとも大切なものであったに違いない。その成果として「トリストラム、シャンデー」「英国の文人と新聞雑誌」「小説「エイルヰン」の批評」の三つの評論がこの熊本時代に発表されたのである。

本稿では漱石がイギリス一八世紀文学の根底にある批判的精神に着目し、この批判的精神の理解を深化させるために書かれたものがここで扱かった漱石の三つの評論であったという立場を取っている。またこの時代の小説や新聞などの普及は、時代や社会への啓蒙と批判・揶揄の手段として広く用いられるようになったことも忘れてはならない。漱石は「トリストラム、シャンデー」では稀代の作家・聖職者であったローレンス・スターンの当時の社会や時代を揶揄するスタンスを浮き彫りにした。また、「英国の文人と新聞雑誌」ではアヂソン、スチールらの『スペクテイター』を代表格として漱石は当時の混沌と批判の時代思潮を解析している。さらに「小説「エイルヰン」の批評」では漱石は文学における「情」と「理」の問題を取り扱った作品として小説『エイルヰン』を評価し、のちの『文學論』に繋がるものがあることをここで示唆した。

漱石が一八世紀イギリスの混沌は同時に彼が生きた時代の日本の混沌とダブらせていることが窺える。両者とも時代の大きな転換点であった。『我輩は猫である』を出すまでもなく、〈皮肉〉や〈揶揄〉などを言語学的かつ文体論的武器として駆使した当時のイギリス人作家たちの技巧や知的スタンスを読み解いていくにつけても、漱石自身も自らの創作上のスタンスにおいて彼らの影響を受けざるを得なかった。漱石によるこの熊本時代に書いた三つの評論はのちに自らの文学論を構築していく上で非常に重要な意味をもっていたと考えることができないであろうか。

やがて漱石は明治三三年七月熊本を去ってイギリスに留学していく。この留学ははじめ漱石の本意にそったものではなかったが、この留学による異文化体験はのちの作家として、また人間としての漱石に大きな影響を与えた。やがて帰国して帝国大学を辞し、朝日新聞社に入社した節目の明治四〇年に『文學論』を発表するが、ここにいたるまでに漱石がすでに熊本時代に発表していた三つの評論の持つ意味は決して小さくないものがあることをここに指摘しておきたいのである。

【参考文献】

荒　正人『漱石研究年表』（集英社、一九八四年）
石原千秋『漱石はどう読まれてきたか』（新潮選書、二〇一〇年）
金子三郎（編）『記録・東京帝大一学生の聴講ノート』（リーブ企画発行、二〇〇二年）
加茂　章『夏目漱石――創造の夜明け――』（教育出版センター、一九八五年）
熊坂敦子『夏目漱石の研究』（桜楓社、一九七三年）
新渡戸稲造『西洋の事情と思想』（講談社学術文庫、一九八四年）
「文学評論」（『夏目漱石全集』第一〇巻、岩波書店、一九六六年）
「初期の文章及詩歌俳句　附印譜」（『夏目漱石全集』第一二巻、岩波書店、一九六七年）
「書簡集」（『夏目漱石全集』第一四巻、岩波書店、一九六六年）

第五高等学校時代の夏目漱石——論説「人生」を読む——

坂元昌樹

はじめに

夏目漱石が熊本の第五高等学校に英語講師として着任した一八九六（明治二九）年に、同高等学校の校友会雑誌『龍南会雑誌』（第四九号、同年一〇月発行）に発表した評論「人生」はよく知られている。同誌において「論説」の名の下で掲載された「人生」は、後年の作家としての漱石の展開を予見させる初期評論として、従来から漱石研究史上においてさまざまに注目されてきた。

例えば、早く猪野謙二は、その漱石の出発期を検証した論考において、この評論がのちの漱石小説を検討する上において占める特権的な重要性を指摘している。猪野は、「人生」が〈心理的解剖〉によっても「直覚」によっても捉えることのできない「Xなる人生」——非合理な「不測」の衝動の支配下にある人間存在の暗い部分〉を〈肯定〉した評論であり、〈かれ本来の倫理的な意志を裏切るこの実存的な自覚の切実さには、すでにエゴイズムや孤独の追求を主題とする（ことに『彼岸過迄』以降の）漱石文学の一つの重要な核が胚胎されていた〉と評価した。[1] このように評論「人生」の価値を、後年の〈漱石文学〉の志向との関連において検討し措定する方向性は、現在にいたるまで継承されつつ、漱石研究においてはほぼ定説化しているといってよい。後年の小説家として出発以後の漱石への考察から、いわば遡行する形式において評論「人生」を評価するそれら一連の先行解釈は、すでにこのテキストに関する多くの生産的な読解を産出してきた。[2]

本論考の目的は、それら一連の先行論の達成を認めた上で、しかしそれらとは異なった観点からこの評論を再検討することに存在する。論者の出発点は、論説「人生」が猪野の指摘するような後年の漱石小説に通じる〈重要な核〉を内包することは事実にせよ、このテキストを後年の小説家としての漱石を理解する材料としてのみ理解してよいのかという疑問である。評論「人生」が発表された当時の漱石は、すでに俳句や漢詩等の初期の注目すべき文業を成していたにせよ、小説家としての出発以前の、あくまでも第五高等学校の一英語教師たる夏目金之助であった。またこの評論が、旧制高等学校の校友会雑誌という媒体において、一八九六年当時の第五高等学校の在学生を想定して執筆された論説であるという重要な側面は、従来は比較的看過されてきたように思われる。

以下の本論考においては、漱石によるこの評論「人生」について、そこでの顕著な特性を持った思考の背景にあったものを、第五高等学校における英語教師であると同時に英文学者であった当時の漱石の知的関心に結びつけながら検討する。具体的にはその関心の諸相の中から、特に漱石が帝国大学文科大学時代から親近していたウィリアム・シェークスピア（William Shakespeare）の悲劇からの認識上の受容に加えて、英国の一連のロマン派詩人への関心、特にジョン・キーツ（John Keats）からの摂取の可能性を考究していく。その上で、この評論が一八九六年という日清戦争直後の時期に第五高等学校の校友会雑誌『龍南会雑誌』に掲載されたことの意味を、同時期の第五高等学校の生徒の知的動向を踏まえつつ、同雑誌中で展開された生徒間論争をとりあげながら、それらに対する漱石の批評的応答の可能性という観点から考察していく。

〈人生〉の中の〈不可思議〉

評論「人生」は、第五高等学校（通称「五高」）の校友会雑誌『龍南会雑誌』第四九号（第五高等学校龍南会、一八九六年一〇月二四日発行）の中で、巻頭の「卒業式に於ける学校長の告辞」の記事に続く「論説」欄の最初に、「教授　夏目金之助」名で合計五頁を占めて掲載されている。校友会雑誌『龍南会雑誌』は、熊本大学附属図書館所蔵の同雑誌（余田司馬人寄贈）によって現在も確認が可能である。第四九号の中で教師による寄稿であることを明示した文章は漱石の「人生」に限られており、他は当時の五高の生徒の執筆と推測される文章が並んでいる。(3) 冒頭の〈空を劃して居る之を物といひ、時に沿うて起る之を事といふ、事物を離れて心なく、心を離れて事物なし、故に事物の変遷推移をなづけて人生といふ〉の文から開始するこの評論について、以下、六つの形式上の段落にそって基本的な構成を概観しておく（以下の漢数字は各段落の番号に対応する）。

（一）冒頭部分での〈人生〉に関する概念定義から論述が出発し、漢籍を主とする故事や成語への多彩な言及を経て、〈人生〉の含む〈錯雑〉な様相が提示される。（二）その〈錯雑なる人生〉を〈写す〉と同時に〈綜合して一の哲理を教ふる〉ものとしての〈小説〉の持つ機能が語られ、英文学を使用した多彩な例示が行われる。しかし同時に〈小説〉の持つ限界が〈人生〉の中の〈不可思議のもの〉そして〈狂気〉の存在によって示される。（三）〈三陸の海嘯〉と〈濃尾の地震〉に言及しつつ、〈天災〉と同様に〈人間の行為〉も〈人意〉の統制を超えたものと評価される。（四）芸術における創造行為もまた、〈人意〉を超えた地点にあることが示唆される。（五）さらに〈人心〉の把握の困難について、人間が自他の〈心〉を理解することの不可能性が強調される。（六）最終的に、改めて人間の〈行為〉と〈心〉についての予測の困難と、それに由来する〈人生〉の不確実性が言明される。そして、評論「人生」は、次のような著名な一節によって閉じられている。

人生は一個の理窟に纏め得るものにあらずして、小説は一個の理窟を暗示するに過ぎざる以上は、「サイン」「コサイン」を使用して三角形の高さを測ると一般なり、吾人の心中には底なき三角形あり、二辺並行せる三角形あるを奈何せん、若し人生が数学的に説明し得るならば、若し与へられたる材料よりXなる人生が発見せらる丶ならば、若し人間が人間の主宰たるを得るならば、若し詩人文人小説家が記載せる人生の外に人生なくんば、人生は余程便利にして、人間は余程えらきものなり、不測の変外界に起り、思ひがけぬ心は心の底より出で来る、容赦なく且乱暴に出で来る海嘯と震災は、啻に三陸と濃尾に起るのみにあらず、亦自家三寸の丹田中にあり、険呑なる哉

先述の通り、「人生」の内包する漱石の志向の解釈については、各種の先行論が存在している。例えば「人生」に関して詳細な注釈を施した内田道雄は、このテキストが〈二つのテーマ〉を含んでおり、〈一は、人生そのものを存在論的に考究すること。二は、そのように考究された人生に対して文学がいかに認識されるかを探求すること〉であるとする。その上で、漱石が〈「人生」ではじめて、自らの表現手段として小説の可能性をもとめはじめた〉ことの重要性を指摘する。(4) 内田論における一連の指摘は示唆に富むが、しかし、このテキスト中の志向の比重が、〈小説の可能性〉の肯定よりも、むしろ〈小説〉の持つ〈理窟〉の限界の指摘にあることに注意する必要があるはずである。ジョージ・エリオット（George Eliot）、ウィリアム・サッカレー（William Makepeace Thackeray）、シャーロット・ブロンテ（Charlotte Brontë）らの一九世紀英国小説家を例として〈小説の可能性〉を称揚した上で、しかし漱石が示唆するのはその内在的限界である。そのような〈小説〉の限界を招来する存在を、漱石は

〈人生〉の中の〈不可思議のもの〉として位置づけている。

蓋し小説に境遇を叙するものあり、品性を写すものあり、心理上の解剖を試むるものあり、直覚的に人世を観破するものあり、四者各其方面に向つて吾人に教ふる所なきにあらず、然れども人生は心理的解剖を以て終結するものにあらず、又直覚を以て観破し了すべきにあらず、われは人生に於て是等以外に一種不可思議のものあるべきを信ず、（中略）われ手を振り目を揺かして、而も其の何の故に手を振り目を揺かすかを知らず、因果の大法を蔑にし、自己の意思を離れ、卒然として起り、驀地に来るものを謂ふ、世俗之を名づけて狂気と呼ぶ、狂気と呼ぶ固より不可なし、去れども此種の所為を目して狂気となす者共は、他人に対してかゝる不敬の称号を呈するに先つて、己等亦曾て狂気せる事あるを自認せざる可からず、又何時にても狂気し得る資格を有する動物なる事を承知せざるべからず

漱石は〈人生〉の中の〈不可思議のもの〉とは、〈因果の大法を蔑にし、自己の意思を離れ、卒然として起り、驀地に来るもの〉であるという。〈世俗〉がそれを〈狂気〉と呼称することに対して、漱石は明確に批判的である。なぜならば、それらは人間の意志的な統制を遥かに超えた状況において生起するからである。この一八九六年の第五高等学校時代の漱石が提示する〈人生〉に潜む〈不可思議〉

についての言説の由来については、その多様な経験上の、また思想形成上の背景を想定することが可能であろう。少なくとも、漱石の思考形成過程を帝国大学文科大学時代にまで遡行して、その重要な知的影響源としての同時代のヨーロッパや北アメリカの多様な哲学や社会思想からの受容の融合として検討する必要がある。しかし、本論考ではそのような遡行的な分析を採用するのではなく、一八九六年の漱石が置かれた第五高等学校という環境に注目したい。その上で〈不可思議〉についての言説を、最初に当時の漱石におけるウィリアム・シェークスピアの悲劇の読解からの受容という観点から検討する。熊本時代の漱石を検討するさいに、その知的認識上のシェイクスピアの影響は決して小さくないように推定されるからである。

シェイクスピアと〈狂気〉言説

漱石における知的参照枠としてのシェイクスピアの重要性については、再言を要しないだろう。帝国大学文科大学英文科での在学期間以来、その後の生涯を通じて、漱石にとってシェイクスピアは重要な関心の対象であり続けた。そのような漱石文学におけるシェイクスピアの影響については、これまでもさまざまな研究が行われてきたことは周知の通りである。以下、論説「人生」における〈不可思議〉そして〈狂気〉についての言説と、そのシェイクスピア理解の間の接点を検討したい。

漱石は、熊本の第五高等学校時代に着任した一八九六年四月から、三年生用の英語講読の教材としてエドマンド・バーク（Edmund Burke）の『フランス革命の省察』（*Reflections on the Revolution in France*）等を使用して講義していたという。それに加えて、新学期が開始した同年九月から、同校の文科二年・文科三年の生徒を対象として、毎週朝七時から八時開講の課外授業でシェイクスピアの『ハムレット』（*Hamlet*）や『オセロー』（*Othello*）を教授していたことが知られている。(5) ここで評論「人生」が執筆された可能性が高いこの秋の九月から一〇月にかけての時期に、まさに漱石がシェイクスピアについての講義を開講していたことに注意を喚起しておきたい。

熊本時代の漱石によるシェイクスピアに関する体系的な論考は現存していない。しかし、論説「人生」中にも、『マクベス』（*The Tragedy of Macbeth*）への言及が登場する。そこでは〈不可思議とは「カツスル、オフ、オトラントー」の中の出来事にあらず、「タムオーシヤンター」を追懸けたる妖怪にあらず、「マクベス」の眼前に見はるゝ幽霊にあらず、「ホーソーン」の文「コルリッヂ」の詩中に入るべき人物の謂にあらず〉として、〈人生〉の〈不可思議〉を説明する記述の一節に登場している。ここで、第五高等学校の生徒向けの英語教材として複数のシェイクスピア作品を講義していた英語教師であった漱石が、『ハムレット』や『オセロー』、さらには『マクベス』を含むシェイクスピアの一連の悲劇に日頃親近しており、漱石の日常的思考の近辺にシェイクスピアとその作品群が存在していたことは十分に推測が可能であると考える。

第五高等学校での講義で漱石から『ハムレット』を学んだ速水滉の回想によれば、漱石の授業ぶりは〈例の落ち着いた調子で、余り字句の穿鑿はせず、短評を挟んでの講義で、私共には初めてハムレットの面白味がわかつた〉という五高の生徒にとっては満足度の高いものであったらしい(6)。その漱石が使用した『ハムレット』中の第一幕第五場の結末に近い部分において、以下のようなハムレットによる著名な発話を含む一節が存在することはよく知られる通りである〈父王の亡霊、ハムレット、ホレイショー、マーセラスの一同が会する場面〉。


ホレイショー　おお、不思議、一体これは！

(O day and night, but this is wondrous strange!)

ハムレット　だからさ、珍客はせいぜい大事にしようではないか。

(And therefore as a stranger give it welcome.)

ホレイショー、この天地の間には、人智の思いも及ばぬことが幾らでもあるのだ。

(There are more things in heaven and earth, Horatio,
Than are dreamt of in your philosophy.)

〔福田恆存訳(7)〕

ここでの第一幕第五場の一節に続けて、ハムレットはホレイショーに向って〈今後、時にとって必要とあれば、ずいぶん奇怪なふるまいも、あえてして見せなければならぬかもしれぬ〉と語り、のちに周囲の人々から〈狂気〉(madness)と目されることになる自らの行動についてのホレイショーの理解を求めている。漱石が、第五高等学校の講義において、具体的に『ハムレット』のどの部分を英語教材として活用したかは不明であるが、全五幕中の冒頭から著名な部分を抜粋しつつ講義を進めたとすれば、この第一幕第五場の一節は、漱石の授業の中でとりあげられた可能性があるだろう。

ここでの人間の智恵(your philosophy)を超えた不思議な(wondrous strange)ものの存在を指摘する言説を、単なる亡霊(ghost)という超自然的な存在の現前ということを超えて、論者は人間が生きる世界(heaven and earth)の条件を語る言説として理解する。その上で、先の「人生」における〈因果の大法を蔑にし、自己の意思を離れ、卒然として起り、驀地に来るもの〉としての〈不可思議〉の言説や人間の内包する〈狂気〉の様相への言説と、シェイクスピアの悲劇に顕在化する言説を接続する解釈の可能性を提起したいと考える。これはあくまでも顕著な一例に過ぎない。『ハムレット』中のこの部分以外の各登場人物の発話や行動、またプロットそのものに、漱石の「人生」に見られる人間認識に通底する諸要素が内在していると論者は考えるのである。(8)

実際、後年の漱石は、この『ハムレット』第一幕第五場に関して、漱石蔵書中の一八九九年刊行のアーデン版シェイクスピア(The Arden Shakespeare)『ハムレット』に、ハムレットの言動と〈狂気〉にかかわる興味深い分析を書き込んでいる。(9) それは先に引用したハムレットの対話の直前に現れる、ホレイショーとマーセラスの呼びかけに対するハムレットの奇妙な印象を与える返答〈ほうい、ほう、ほう、ほう、ここだ、ここだ。ふん、鷹狩りよろしくだな〉（Hillo, ho, ho, boy! come, bird, come.）についての書き込みである。漱石は、この一節を以下のように考察している。

○此句は突飛ナリ其理由如何　（1）故意ニ狂気ヲ装フ始メノ態度カ　（2）カヽル場合ニハカ、ル突飛ノ滑稽的軽薄の句ガ出るモノカ、非常ニ怖シキ事カ驚ロクべき事又は神経ヲ刺激スルトキハ狂気ニナリ得ルトハ事実ト認ムルコトヲ得ベシ。狂気ニナルトスレバ、カヽル返事ヲスルノハ当然ノ事ナルベシ、偖狂気ニナラザルモ其当時は狂気ノ人ト同ジ様ナ心的現象ヲ一時的ニ生ズルコトモアリ得ベシ、若シ是アリトスレバ、カヽル返事ヲスルノハ矢張リ当然ノ事トナル。然シナガラ何人モ必ズカクナルルカト云ヘバ多クノ証明ト統計ヲ有〔要〕ス一方ヨリ見レバ種々ノ場合ニ於テ其時ヨリ急ニ躁狂的態度ニ変化スルコトハアリ得べカラザルやニモ思ハル。之異常の事は読者ノ凡テ又ハ多クノ経験に上ラザレバ如何ナル心的現象ヲ引キ起スカ分ラズト云フヨリ仕方ナシ。

その後のハムレットの父王の亡霊に対する反応〈ほ、ほう！　きさまもそう言うな？　そんなところにいたのか、相棒？〉（Ah, ha, boy! say'st thou so? art thou there, truepenny?）の箇所についても、漱石は蔵書への書き込みにおいて〈此句モ前のヒロ、イロ云々ノ句ト同ジク突飛ナリ。心理ハ知ラズ。又ハムレットノ意向モ知ラズ但此突飛ナ句は非常ノ凄味ヲ生ズ。否生ジ得ルナリ〉と批評している。ここでハムレットの〈突飛〉に映る言動を、ハムレット自身の意図的な〈狂気〉の偽装の端緒であるのか、実際に〈狂気〉であるのか、そうではなく意図せずして一時的に生じた〈狂気ノ人ト同ジ様ナ心的現象〉であるのかについて、漱石は慎重に判断を保留している。そのような〈心理〉については、安易な推定を許さないものがあると批評するのである。

一連の書き込みは英国留学から帰国後の東京帝国大学でのシェイクスピア講義（一九〇四〜〇五年）のさいのものと推定されている。しかし、この〈狂気〉評価の原型が、漱石による『ハムレット』経験の比較的早い時期に、ロンドンでのシェイクスピア学者クレイグ（W. J. Craig）からの個人教授の受講にも先立って形成されていたという推定は不可能ではあるまい。ここでの人間が突然おちいる可能性がある常軌を逸した〈突飛〉な状態に関する言説は、先の「人生」における〈何時にても狂気し得る資格を有する動物〉としての人間洞察に根底的に通じているように思われる。「人生」は、〈人間の行為〉と〈天災〉がともに〈人意〉に従わないという矛盾を、以下のように語っていた。

人間の行為は良心の制裁を受け、意思の主宰に従ふ、一挙一動皆責任あり、固より洪水飢饉と日を同じうして論ずべきにあらねど、良心は不断の主権者にあらず、四肢必ずしも吾意思の欲する所に従はず、一朝の変俄然として己霊の光輝を失して、奈落に陥落し、闇中に跳躍する事なきにあらず、是時に方つて、わが身心には秩序なく、系統なく、思慮なく、分別なく、只一気の盲動するに任ずるのみ、若し海嘯地震を以て人意にあらずとせば、此盲動的動作亦必ず人意にあらじ〈良心は不断の主権者にあらず、四肢必ずしも吾意思の欲する所に従はず〉という言説は、すでに触れた『ハムレット』中のハムレットの分裂と懐疑に彩られた性格と行動の評価だけではなく、『オセロー』や『マクベス』、さらに『リア王』（*King Lear*）等のシェイクスピアの悲劇作品における各種の人物造型やプロットを語るさいの批評としても十分通用するだろう。評論「人生」が当時の第五高等学校の生徒に向けて校友会雑誌『龍南会雑誌』に掲載されたということも考慮するとき、このような言説は、当時の漱石のシェイクスピア講義における〈短評〉（速水滉）と照応していたことも想定可能かもしれない。「人生」において、漱石は〈自ら知るの明あるもの寡なしとは世間にて云ふ事なり、われは人間に自知の明なき事を断言せんとす〉として、人間が自己の心理や行動を全面的に支配できないことを強調する。当時のシェイクスピア講義を含む漱石の英語の授業を受講した生徒だけではなく、漱石の授業を受けていない当時の第五高等学校の生徒への示唆も込めて、そのシェイクスピア読解と接点を持つそれらの言説が、校友会雑誌上で提示された可能性がある。

以上のように、論者は、「人生」に見られる〈不可思議〉や〈狂気〉についての漱石の言説が、その他の経験上ならびに思想上の影響受容と並んで、一八九六年当時の熊本時代にいたる過程でのシェイクスピア受容と接点を持つと推定する。ここでシェイクスピア受容とは、シェイクスピアのテキストそのものからの摂取だけでなく、当時の漱石が参観したシェイクスピアに関する各種の英文学関係の評論や批評からの具体的な影響も含まれるだろう。この論点については、さらなる考究の必要が残されている。[10] この〈不可思議〉という問題系に関して、もう一つの漱石の思考の水脈としての英国の一連のロマン主義的な詩人の言説との接点の可能性について、引き続いて論及する。

キーツと受容的能力《ネガティブ・ケイパビリティ》

評論「人生」において漱石は、文学における〈人意〉を超えた創造のあり方について、中国清代の文人青門老圃（邵長衡）と一八世紀後期の英国スコットランドの詩人ロバート・バーンズ（Robert Burns）の両者の例を用いながら、以下のように語っている。この一節は「人生」中の直前までの〈人生〉の〈不可思議〉に関する言説に対して、一種の転調を構成している印象がある。

> 青門老圃独り一室の中に坐し、冥思遐捜す、両頰赤を発し火の如く、喉間咯々声あるに至る、稿を属し日を積まざれば出でず、思を構ふるの時に方つて大苦あるものの如し、既に来れば則ち大喜、衣を牽き、床を遶りて狂呼す、「バーンス」詩を作りて河上に徘徊す、或は呻吟し、或は低唱す、忽ちにして大声放歌歔欷涙下る、西人此種の所作をなづけて、「インスピレーシヨン」といふ、「インスピレーシヨン」とは人意か将た天意か

文学における創造行為が〈人意〉によるのか〈天意〉によるのか判断することが困難であるとする言説は、当時の漱石の芸術認識の一面を明瞭に示すものである。この一節における漱石による青門老圃とバーンズに関する記述については、いずれも対応する具体的な出典が存在することがすでに岡三郎によって指摘されている。[11] 岡による検討に従えば、ここでの青門老圃の〈冥思遐捜〉やバーンズの〈インスピレーション〉の様態への言及は、のちの英国留学時代を経て『文学論』（大倉書店、一九〇七・五）として綜合化されることになる漱石の意識理論の展開へと連なるものである。しかし、ここではそれとは異なった視角から、この一節を検討したい。論者の関心は、〈人生〉の〈不可思議〉についての言説と、文学における高度な創造行為についての言説の後景の検討にある。

青門老圃とともに〈インスピレーション〉の典型として例示された詩人バーンズについては、「人生」中では別の部分で〈「タムオーシヤンター」を追懸けたる妖怪〉としてその詩 *Tam o' Shanter* が言及されている。知られている通り、漱石が一八九三年一月に帝国大学文科大学の英文学談話会で行った講演を踏まえた初期論文「英国詩人の天地山川に対する観念」（『哲学雑誌』第八巻第七三号〜七六号、一八九三・三〜六）において、ウィリアム・ワーズワース（William Wordsworth）と並んで漱石の言うところの〈自然主義〉の代表として考察されたのがバーンズであった。[12] バーンズ、ワーズワース、さらに「人生」中でも言及されるサミュエル・テイラー・コールリッジ（Samuel Taylor Coleridge）らが、いずれも一八世紀の末頃から一九世紀前半にかけてのイギリス・ロマン派にかかわる詩人であることは周知の通りである。彼らは後年の漱石による英文学にかかわる各種のテキストにおいて反復して言及される文学者であるが、彼らから多大な影響を受容した同じくイギリス・ロマン派の詩人で、漱石が頻繁に言及と引用を行った詩人の一人に、ジョン・キーツが存在する。

ここで「人生」中では直接言及されない詩人キーツを考察の上で導入するのは、「人生」における言説と文学創造の言説を照応させる媒介として、キーツの言説が示唆的であるからである。そもそもキーツは、パーシー・ビッシュ・シェリー（Percy Bysshe Shelley）と並んで、若き漱石が特に関心を寄せたイギリス・ロマン派の詩人の一人であった。第五高等学校時代の漱石によるキーツへの言及を例示すれば、一八九九年四月に『ほとゝぎす』に寄稿した「英国の文人と新聞雑誌」中で、その詩「エンディミオン」（*Endymion*）に対する批評を紹介してキーツに触れている[13]。すでに「英国詩人の天地山川についての観念」を発表して三年以上を経た当時の漱石が、イギリス・ロマン派の詩人とその動向についてある程度具体的かつ体系的な知識を持っており、それらの一部としてキーツの詩とその言説についても、一定の知見を得ていたことは十分に想定できる[14]。

このキーツの詩と思想を検討する上での基本的用語の一つに Negative Capability と呼ばれる概念がある。この用語は、キーツによる一八一七年一二月二一日付の弟のジョージ・キーツ宛の書簡に登場するものであり、必ずしも体系的に提示されてはいないものの、詩人キーツの思想を考察するさいの重要な概念の一つとして知られているものである。

特に文学において偉大な仕事を達成する人間を形成している特質、シェイクスピアがあれほど厖大に所有していた特質、それが何であるかということだ――ぼくは「消極的能力」（Negative Capability）のことを言っているのだが、つまり人が不確実さ（uncertainties）とか不可解さ（mysteries）とか疑惑（doubts）の中にあっても、事実や理由を求めていらいらすることが少しもなくていられる状態のことだ――たとえばコウルリッジは半解の状態に満足していることができないために、不可解さの最奥部（the Penetralium of mystery）に在って、事実や理由から孤立している素晴しい真実らしきもの（verisimilitude）を見逃すだろう。

〔田村英之助訳・訳語に対する原文は引用者が補った〕[15]

この著名な書簡においてキーツは、生における〈不確実さ〉〈不可解さ〉〈疑惑〉に対して向き合いながら、少しも苛立つことなく受容することができる能力の重要性について、その能力が文学における偉大な仕事を達成する人間に必要であり、それをシェイクスピアが並外れて保持していたと評価している。ここでのキーワードであるNegative Capabilityという語については、日本語の訳語は各種あって確定していないが、本論考では「受容的能力」という訳を使用することとする。[16]

ここで、この〈不確実さ〉や〈不可解さ〉と向き合う「受容的能力」の創造行為における重要性というキーツの言説を、漱石の評論「人生」における言説と並列的に検討する視点を提起したい。先述の通り「人生」中では、キーツやその作品が直接言及されるわけではない。しかし、イギリス・ロマン派の詩人と思想についてのよく整理された知識を持っていたであろう当時の漱石が、キーツに関するこの重要な概念について、仮に直接的ではないにしても、ロマン主義運動の一部を構成する言説として一定のイメージを持っていた可能性は高いと考える。

仮にそのように想定するならば、評論「人生」において、〈不可思議〉が決して単なる否定性にのみ傾斜するのではなく、文学の生産的な創造行為にも寄与すると暗示する漱石の言説の後景（の少なくとも一環）として、イギリス・ロマン派の詩論、特に生における不確実で不可解な事態を受容する能力としてのキーツによる「受容的能力」の言説が定位可能なのではないかと論者は考えるのである。[17] もちろん、漱石の「人生」の言説と英国のロマン主義運動の言説の接点については、さらなる検討が不可欠であろう。ただし、キーツがこの「受容的能力」を圧倒的に保持した存在としてシェイクスピアを例示したことも、本論考の「人生」分析の文脈においてはきわめて示唆的である。今後、評論「人生」を検討するさいの光源の一つとして、先のシェイクスピアの言説と並んで、論者はキーツの言説の可能性を提起したいと考える。

〈校友会雑誌〉というメディア

論者は「はじめに」において、漱石の評論「人生」が、校友会雑誌『龍南会雑誌』を通して当時の第五高等学校の生徒を想定して執筆されたという性格が看過されてきたのではないかと問題提起を行った。ここで改めて、漱石のこのテキストが、当時の『哲学雑誌』や『ほとゝぎす』のように、限定的な学術関係者や文芸愛好家を念頭において執筆された人生論や文学論の類ではないという自明の事実について注意を喚起したいと考える。この評論が一八九六年一〇月という固有の時点において、校友会雑誌『龍南会雑誌』に第五高等学校の生徒を主要読者として執筆され発表されたことの意味を、この〈校友会雑誌〉というメディアの性格を考慮した上で、「人生」掲載直前まで『龍南会雑誌』誌上で行われていた生徒間の論争を踏まえながら検討する。[18]

明治期の旧制高等学校における校友会雑誌には、その雑誌の言説のフレームそのものに、複数の顕著な特徴があるように思われる。その一つは、校友会雑誌が、校友会の構成員である学校側と生徒の間のコミュニケーションを媒介する性格を基本的に具備するために、雑誌内部で学校長やその他の学校当局者による演説や式辞、訓示等が誌面の中核に置かれていることである。例えば、一八九一年一一月発行の『龍南会雑誌』第一号は「本誌発行の主旨」に始まり、「雑録」欄も校友会である龍南会発足にさいしての祝詞類が三種並んでいる。[19]また第一〇号(一八九二・一〇)では、冒頭に嘉納治五郎校長による演説「勢力」が置かれ、後の「文苑」欄には開校記念式における祝詞類が並ぶ。このような学校長の訓示や祝詞が紙面の冒頭に置かれる構造は、その他の『龍南会雑誌』各号についても共通して看取される構図である。この構造の持つ意味を、いま例にあげた『龍南会雑誌』第一〇号に即して具体的に考えたい。

嘉納治五郎による「勢力　嘉納学校長演説」と題する巻頭演説は、生徒に対して〈勢力〉の養成と伸張の価値を唱えるものである。そこでの〈人間ガ此世ニ生レ出デタル以上ハ済世利民ノ事業ヲナシ己レモ亦其一員タル国家ノ効益ヲ進メ公衆ノ福利ヲ増サザルベカラズ〉という主張は、明白に一八九〇年一〇月発布の「教育ニ関スル勅語」を直接の参照枠として構成されている。ここで〈校友会雑誌〉というメディアのフレームの中で、学校長やその他の学校当局者による演説や訓示が紙面の柱に置かれ、それを取り囲むかのように生徒の論説・記事が掲載されるという構造に注意したい。その構造は、明治天皇による勅語と垂直的に連結された学校の長による訓示が、生徒の記事をいわば統括する構造、あるいは生徒による記事が学校の長による式辞や祝詞を奉賛するような構造を持つと見ることができる。

この〈校友会雑誌〉というフレームの中で、生徒の論説と記事を規定し取り囲むかのような構図で式辞・演説が配置されるあり方は、学校当局者の言辞の先にある天皇の勅語に体現された思考の内面化を生徒に対して要請する構造であると論者は考える。明治期の旧制高等学校における〈校友会雑誌〉というメディアは、その当時の現実の国家と高等学校生徒の関係と同様に、そのフレーム上も、生徒の言説は勅語的な意味での明治の国家を支える論理にいわばオブセッションのように取り囲まれていると把握可能と考える。評論「人生」が掲載された第四九号も、先にも触れた通り「卒業式に於ける学校長の告辞」が冒頭に置かれる構成であった。
漱石の「人生」が発表された一八九六年前後の『龍南会雑誌』も、そのようなオブセッションを反映するかのように、国家と国民をめぐる言説が横溢している。例えば、『龍南会雑誌』第三四号（一八九五・三）の「論説」欄に掲載された中津三省による「国民の資格」という評論があるが、その一節を次に抜粋する。

夫れ国家の強弱は、全く其国家の富の程度、及兵力の多少によりて、定まる者にして、富国強兵は、現世の生存競争の渦中に在りて、国家の有すべき最要の利器なりとす。而して其富を増し、丘を強からしむるには、之を国民全般に仰がざるべからず。（中略）国民の奮励興起は、国家の進展に欠くべからざる要件なり。即換言すれば、国民にして国民の資格を具有する時は、国家の発達進興は求めずして自ら至らん。

この評論が『龍南会雑誌』に掲載された一八九五年三月とは、前年の九四年六月に甲午農民戦争を契機として開始した日本の朝鮮半島派兵が、やがて日本と清国の全面的な武力衝突（日清戦争）にいたり、最終的に日本が遼東半島全域を占領して戦勝の中に休戦条約を締結した時期であった。第五高等学校の置かれた熊本という地域は帝国陸軍の第六師団の衛戍地であり、明治後期を通じて重要な軍事的拠点であったことは周知の通りである。[20] 日清戦争下において、その軍事的拠点としての重要性が増大する中で、その熊本の地に置かれた第五高等学校の生徒の思潮が、国家主義的な方向へ強力な傾斜を見せることには何らの不思議はない。〈国民の奮励興起〉を促し〈国民の資格〉の獲得を要請するこの評論は、翌四月の『龍南会雑誌』第三五号で共感に満ちた肯定的批評を受けている（推移生「中津三省『国民の資格』を読みて」）。翌々月の『龍南会雑誌』第三六号（一八九五・五）中の杉山富槌の論説「国家活動の本源」もその一例であるが、それらの国家主義の顕著な内面化を示す論説は、この時期の『龍南会雑誌』においては多く見られるものである。[21]

日清戦争の〈戦中〉から〈戦後〉の時代である一八九五年から翌九六年にかけての時期の『龍南会雑誌』に顕著なこの傾向を確認した上で、同時期の各号を一号ずつ通覧すると、この生徒が内面化を強いられる国家というオブセッションに関連して、一つの興味深い状況が見えてくる。それは、この時期に『龍南会雑誌』誌上で半年以上にわたって〈国家〉と〈文学〉の関係性に関する第五高等学校の生徒間の活発な論争が行われていたことである。この「人生」と同時期の『龍南会雑誌』における生徒間の論争について、次の最終節で検討を行うこととする。

論説「人生」のメッセージ

『龍南会雑誌』誌上での生徒間の論争は、楮村学人という筆名の生徒が「文学上に於ける現時の国家主義」という論を『龍南会雑誌』第三九号（一八九五・一〇）「論説」欄に発表したのに端を発している。この論説は早速、翌月の第四〇号（一八九五・一二）「批評」欄において、孤松生や睨天窟主人という筆名の生徒からの猛烈な反発を招くことになる。いわば〈文学上〉の〈国家主義〉論争とでも呼びうるこの第五高等学校の生徒同士の論争は、〈国家〉の理想に対する〈文学〉の理想の自立性を唱える楮村学人と、〈国家〉と〈文学〉の価値の一元化を要請する睨天窟主人の対立を軸に、複数の生徒を巻き込みながら一八九六年六月まで実に八か月にわたって続けられることになる。この論争について、関連の記事とともに時系列上で表として整理する（次頁の別表参照）。

論争の発端となった論説「文学上に於ける現時の国家主義」において、楮村学人は〈人生問題〉に対する〈現実論者〉の空虚な姿勢を非難して、〈人生徒爾にして生じ、無為にして消滅すべき者にあらず。万物各々目的あり。理想する処あり。滔々数千載の歴史の潮流は、必ず一定の目的に向かはざるはなし〉と言明する。その上で、自らが〈目的〉として目指すべき〈文学〉の理想の障害となる〈現時の狭量的国家主義〉を徹底的に批判して、以下のように主張する。

文学は即ち、人心が、此最極限の理想に到達せんとする、心底自然の絶叫にして、また其最極の理想に達するを極限の目的とするものならずや。然るを、この高尚の天地より引落して、現実的の国家主義、而も一層狭隘の国家主義に銜せんとす。誰れか、此に対して憤懣せざる者ぞ。

別表　夏目金之助「人生」と同時期の『龍南会雑誌』における生徒間論争

No	刊号	掲載された論説等の論題	著者名（筆名）	掲載欄	発行年月
1	『龍南会雑誌』三四号	国民の資格	中津三省	論説	一八九五年　三月
2	『龍南会雑誌』三五号	中津君の『国民の資格』を読みて	推　移　生	批評	一八九五年　四月
3	『龍南会雑誌』三六号	国家活動の本源	杉山富槌	論説	一八九五年　五月
4	『龍南会雑誌』三九号	文学上に於ける現時の国家主義	楮村学人	論説	一八九五年一〇月
5	『龍南会雑誌』四〇号	『文学上に於ける現時の国家主義』を読む	孤　松　生	批評	一八九五年一一月
		『文学上に於ける現時の国家主義』を読む	晥天窟主人	批評	
6	『龍南会雑誌』四一号	妄を排して立論の主意を明にす	楮村学人	批評	一八九五年一二月
7	『龍南会雑誌』四三号	愛国心とは何ぞや	中津三省	論説	一八九六年　二月
		再び『文学上に於ける現時の国家主義』を読む	晥天窟主人	批評	
		楮村学人の答弁を読む	孤　松　生	批評	
		楮村学人に与ふ	髙木敏雄	批評	
8	『龍南会雑誌』四四号	再び『文学上に於ける現時の国家主義』を読む（承前）	晥天窟主人	批評	一八九六年　三月
9	『龍南会雑誌』四五号	再び『文学上に於ける現時の国家主義』を読む（完結）	晥天窟主人	批評	一八九六年　三月
10	『龍南会雑誌』四六号	晥天窟主人の駁論を読む	楮村学人	批評	一八九六年　四月
11	『龍南会雑誌』四七号	晥天窟主人の駁論を読む（承前）	楮村学人	批評	一八九六年　六月

12	『龍南会雑誌』四八号	睨天窟主人の駁論を読む（完結）	楮村学人	批評	一八九六年 六 月
13	**『龍南会雑誌』四九号**	**人生**	**夏目金之助**	**論説**	**一八九六年一〇月**
14	『龍南会雑誌』五〇号	龍南会雑誌第四十九号を読む	操川漁郎	批評	一八九六年一一月

楮村学人は〈現実的の国家主義〉こそが〈日本将来の文学の一大禍害〉であると主張するのだが、〈現実的〉や〈狭隘〉という限定が付されているにせよ、〈国家主義〉を批判する論点を含むこの評論は、当時の『龍南会雑誌』の基本的思潮とは明白に相容れないものであった。翌月の第四〇号（一八九五・一二）の「批評」欄において、早速、睨天窟主人を名乗る生徒が「『文学上に於ける現時の国家主義』を読む」を記して次のように反駁している。

文学は必ず国民的精神を踏台として其上に立たざるべからず。若し此精神を離れんか、文学は死物なり、何に由りて発達し、何によりて進歩せん。敢て問ふ国家を離るゝ文学ありやなしや、あり得べきやあり得べからざるや。（中略）それ唯明解する能はずと雖も、其拠りて立つ所のものに至りては、われ必ず国民的精神ならざるべからざるを信じて疑はず。

ここでの睨天窟主人は〈生気ある文学は国民的精神を離る可からず〉と論じて、〈国家〉と〈国民〉

から乖離した地点になど〈文学〉の〈目的〉は決して成立しないと論じる。同じ四〇号では、孤松生と称する生徒も同題の「『文学上に於ける現時の国家主義』を読む」という批評において、〈文学上の妄想家あるに至りては、社会を益することなく、却て弊害を醸すこと往々これあり。前号『文学上に於ける現時の国家主義』の記者楮村学人の如きは、或は生の所謂文学上の妄想家の一人にあらざるなきを得んや〉と辛辣に指弾している。この両者の批判に対して翌月の第四一号（一八九五・一二）「批評」欄で楮村学人が再反論したことから、それに対して翌年の第四二号（一八九六・二）では三人の生徒が再々反論してこの論争は継続していく。その後は楮村学人と睨天窟主人の間で延々と応酬が続き、最後の楮村学人の批評が掲載されてこの論争が一段落したのは、第四八号（一八九六・六）にいたってのことであった。

結論を先言するならば、漱石による評論「人生」は、当時『龍南会雑誌』で行われたこの論争に対する応答と批評という性格を内包していたのではないかと考えるのである。この生徒間の論争は、現在から見て当時の旧制高等学校生徒の知識や関心を考える上で興味深い要素を内包している。その上で指摘したいのは、この論争の中心となった楮村学人と睨天窟主人の両者が、〈国家〉と〈文学〉の関係性について一見対照的な立場のようでありながら、基本的には合理的で確実な〈人生〉のテロス（telos）、楮村学人の言葉を用いれば〈極限の目的〉を迷いなく探求することが可能であるという強力な確信に支えられる点において、実は類似している点である。

本論考において検討してきた通り、漱石の論説「人生」においては、〈因果の大法を蔑にし、自己の意思を離れ、卒然として起り、驀地に来るもの〉としての〈不可思議〉や人間の内包する〈狂気〉の様相が言説化されていた。人間が自己の心理や行動を統制できないと語る言説は、合理的で確実な〈人生〉のテロスを前提とする価値観を否定する。論説「人生」の言説は、一見相互に対立するようでありながら〈人生〉のテロスを無前提に受容する（それ故に結局は限定的な思考原理に回収されていくような）この論争における言説群に対して、一種の亀裂を導入することになる。

論説「人生」の『龍南会雑誌』への掲載が、この論争が終了した一八九六年六月の第四八号の直後の号であり、夏期休業をはさんだ一八九六年一〇月発行の第四九号であったことに改めて注意してよいように思われる。漱石は「人生」を執筆するさいに、これらの一連の生徒間論争の経緯を知っており、このテキストを批評的な応答として提示した可能性があると考えるからである。(22)

「人生」が発表された一八九六年は、国内的には日清戦争の〈戦後〉の時代としてその余塵を依然として残した時代であった。同時に「人生」中でも言及される〈三陸の海嘯〉こと明治三陸地震（一八九六年六月一五日）とそれに続く明治三陸大津波の大震災に襲われた年でもあった。漱石は同年の書簡中で当時の東北地方に甚大な被害をもたらしたこの〈天災〉について言及しているが、「人生」中の〈不測の変外界に起り、思ひがけぬ心は心の底より出で来る、容赦なく且乱暴に出で来る海嘯と震災は、啻に三陸と濃尾に起るのみにあらず〉という結末の一節も含めて深い影を落としているこの震災は、この評論の思考の成立を促した一因でもあったかもしれない(23)。

漱石の「人生」における言説は、〈人生〉の〈不可思議〉と人間の〈狂気〉の明示を通して、日清戦争後の熊本という固有の環境に置かれた第五高等学校の生徒に対して、国家主義的な傾斜を漸次強化していく風潮に抗して、特定の限定的な価値観や思考原理からの解放の可能性を担い得たものだったと考える。このテキストは、高等学校の教育システムの一部としての〈校友会雑誌〉という通路を利用しながら、当時の生徒に対して〈不確実さ〉や〈不可解さ〉への向き合いを促す言説を提示することで、〈剣呑〉であっても開かれた〈人生〉を歩むことのメッセージを開示する可能性を持った教育的テキストであったと評価したい。後年の作家漱石の問題から発して遡行的にのみこのテキストを理解する従来の主要な解釈に対して、そのように校友会雑誌『龍南会雑誌』の同時期の生徒による記事を対比することで、従来とは異なる側面を照射することができると考える。

〈人生〉にいかに向き合うかについて、生徒に向けて語りかけることができる教師は幸せである。この評論は、さまざまな文学と思想の〈境界〉を〈越境〉すると同時に、明治期の教育システムの〈境界〉を〈越境〉するテキストでもあったのではないか。「人生」は短いテキストだが、後年の小説家としての展開への途も含めて、漱石が新たな世界を切り開いた熊本時代の金字塔である。

[付記]　夏目金之助「人生」の本文は熊本大学附属図書館所蔵『龍南会雑誌』第四九号（余田司馬人寄贈）

掲載の初出を使用した。それ以外の漱石テキストに関する引用は『漱石全集』（岩波書店、一九九三〜九九年）によった。引用にさいしては、原則として旧漢字は新漢字に改めた。

（1）猪野謙二『明治の作家』（一九六六・一一、岩波書店）所収「漱石　その序章」中の「四」。猪野は同論中において〈あの『こゝろ』の先生が、自分に慕い寄る若き私に向っていう次のことば「私を信じてはいけない」――漱石自身の教師嫌いにも通ずる、この他者に対する自己抑制のきびしさも、要するにこうした「剣呑なる」自我の自覚を核として、それがより高度な倫理的な性格のものにまで高められていったところに、はじめて生まれてきたものであるにちがいない〉と「人生」を『こゝろ』と関連づけつつ論じている。

（2）後年の漱石小説と論説「人生」を関連づける先行論は多い。ここでは近年の論として高い説得力を持つ出色の論考として、首藤基澄『「仕方がない」日本人』（二〇〇八・五、和泉書院）所収の「第一章　夏目漱石」「一　『こゝろ』――「仕方がない」先生の心――」を特にあげておく。

（3）同号掲載の他の記事には、「論説」欄に「人生」の他に蘿月庵主人「活動的人物」ならびに浅井由章「巫覡の辨」、「雑録」欄には阿山生「故郷の秋望」、岩佐正雄「幾何画法によりて幕及根を求むる法」、不老庵主人（在文科大学）「九州学生と居る」、「文苑」欄が中内蝶二「あはれ亡友」、和歌、後撰百人一首評釈（承前）、漢詩、「批評」欄がつゆ「前号歌の評」、以下「雑報」欄と「附録」欄が続く。なお、「雑報」欄中の「掻寄せ」の項目には、新年度の職員移動で漱石が同校教授に任じられたことのほか、監督教員として同校二部二年甲組の担当となったことなどの漱石に関する情報が記載されている。

（4）高田瑞穂解説・内田道雄注釈『夏目漱石集Ⅱ』（日本近代文学大系二五、一九六九・一〇、角川書店）「エッセイ集」中の「人生」に関する補注による。

（5）熊本近代文学研究会『方位』第一九号（一九九六・九）所収「熊本時代の漱石年譜」明治二九年の項目、また荒正人『漱石研究年表』（一九七四・一〇、集英社）の熊本時代の漱石についての研究に従う。なお、漱石は早く帝国大学文科大学時代に友人の中村是公から『ハムレット』を贈られたことが知られている。

（6）小宮豊隆『夏目漱石』（一九三八・七、岩波書店）中の速水滉（当時、第五高等学校に在籍していた）の回想に従う。

（7）ウィリアム・シェイクスピア『ハムレット』（一九六七・九、新潮社、新潮文庫版）における福田恆存訳を参照した。以下のシェイクスピアについての引用文に関しても同様である。

（8）漱石文学におけるシェイクスピア受容に関する早い研究として久野眞吉による一連の検討「漱石とハムレット」（『宮城学院女子大学研究論文集』四、一九五三・一二）・「漱石とマクベス」（『宮城学院女子大学研究論文集』七、一九五五・六）がある。久野論は、シェイクスピアの漱石文学への影響を論じつつ評論「人生」にも論及する点で示唆的である。ただし、久野論がシェイクスピア受容に先立つ漱石の作家的本質としてすでにあった志向の観点から「人生」に言及するのに対して、本論考は「人生」中の言説自体が第五高等学校在職中の漱石のシェイクスピア理解と連関するという主旨であり、評価の方向は異なる。

（9）東北大学所蔵の「漱石文庫」中の以下の本における書き込みに従う。William Shakespeare. *The Works of Shakespeare.* (Arden Shakespeare). *The Tragedy of Hamlet.* Ed. By E. dowden. 1899.

(10) 当時の漱石が参観したシェイクスピアに関する英文学関係の評論や批評からの受容という重要な論点については、本論考では適当な資料に基づく考察にいたらなかった。さらなる考究を進めたい。

(11) 岡三郎『夏目漱石研究　第一巻　意識と材源』(一九八一・一一、国文社) 所収「六『文学論ノート』の'Monoconscious Theory'の項の解読の試み」五・六節による。同論中では、ここでの青門老圃についての記述が早く「木屑録」(一八八九・九) の内容にまでさかのぼり「青門老圃伝」の原文に極めて近いこと、またバーンズについての記述がプリンシパル・シャープ (Principal Shairp) のバーンズ論を踏まえる点などが詳細に検証されている。その『文学論ノート』の'Monoconscious Theory'に関する考察は、「人生」に存在する思考のその後の展開を検討する上で多くの示唆に富むものだが、本論考では熊本時代の漱石の知的関心に検討の対象を限定するものとする。

(12) 漱石の論文「英国詩人の天地山川に対する観念」を分析した最近の論考として、吉田正憲「若き漱石の英国「自然詩」研究」(『漱石文学の水脈』二〇一〇・三、思文閣出版) が示唆に富む。

(13) 帝国大学文科大学在学中の漱石とキーツの接点を示すものとして、早くオーガスタス・ウッドの文章を無署名で翻訳した「詩伯「テニソン」」(『哲学雑誌』第七冊第七〇号〜第八巻七三号、一八九二・一二〜九三・三) があり、その中でキーツが再三言及されている。

(14) 漱石は、その英文学研究についての各種テキスト中で (特に『文学論』を中心として) キーツへの言及と引用を頻繁に行っているし、漱石は英国留学時代にキーツも含むイギリス・ロマン派詩人についての書籍を多数購入した事実も知られる。なお、漱石蔵書中には、以下の四冊のキーツに関する書籍が収蔵されており、一部は漱石による書き込みを含む。(1) *The Poetical Works of John Keats.* (Aldine Edition). Ed. with a Memoir by Lord Houghton. London: G. Bell & Sons. 1899. (2) *The Poetical Works of John Keats.* (The Canterbury Poets). With an Introductory Sketch by J. Hogben-London: W. Scott. (3) *Endymion, and other Poems.* (Cassell's National Library). London: Cassell & Co. 1887. (4) *The Seven Golden Odes of John Keats.* (The Bibelot). Portland: T. B. Mosher 1907.

(15) ジョン・キーツ著『詩人の手紙』(冨山房百科文庫五、一九七七・四、冨山房) 中の田村英之助による訳を参照した。

(16) この Negative Capability という用語については「消極的能力」「否定的能力」「消極的でいられる能力」「受容能力」等の複数の訳語が存在する。藤本周一「John Keats "Negative Capability" の「訳語」をめぐる概念の検証」(大阪経済大学『大阪経大論集』第五五巻第六号、二〇〇五・三) 中でこの訳語の持つ問題が詳細に検討されている。

(17) このキーツの Negative Capability 概念については、ワーズワースにおける重要な概念の一つである「賢明な受動性」(wise passiveness) からの影響がしばしば論じられる。漱石のワーズワースに対する関心を考慮すれば本概念はきわめて興味深いが、今後の検討課題としたい。

(18) ここで第五高等学校龍南会の創立と『龍南会雑誌』発行の経緯を概観すれば、一八八七年八月に第五高等中学校相談会での「私立体育会」の提案(第五高等中学校校長・野村彦四郎の提唱による) が発端となり、それを受けて翌八八年に第五高等中学校体育会が設立されたことにさかのぼる。その後一八九一年一〇月の嘉納治五郎校長着任を契機として、校友会龍南会が発足した(会長嘉納校長、発会式一一月三日)。発足時の龍南会各部は雑誌部・演説部・撃剣部・柔道部・弓術部・戸外遊戯部であり、その校友会誌として第一号が発刊されたのが一八九一年一一月二六日である。この間の経緯は『龍南会雑誌』第一号に記載されている(藤本充安「祝詞」等)。一八九四年九月の第五高等中学校より第五高等学校への学制改革を経て『龍南会雑誌』は継続発行されていく。

(19) 『龍南会雑誌』創刊時の形態は、編集を担う雑誌部が部長(教官)と生徒委員八名から構成されており(のちに一八九四年に六名、一八九七年に五名)、雑誌発行回数は基本的に年間一〇回(または九回)で、夏期休暇を除いて基本的に月刊であった。目次構成は論説・雑録・文苑・翻訳・雑報であり、これが明治期においては『龍南会雑誌』の基本的な雑誌構成の原型となっていた。

(20) 当時の熊本地域における有力な日刊紙であった『九州日日新聞』の記事を参観すれば、日清戦争の動向と第六師団に関する各種の報道が連日のように行われていることを確認可能である。

(21) 例えば、山口高男「衝突は進歩の一階級なるを論ず」(『龍南会雑誌』七〇号「論説」、一八九九・三)がある。この論説は〈吾人日本国民たるもの丶固有の道徳とは何ぞや曰く忠孝是なり故に吾人は君臣の大義を重んじ父母に孝順を尽して以て忠孝の大倫を完備せしめ依て以て一国を泰平にし一家を安康にし国家をして靄然煕々雍々たらしめ吾国君臣の淵源たる皇統を強固にし民心を均一にせざる可からざるなり〉と論じて、国家の臣民としての論理を深く内面化したものとなっている。

(22) 漱石「人生」に対する当時の五高生の感想を『龍南会雑誌』第五〇号(一八九六・一二)「批評」欄における操川漁郎「龍南会雑誌第四十九号を読む」を通して確認することができる。操川は第四九号「論説」欄の批評にさいして〈『論説』欄三篇を収むるも、評すべき箇所は割合に少し〉と評した上で、

〈夏目教授の高文〉に関して〈其吾人に益あるは、固より疑を容れず、惟慙らくは漁郎鈍根にして高論の万が一を解する能はず〉として短い〈私解〉を記述するにとどまっている。

(23) 漱石は明治三陸大津波に関して、当時ドイツ滞在中の大塚保治宛に〈或は御承知とは存候へども過日三陸地方へ大海嘯が推し寄せ夫は夫は大騒動山の裾へ蒸気船が上つて来る高い木の枝に海藻がかゝる抔いふ始末の上人畜の死傷抔は無数と申す位〉（一八九六年七月二八日付）と書き送っている。また根岸町の正岡子規宛にも〈世間は何となく海嘯以来騒々しきやに被存候〉（同九月二五日付正岡常規宛）と記している。

〈研究コラム〉

漱石の初期俳句

岩岡中正

漱石の熊本時代の千句に近い初期俳句は、面白い。なにしろ、初期の漱石は何と言っても俳人で、その文学表現のほとんどが俳句で、漱石の初期思想が俳句に凝縮していると言っていいからだ。

子規との付き合いで俳句を学び始めてほんの二、三年で日本派の錚々たる俳人として全国に知られた漱石の初期俳句は、子規の言う「超脱」「奇警」、ときに蕪村ばりの知的構成力(意匠)、それに持ち前の挨拶や滑稽と、多様・多産で混沌とさえしている。言うまでもなくそれを支えたのは、漱石の東西にわたる知識・教養、美意識、江戸文学に由来する滑稽や物語性、それに何より子規を驚嘆させた漢学の素養である。漱石の初期俳句の世界は、すでに師匠である子規のそれを越えていたのではないか。

しかし初期俳句で注目すべきは、漱石がのちに近代的自我とその葛藤を文学として表現する萌芽が、ここにすでにあったと言うことだろう。たとえば、

菫程な小さき人に生れたし
人に死し鶴に生れて冴え返る
煩悩の朧に似たる夜もありき
ふるひ寄せて白魚崩れんばかりかな

などの、いかにも青年教師らしいやや生硬・繊細で、ときに病的なまでに純粋な内面凝視の句がそれである。

では、このような近代文学の中核となる自我意識がなぜ生まれたのか。それは、『草枕』に見られるような超俗や逃避を漱石に強いる近代の社会と自我の矛盾・葛藤に対する鋭い感性から生まれたものだが、その表現を初期俳句の中にも見てとることができる。たしかに漱石の初期俳句は多様だが、前述のような初期俳句の中に、ロンドンでの本格的な「近代との遭遇」を準備した近代文学の萌芽があったのである。

たしかに、漱石俳句のもう一つのピークである修善寺大患の頃の後期俳句も魅力的だ。死から生還した透明な句境であって、たとえば「生き返るわれ嬉しさよ菊の秋」や「腸《はらわた》に春滴るや粥の味」、「逝く人に留まる人に来《きた》る雁」、「秋の江に打ち込む杭の響かな」などの佳句をあげることができる。これらを、初期俳句から進化したと見るか平凡と見るかだが、しかし、これは生き死にをくぐった人には一般的にありがちな詩境であって、私はこれをそれほど漱石らしい個性ある句とは思わない。

では、前掲の初期俳句の混沌と自我はどこへ行ったのか。なぜ、漱石は俳句から遠ざかったのか。それはまず第一に、そもそも作る俳句が少なくなったからだ。その原因は何と言っても、子規の死だろう。初期の熊本時代からロンドンで訃報を受け取るまで、漱石にとって俳句は、子規へ宛てたものであった。病床の子規への存問であり慰藉であった。往復書簡からは、激痛の病床でのわずかな楽しみとして漱石の俳句を読んで応える子規の姿が浮かぶ。漱石と子規の俳句の便りは、子規が家族にも言えないことまで語った命の便りであり、生きている証しでもあった。子規の死以後、漱石にとって俳句は、今度は他の誰でもない自分自身への慰藉となった。それは、子規への二人称から自分への一人称の俳句となり、とくに小説家となってからの漱石にとって、漢詩とともに俳句は、小説世界で命を削る己を慰め精神的バランスをとる安らぎの手段となった。

では次に、漱石はなぜ俳句から小説へ転身したのか。それはやはり、俳句という短詩形のせいだろう。漱石はたとえば、「只きれいに美しく暮らす即ち詩人的に暮らすことは、生活の意義の何分の一か知らぬが、矢張り極めて極少な部分かと思ふ」や、「俳句趣味は此の閑文学の中に逍遥して喜んで居る。然し大いなる世の中はかかる天地に寝転んで居る様では到底動かせない。……勤王家が困苦をなめた様な了見にならなくては駄目だらうと思ふ」と言うが、私はこの言葉に出会うと、はたして俳句はグローバルな現代文学の一翼を担えるのか、むしろナショナルな「文芸」として開き直る以外にないのではないかとも思ったりするのだが、それはともかく、これが漱石の小説への決死の転身の決意であった。漱石が直面し解明しなければならなかった近代人の自我と苦悩は、俳句という器にはおさまらなかったのである。その英文学をはじめとする普遍的知性によって西洋「近代」とは何か、その本質である自我とエゴイズムを垣間見てしまった漱石にとって、俳句という、思想表現において限られた詩形ではどうにもならなかったのである。

[付記] なお、漱石の初期俳句については、拙稿「『五高時代の漱石俳句』講義」(『阿蘇』八九二号、一七〜二一頁、阿蘇発行所、二〇〇六年八月)を参照。

〈研究コラム〉

横井時敬と熊本

相馬　登

横井時敬（以下、時敬と略称）は出生地の熊本にその足跡を示す一片の記念碑もなく、熊本ではわずかに一部の専門家のみにその存在が知られているように思う。しかし、時敬は農業技師・農政学者・農業教育家・農業評論家として近代日本農業をリードした巨人である。その大活躍の業績を記述すると厖大な著述になる。ここでは文末に参考文献を列挙するだけにとどめる。

時敬は一八六〇年（万延元）一月七日、肥後国熊本坪井で生まれた（自筆履歴書による）。父は熊本藩中級藩士（一五〇石ほど）の横井久右衛門で、母うたの四男（通説による）である。幼名は豊彦、初め藩校時習館で学び、一一歳の時（明治四年二月）、横井家が代々受けついできた「時」の一字をいれた「時敬《ときよし》」と改名、同年九月に熊本洋学校第一期生として入学、アメリカ人教師ジェーンズ（Lerony Lansing Janes）のもとで四年間英学を専修した。このジェーンズ先生が少年時敬に与えた影響は絶大だったと思う。英語のマスターとともに近代欧米科学、特に農学への関心がこの熊本洋学校でめばえ、駒場農学校進学の動機は熊本で醸成された。時敬の人格の基礎は熊本でほぼ完成し、一八歳で上京、駒場農学校（のちの帝国大学農科大学、現在の東京大学農学部）に入学した。

ところでジェーンズ先生の影響は絶大だったと先に述べたが、時敬はキリスト教信者にはならなかった。一八七六年（明治九）一月三〇日に起きた有名な熊本洋学校生徒有志による花岡山での「奉教趣意書」には署名しなかった。幼い時から受けた伝統文化（武士道・儒学など）もしっかりと身に付けていた。

筆者は時敬が生まれ育った自然環境や人々の影響を調べる必要を感じていた。しかし、時敬の誕生地は「坪井」だけで、具体的な生地は明確になっていなかった。さいわい近年『新熊本市史』（全二二巻）が完成し、市歴史文書資料室も開設された。また、犬童信義・美子氏の論文に「時敬生誕の地は夏目漱石旧跡」とあり、その参考文献に「内坪井絵図」とあった。これは重要な示唆である。筆者は熊本市を訪問した。県立図書館と市歴史文書資料室のご協力を得て掲載の二つの絵図を得た。

「嘉永年間絵図」は「横井久右衛門」と時敬の父親の名前が明確に記されている。近隣の名前も判読できる（図1矢印参照）。「明治初年ノ絵図」は前記の絵図と同じ場所で「横井覚　俊彦　時敬」と横井三兄弟の名が明記されていた（図2矢印参照）。裏隣りは「神足勘十郎　元

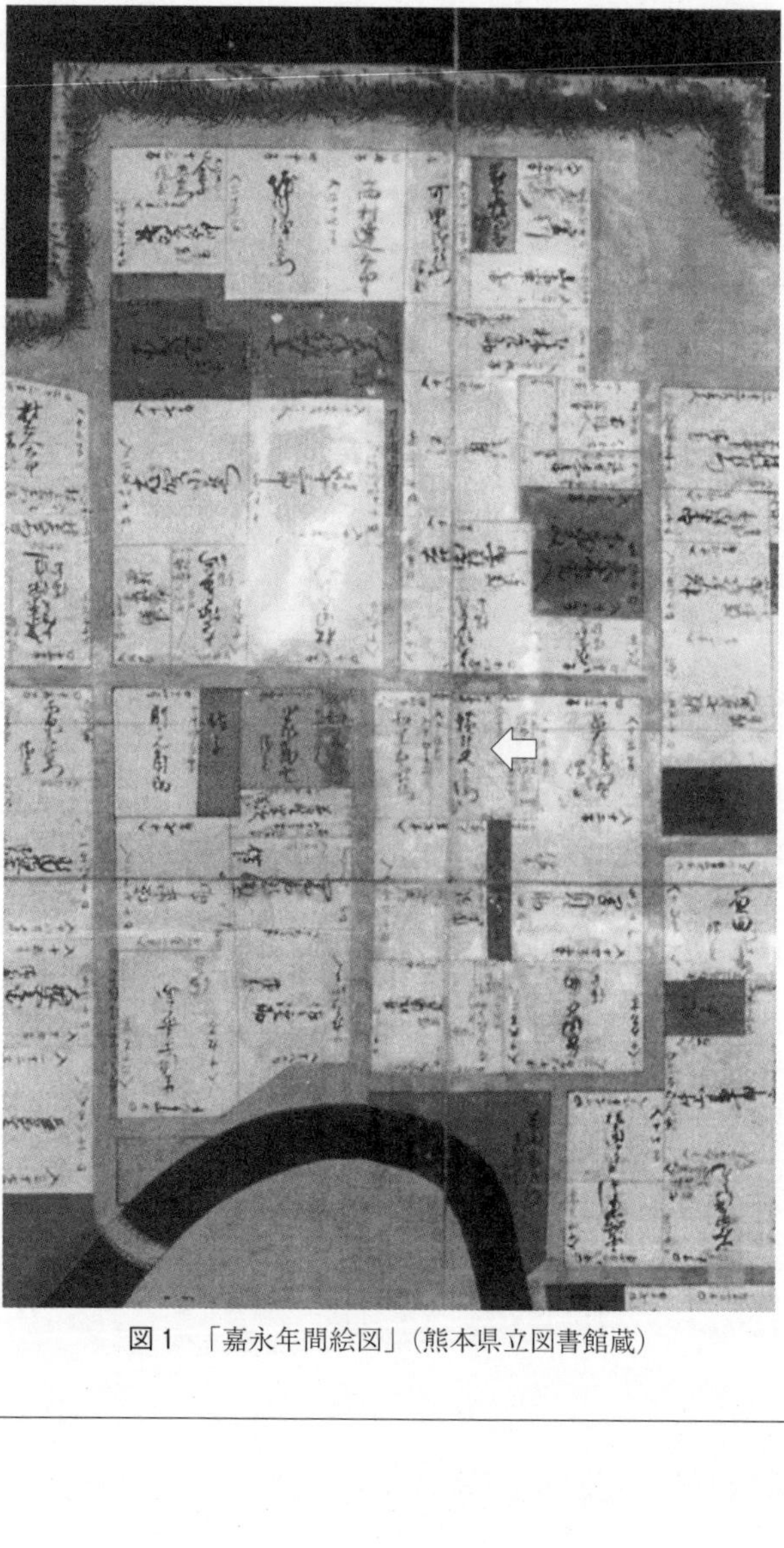

図１　「嘉永年間絵図」（熊本県立図書館蔵）

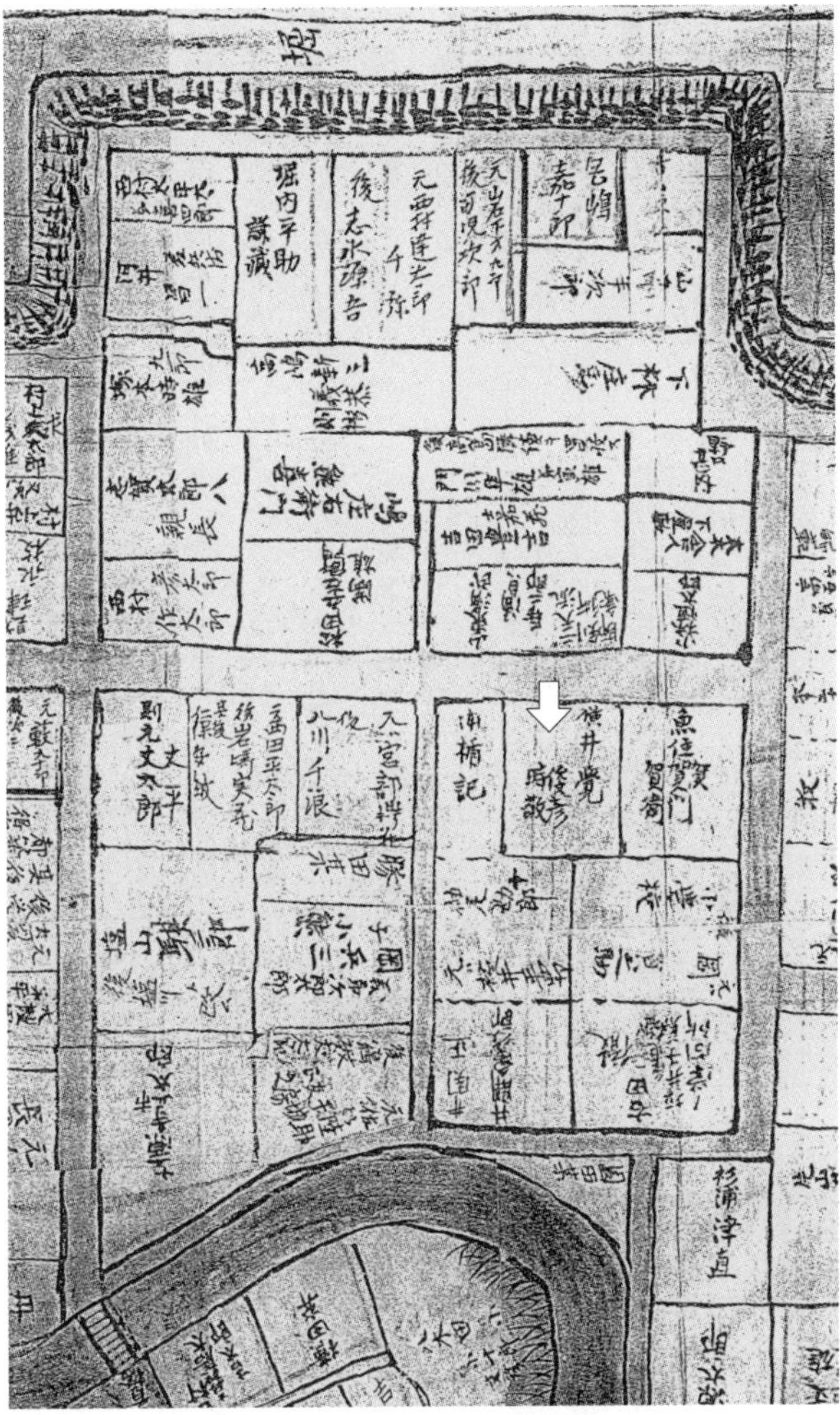

図２　「明治初年ノ絵図」（高田泰史氏蔵）

ハ横井平四郎」とある。神足家《こうたり》には時敬の次兄が養子に入っている。横井平四郎は著名な「横井小楠」のことで、時敬の遠縁でもあり、父親とは学問上の交流もあった。

この二つの絵図を子細に観察し分析すれば、時敬の育った自然環境や人々の影響も分かると思う。時敬が通学した時習館や洋学校の通路も判明する。道路は意外に変っていない。時敬の生家跡は熊本市内坪井四番二二号、夏目漱石旧居跡でもある。

井戸の研究家ではないので断定できないが、この屋敷の井戸で時敬は産湯《うぶゆ》を使った可能性が大きい。隣地、横井小楠屋敷の井戸は小楠の井戸とある。なお、時敬家の井戸は漱石の長女筆子も産湯を使った井戸として有名である。漱石の俳句「安々と海鼠の如き子を生めり」も掲げてあった。

時敬の熊本時代の研究はここから始まると思う。漱石旧居の記念館を使って「時敬大展覧会」を開催したい。「生誕地記念碑」を建てたい。熊本の時敬兄、覚のご子孫および菩提寺や墓地も探し当てたい。そして何よりも時習館や洋学校時代の時敬足跡を具体的資料で研究したい。夢は拡がるばかりである。

〔参考文献〕

金沢夏樹・松田藤四郎編著『稲のことは稲にきけ――近代農学の始祖横井時敬』（家の光協会、一

九九六年）
友田清彦『横井時敬の足跡と熊本』（東京農業大学出版会、二〇〇九年）
安藤圓秀『農学事始め　駒場雑話』（東京大学出版会、一九六四年）
東京農業大学編『東京農業大学百年史』（東京農業大学、一九九三年）
犬童信義・美子共著「横井時敬」（小松裕編『足尾鉱毒事件と熊本』所収、熊本出版文化会館、二〇〇四年）
松田藤四郎『横井時敬と東京農大』（東京農業大学出版会、二〇〇〇年）
東京農大榎本・横井研究会編『榎本武揚と横井時敬――東京農大二人の学祖』（東京農業大学出版会、二〇〇八年）
井上智重「横井時敬」（『熊本日日新聞』二〇〇九年一一月一日付）

あとがき

本書『越境する漱石文学』は、『漱石と世界文学』（二〇〇九・三）『漱石文学の水脈』（二〇一〇・三）に続く私たちの熊本大学における夏目漱石の共同研究グループによる三冊目の論集である。最初の『漱石と世界文学』では〈世界〉的な展望の下で〈漱石〉という存在の諸相を考察し、続く『漱石文学の水脈』においては〈漱石〉をめぐる知的な〈水脈〉の行方を追尋した。そして、今回の『越境する漱石文学』は、グローバル（global）とローカル（local）という二つの視点を並立的に導入しながら、〈漱石〉の持っていた〈越境〉的な知の可能性を新たに探求するものである。本書の意図と達成については、西槙偉氏による意を尽くした巻頭の「序」において詳しく論じられているので、屋上屋を架す愚は避けて、すべてそちらに譲りたいと思う。

本書の装丁には、草木染織作家の黒木千穂子氏の織布を意匠として使用させていただいた。黒木氏は熊本県五家荘の植物を糸染めに使用しておられるとのことであるが、めがね織りの美しい織布の目を眺めていると、その織布の経《たていと》と緯《よこいと》の織りなす美の調和と精妙さに、日常の慌ただしい心が沈潜していくかのような深い感動を覚える。私は、この織布の内に秘められた静謐な美には、不思議に本書の対象である〈漱石〉のあり方に通じるものがあるように感じる。〈漱石〉という存在もまた、時代を超えたさまざまな影響としての経と、世界的な空間の中での交流という緯の織りなす一つ一つの〈織目〉＝知の邂逅に支えられて成立したのだろう。そして、そのような豊かな知の邂逅によって生み出された美しい織布に相当するものが、〈漱石〉による比類のない拡がりと深さを持った文学と思想であったのではないかと思うのである。

本書も含めた過去の共同研究を通して、三冊の論集のタイトルはそれぞれ異なっていても、その中で〈漱石〉と〈文学〉という二つの語だけは共通していたことにあらためて気づかされる。夏目漱石についての研究論集である以上は、〈漱石〉の語が存在していることは当然であろう。しかし、〈文学〉の語がいずれも共通していたことは、私たちの共同研究グループが問い続けた課題が、各自の専門領域や関心は異なっていても、現在はその存立の基盤自体が揺動を続けている〈文学〉研究そのもののあり方でもあったことを示すのではないかと私自身は感じるのである。

私自身は、現在において〈文学〉を考究する行為に伴う困難を意識することなしに、〈漱石〉を考えることができない。そして〈漱石〉という存在への意識を全く抜きにして、近代における世界レベルの〈文学〉とその批評研究を問うことも私自身はできない。課題は山積しているが、私たちの共同研究の試みもまた、先の〈漱石〉の知のあり方と同様に、先行する多くの研究からの受容という経と国内外のさまざまな研究者との交流という緯から支えられていたことに、今は思いを凝らしつつ深く感謝をしたい。私たちの共同研究の試みは、今後ともささやかであっても継続していく。その中で新たな研究企画を進めていくことができればと考えている。なお、私たちの共同研究グループの一員であり前の二冊に編者として加わっておられた田中雄次氏が、本書の企画についても、私たち三人の編者を支えてくださったことを記して感謝申し上げたい。

本書の出版にさいしては、熊本大学による出版助成ならびに同文学部の研究推進経費からの助成を受けた。お礼を申し上げたい。また、日頃から私たちの共同研究グループへのご協力とご支援をいただいている多くの皆様にも深く感謝申し上げたい。本書の内容についてのご批正も含めて、今後とも私たちの試みへのご理解とご支援を願えれば幸いである。

本書も含めたこれまでの三冊の出版企画を通して、思文閣出版の皆様、特に編集を担当された原宏一氏にはまことにお世話になった。原氏の秀抜でしかも持続力ある本企画へのご姿勢とお人柄がなかったならば、これまでの一連の企画は決して成立しなかった。末筆ながら、心から感謝を申し上げたいと思う。

二〇一一年　春　熊本

坂元昌樹

※福澤　清（ふくざわ・きよし）

1951年生．筑波大学大学院文芸・言語研究科博士課程単位取得退学．熊本大学文学部文学科超域言語文学コース教授．

著書に『再帰性と態および総称性』（北星堂書店，2002）『ラフカディオ・ハーン――近代化と異文化理解』（共著，九州大学出版会，2005）『グローカリズムの射程』（共著，成文堂，2005）『現代に生きるラフカディオ・ハーン』（共編著，熊本出版文化会館，2007）『ハーン曼荼羅』（共著，北星堂，2008）『講座 小泉八雲Ⅱ』（共著，新曜社，2009）など．

西川盛雄（にしかわ・もりお）

1943年生．大阪大学大学院文学研究科英文科修了．熊本大学客員教授・名誉教授，熊本八雲会副会長，熊本漱石倶楽部世話人．

論著に『ラフカディオ・ハーン―近代化と異文化理解の諸相―』（編著，九州大学出版会，2005）『現代英語語法辞典』（共著，三省堂，2006）『英語接辞研究』（開拓社，2006）『ハーン曼荼羅』（編著，北星堂書店，2008）「ハーンと漱石の試験問題」（『方位』27号，2009）など．

※坂元昌樹（さかもと・まさき）

1968年生．東京大学大学院人文社会系研究科日本文化研究専攻博士課程単位取得退学．熊本大学文学部准教授．

論文に「太宰治「虎徹宵話」試論」（『太宰治研究』第10集，和泉書院，2002）「〈文学史〉の方法――保田與重郎とその古典批評」（熊本大学『文学部論叢』第79号，2005）「保田與重郎とその古典批評――表象としての女性をめぐって」（熊本大学『文学部論叢』第94号，2007）など．

岩岡中正（いわおか・なかまさ）

1948年生．九州大学大学院法学研究科博士課程単位取得退学．博士（法学）．熊本大学法学部教授，同大学院社会文化科学研究科長．

著書に『詩の政治学―イギリス・ロマン主義政治思想研究』（木鐸社，1990）『転換期の俳句と思想』（朝日新聞社，2002）『ロマン主義から石牟礼道子へ』（木鐸社，2007）句集『春雪』（ふらんす堂，2008）『虚子と現代』（角川書店，2010）など．

相馬　登（そうま・のぼる）

1933年生．國學院大學文学部史学科卒業．首都圏秋田歴史と文化の会代表．

論著に『西郷頼母近悳の生涯』（牧野出版，1977年）『錦城百年史』（錦城学園，1984年）『錦城百二十年史』（錦城学園，2000年）『目で見る三鷹・武蔵野の百年』（郷土出版社，2004年）のほか「横井時敬先生の書簡」（『榎本武揚と横井時敬』，東京農大出版会，2008年）「北辺の茶の話」（『北方風土』61号，2011年）など．

◎既刊書案内◎

漱石文学の水脈

坂元昌樹・田中雄次
西槇　偉・福澤　清 編

漱石の文学がどのような思想と背景のもと生み出されたのか、また日本を含む東アジア文化圏においてどのように受け入れられ、どのような影響を与えてきたか、「〈漱石〉への水脈」と「〈漱石〉からの水脈」という二つのテーマから検証する10篇。漱石ゆかりの熊本大学の教員を中心とした共同研究の成果第二弾。

内　容

Ⅰ　〈漱石〉への水脈――その摂取と受容

んでも自分はある」か　佐々木英昭
――ジェイムズ、フェヒナー、ベルクソンと漱石――
倫敦塔』の視覚芸術的手法　田中　雄次
若き漱石の英国「自然詩」研究　吉田　正憲
夏目漱石の英詩　西川　盛雄
〈研究コラム〉漱石漢詩注釈拾遺　金原　理

Ⅱ　〈漱石〉からの水脈――その影響と照応

「時」の力にあらがう「文学」　西槇　偉
――豊子愷『縁縁堂続筆』と夏目漱石『硝子戸の中』――
〈散文〉と〈詩〉の出会うところ　坂元　昌樹
――夏目漱石と萩原朔太郎――
漱石と芥川　福澤　清
――特にハーン、アナトール・フランス、メリメとの関連において――
独訳『三四郎』の基礎的研究　徳永　光展
――日本文化の翻訳をめぐって――
〈研究コラム〉書物としてのミュージアム　溝渕　園子
――「夏目漱石内坪井旧居」の時空を考える――

▶四六判・280頁／定価2,940円　ISBN978-4-7842-1506-5

思文閣出版　（表示価格は税５％込）

◎既刊書案内◎

漱石と世界文学　坂元昌樹・田中雄次／西槇　偉・福澤　清 編

「世界文学において漱石をとらえなおす」という視点のもと、夏目漱石が世界文学を意識し、そこから多大な影響を蒙ったことの検証だけでなく、漱石がその後の日本文学を含め世界文学に与えたインパクトや、世界で漱石文学が翻訳のかたちでいかに受容されたのかなどをも見極める9篇。漱石ゆかりの熊本大学の教員を中心とした共同研究の成果。

内　容

I　漱石と東アジア

門前の彷徨　西槇　偉
——豊子愷「法味」と漱石「初秋の一日」及び『門』——

自失した者たちのめざめ　蕭　幸君
——『坑夫』と楊逵『増産の蔭に—呑気な爺さんの話—』を中心に——

「白雲」と「孤雲」　屋敷信晴
——「眼耳双忘身亦失、空中独唱白雲吟」句をめぐって——

韓国における夏目漱石研究の様相　朴　美子
——日本での研究と関連づけて——

漱石文学の影　坂元昌樹
——〈浪漫〉をめぐる言説の系譜——

II　漱石と欧米、ロシア

存在への根源的な問い　田中雄次
——『道草』を中心に——

漱石とハーンにおける「超自然性」　福澤　清

フランスにおける漱石の受容について　濱田　明

「恐露病」の想像力　溝渕園子
——『それから』における〈ロシア〉——

▶四六判・260頁／定価2,940円　ISBN978-4-7842-1460-0

思文閣出版　（表示価格は税5％込）

越境《えっきょう》する漱石文学《そうせきぶんがく》

2011(平成23)年3月31日発行

定価：本体2,800円(税別)

編　者　坂元昌樹・西槇偉・福澤清

発行者　田中周二

発行所　株式会社　思文閣出版

〒606-8203 京都市左京区田中関田町2-7

電話 075-751-1781(代表)

印　刷
製本所　株式会社 図書印刷 同朋舎

©Printed in Japan ISBN978-4-7842-1565-2　C3090

執筆者一覧(収録順)

（※印は編者）

柴田勝二（しばた・しょうじ）

1956年生．大阪大学大学院文学研究科（芸術学）博士後期課程単位修得退学．東京外国語大学大学院教授（日本文学）．

著書に『三島由紀夫　魅せられる精神』（おうふう，2001年）『〈作者〉をめぐる冒険——テクスト論を超えて』（新曜社，2004年）『漱石のなかの〈帝国〉——「国民作家」と近代日本』（翰林書房，2006年）『中上健次と村上春樹——〈脱60年代〉的世界のゆくえ』（東京外国語大学出版会，2009年）など．

※西槇　偉（にしまき・いさむ）

1966年生．東京大学大学院総合文化研究科比較文学比較文化専攻博士課程修了．熊本大学文学部准教授．

論著に『響きあうテキスト——豊子愷と漱石，ハーン』（研文出版，2011）『中国文人画家の近代——豊子愷の西洋美術受容と日本』（思文閣出版，2005）など．

蕭　幸君（しょう・こうくん）

2000年に東京外国語大学大学院地域文化研究科博士学位取得．2001年東京外国語大学大学院国際文化講座研究助手，2005年アメリカのコーネル大学特別研究員を経て，現在は台湾東海大学日本語文学系准教授．

主要論文は「漱石を読むという憂鬱——ある質問に応えて」（『越境する精神と学際的思考』，熊本出版文化会館，2010）など．

佐々木英昭（ささき・ひであき）

1954年生．東京大学大学院人文科学研究科博士号取得．龍谷大学国際文化学部教授．

著書に『漱石先生の暗示（サジェスチョン）』（名古屋大学出版会，2009）『芸術・メディアのカルチュラル・スタディーズ』（編著，ミネルヴァ書房，2009）『乃木希典——予は諸君の子弟を殺したり』（ミネルヴァ書房，2005）『漱石文学全注釈８　それから』（注釈書，若草書房，2000）『「新しい女」の到来——平塚らいてうと漱石』（名古屋大学出版会，1994）など．

濱田　明（はまだ・あきら）

1961年生．大阪大学大学院文学研究科仏文専攻学博士課程満期退学．熊本大学文学部准教授．

著書に『エクリチュールの冒険——新編フランス文学史——』（共著，大阪大学出版会，2003），主な論文に「デポルトの詩と宗教戦争下のフランス」（熊本大学『文学部論叢』87号，2005）「ディアーヌとデポルト」（『シュンポシオン』，朝日出版社，2006）「『悲愴曲』「王侯」におけるアンリ三世」（『テクストの生理学』，朝日出版社，2008）など．